レベル98少女の傾向と対策

汀《みぎわ》こるもの

KODANSHA NOVELS
講談社ノベルス

カバーデザイン＝コムロ・デザイン・ルーム
小室杏子
カバーイラスト＝ｕｓｉ
ブックデザイン＝熊谷博人・釜津典之

目次

登場人物紹介
出《で》屋《や》敷《しき》市《いち》子《こ》
星ヶ丘中学所属。
謎多き魔法少女。
葛《くずの》葉《は》芹《せり》香《か》
星ヶ丘中学所属。
市子の友達。
史《し》郎《ろう》坊《ぼう》
高尾山所属。
天狗。

助《すけ》六《ろく》
無所属。妖狐。
みずは
みずち
三輪・大神神社所属。双頭の白蛇。
雀《すずめ》
鞍馬山所属。天狗見習い。
出《で》屋《や》敷《しき》大《たい》雅《が》
東京都監察医務院所属。
市子の父。

人間の権利とは

1

その瞬間の彼は日本で一番勇敢《ゆうかん》な少年だった。

「好きです。つき合ってください」

しかしその相手は、よりにもよって出屋敷市子《でやしきいちこ》だった。

――私は彼女のことを超能力少女だと思っていたが訂正された。彼女は魔法の国のプリンセスで魔法の修行をしていたので魔法少女だ。ステッキを持っていて喋《しゃべ》る動物もいる。

彼女は昨日の放課後、同学年の男子に誘われてファーストフード店に行った。しかも一対一で。互いにセーラー服と学ランのまま。オレンジジュースを買って席についた途端、いきなり本題が始まった。

市子は平然と袋を破ってストローをカップの蓋《ふた》に突き刺した。

「つき合う、とは？」

「彼女になってください」

「この場合の〝彼女〟とは恋人のことか？」

「はい」

彼女は真っ黒なおかっぱ頭で分厚い黒縁の眼鏡《めがね》をかけていて真面目《まじめ》でとっつきにくそうだが、よく見ると顔は綺麗《きれい》なので男子に人気が出ても不思議ではなかった。

「私のどこが好きだと？」

「全部」

彼の意見は大胆すぎて、市子はジュースに口をつけるのをやめて首を傾《かし》げた。

「……私はお前のことを全然知らないのにお前は私の全部を知っていると言うのか？」

「じゃあ、いつも本読んでるところ」

「〝じゃあ〟というのも何だが、どんな本を読んでいるかは気にならないのか？」

「……どんな本読んでるの？」

「昨日のは『ドグラ・マグラ』」

「難しい？」

「難しいと言えば難しい」

「何かぼくにもわかるのない？　貸してよ」

「図書室に行ったらどうだ。あるいは青空文庫」

「貸してくれないの？」

「私だって図書室で借りている。世間では借りたものを貸すのを又貸しと言うのだ。お前は本を読まないのか」

「あんまり」

「お前は本を読まないのに本を読んでいる私が好きだという意味がよくわからない」

「本を読んでる女子って大人しそうで賢そうだから」

「大人しい女？　私が？」

そこで市子は唇《くちびる》を歪《ゆが》めて笑った。

「――お前は本当に私のことを何も知らないのだな」

「大人しいよ、他の女子と違ってギャーギャー言わなくて」

「しかし家を壊すぞ。よく叱《しか》られる」

「お皿割ったりするの？」

「壁に穴を空ける」

「できるの？　そんなこと」

「そこからか。私には大抵のことができる。――ご馳走《ちそう》になったことだし、一つ魔法を見せようか」

市子はジュースのカップから手を離し、軽く両の掌《てのひら》を擦《す》り合わせた。

「〝かえるのうたがきこえてくるよ〟」

口ずさんだのは童謡だった。

少し遅れて同じメロディを電子音が奏《かな》でた。同じ旋律《せんりつ》を、輪唱《りんしょう》するように。市子のiPhoneだった。

――ここまでは、まあおかしくはない。中学一年生女子の使う着メロっぽくないだけで。

続けて、同じメロディをまた他の電子音が。――それは彼の携帯電話から流れ出した。

液晶には〝着信　かえるのうた〟なんてふざけた

表示が出ていた。ボタンを押しても音も液晶の表示も消えない。

それだけではない。別の席で勉強していた女子高生、世間話に興じていた近所の主婦、ノートPCを開いて仕事をしているサラリーマン、電源を切るのを忘れていたのかフロア掃除《そうじ》中のアルバイト店員まで——全員が『かえるのうた』の着信を鳴らし、ポケットやカバンから一斉に携帯電話を取り出した。

「え、何これ。誰？」

「アタシこんなの入れてないんですけどー」

「ちょっと怖くない？」

市子は一回歌い終えてもう一回歌っていたので、客の中には露骨《ろこつ》に彼女を見る者もいる。

「〝ゲロゲロゲロゲログワッグワッグワッ〟」

市子の歌が終わった。

電子音も次々最終フレーズを奏で、輪唱を終える——全てが終わり、不思議な魔法が終わる——

が、そこからが本番だった。

電子音が鳴り止んだ途端、ファーストフード店は騒音に包まれた。鳥の鳴き声のような、機械のノイズのようなそれは。

リアルな蛙《かえる》の鳴き声だった——ブーンブーン、ゲコッゲコッ、ゲゲゲゲゲ、ケエケエ、コロコロ、ケロケロ、コーコー、ククク。音階も大きさもリズムも様々なバリエーションが入り混じって。空調や車の音など軽くかき消し、会話にも支障を来すほどの音量で。これには女子高生がパニクって席を立った。

「ほう、東京にはあまりいないと思っていたのに意外にいるものだな。ウシガエル、アズマヒキガエル、トノサマガエル、トウキョウダルマガエル、ツチガエル、ニホンアマガエル、モリアオガエル？　魔術に使うのは蟇《ひき》と相場が決まっているが、そんなにいろいろいるのか」

市子はわずかに笑みを浮かべ、オレンジジュースのストローを吸う。

「蛙はいい生き物だぞ。田畑《でんぱた》を荒らす虫を喰《く》い、人間に危害を与えない。五穀豊穣《ごこくほうじょう》の象徴で蛙を使わしめとしている神は数多く、〝無事に家に帰る〟と語呂《ごろ》を合わせてお守りなどの意匠にも使われる。神事や呪詛《じゅそ》の生《い》け贄《にえ》とされることもあるが」

市子の話が終わるか終わらないか、悲鳴が上がった。女子高生が店の外に出ようとしたらしい。

店のガラス戸には小さな蛙の白い腹がぺたぺたと貼《は》りついていた。何匹も。

そして外のタイル床には、精悍《せいかん》な顔のヒキガエルやツチガエルやダルマガエルが――

2

星ヶ丘《ほしがおか》中学の一年生は六月に課外授業として往復十キロメートル程度の登山を行う。昔は全員のタイムを教師が測っていて一番遅い十人は後日校庭十周させられるという恐ろしいものだったが、今どきはそんなことはない。少し短めのルートで自然に関するレポートを書いたり、更に長いルートでついでにゴミ拾いまでしたり、全然山に登らず動物園で絵を描いたり、年度によってやることが違う。つまり企画として完全に迷走していた。一説には動物園の年にはものすごい登山嫌いのモンスターペアレントがいて、ゴミ拾いの年にはボランティア大好きな親がいたという。

今回も登山嫌いな親がいてほしい、と思ったが逆に登山大好きで登山クラブを運営しているおじいちゃんがいてとても丁寧《ていねい》な登山計画を作ってくれたそうで、男子三人・女子三人の六人一グループに教師かボランティアの地元登山クラブのメンバー一人が引率について、皆で十二・五キロメートルを歩くことに。表向き「踏破《とうは》は無理でもいい」ということだったが「七キロくらいは歩け」という暗黙のオーラが漂っていた。

だが陰鬱《いんうつ》な気分は最初の二百メートルまで。何たって私たち、葛葉芹香《くずのはせりか》、田口楓《たぐちかえで》、出屋敷市子の三人は皆、思春期の少女なのだ。ロケーションが山の中だろうがファミレスだろうがやることは同じだ。

すなわち、恋バナ。

「え、用事あるとか何とか言って一人だけ早く帰ったのって一昨日だろ？　イッチーにコクったってそれ、誰、誰だよ」

楓は市子を肘《ひじ》で突っついたが、

「つき合うならともかくこういう結果に終わった以上、個人情報は伏せておいた方がいいと溝越《みぞごえ》に進言されたので、名は秘《ひ》す。詳しい事情を明かせない以上はこの話はまるきり私が嘘《うそ》をついていると思ってもらってもかまわない」

市子はすげなくつっぱねた。それはちょっと気を遣《つか》いすぎではないかと思ったが、

「えー、ケチケチせずに教えろよー。誰にも言わねーからさー。ヒント、ヒントちょーだい。どこのクラス？　イニシャルは？　体育系？　理系？　文系？」

楓の態度を見ると正解のようだった。……絶対言う。ていうかここ、私たちしかいないわけじゃないし。市子でなくても女子に告白してあっさりフラレたのが学年、学校の全員に広まったりしたら公開処刑だ。ひどすぎる。自殺しかねない。気の毒に、匿《とく》名希望《めいきぼう》君。

「助六《すけろく》のせいだ、あれは手下に小動物を多く従えているらしい。私が男と話すのをよく思わないとかでいちいち大袈裟《おおげさ》だ。しかし蛙くらいであんなに怯《おび》えることもないだろうに」

……蛙。別に苦手ではないので一匹なら「ああ、いるなあ」としか思わないだろうけど、市子の話では数十匹単位で召喚《しょうかん》されたのかもしれない。どんな生き物でもたくさんいたら怖い。てんとう虫とか。

「でもいっちゃん、そんなにその子タイプじゃなかったの？」

楓ほど追及する気にならないだけで私にも好奇心というものはある。市子は首を傾げた。

「〝本を読んでいる女は大人しそうだ〟というのは理由として不適切ではないか？　私はちっとも大人しくないのに」

「それはあるね、いっちゃんは男子でも平気で泣かすよね」

――そういえば彼女は集団でからかいに来た男子たちを不思議な力で気絶させたり失禁させたりして撃退したことがあった。それを知らないで告白したのは確かにまずかった。痴漢《ちかん》や変質者が彼女を狙《ねら》おうものなら、狐《きつね》や天狗《てんぐ》や蛇《へび》の妖術で絵にも描けない……じゃない。筆舌に尽くしがたい目に遭《あ》うとか何とか。大量の蛙に取り囲まれるなんて彼女の所業にしては大人しい方だ。何せ精神的被害しか与えていない。むしろ飲食店への営業妨害が甚《はなは》だしい。居合わせた人たちは二度とその店に来ないいんじゃないだろうか。

「自分では本を読まないのに本を読む女がいい、というのは気持ちが悪いだろうが。趣味などどうでもよく御《ぎょ》しやすさ、与《くみ》しやすさで女を選んでいる。頭のよさそうな大人しい女をそばに置いておきたい。そんな男のペットにされるのはごめんだな」

市子はそう言うが、うがちすぎだと思う。市子が読んでいる本を知ってから読書を始めようと思ったのではないか。『耳をすませば』の逆パターンとか。

「でもいっちゃん、いっちゃんの超能力……じゃなくて魔法が面白いからつき合ってくれっていうのはいいの？」

「嫌だ。見世物ではない」

「じゃ、いっちゃんって魔法で殴《なぐ》っても我慢してくれる男子しかダメなの？」

「そういうわけではない。頭の悪い男が嫌いなだけだ。そう、落ち着きがあって私の魔術くらいでは動じない賢い男がいい」

「理想高《たけ》ぇーよ」

「そうだろうか？」

「どこにいるの。天狗とか？」

「それはない。断じてない」

天狗が意外とものわかりが悪いのか、恋愛対象としてあり得ないのかどっちだ。

とまあ、歩いているのか喋っているのかわからないようなこの状態。はっきり言って誰も景色なんか見ていなかった、その報いだったのか。

「……もしかして私たち、はぐれた？」

ふと辺りを見回すと、私たちしかいない。同じ班の男子三人と登山クラブ所属六十代定年退職済み、自称槍穂高《やりほたか》を四回縦走《じゅうそう》したという声の大きなおじいさんは一体どこに。

先に行ったのかと進んでもみたが人の姿はなく、どこまでも鬱蒼《うっそう》とした森が広がるばかり。しかも先程までは曲がりなりにも草が刈られ、ロープで囲まれた道を歩いていたはずなのに、いつの間にか足許《あしもと》には落ち葉が降り積もり草が生えて若干《じゃっかん》滑る。勿《もち》論《ろん》、携帯電話は圏外。地図によると池が近いようだがその気配《けはい》もない。


「まさか、道に迷った？」

私は半笑いだったが、楓は不機嫌そうに舌打ちして「マジ？」ときつい口調でつぶやいた。別に私のせいではないはずだったがつい縮こまってしまった。

出屋敷市子のリアクションは楓とは違った。

「大したことでもあるまい」

彼女は無表情のまま、地図や携帯電話を覗き込んで無駄《むだ》な努力をするでもなく、分厚い眼鏡を少し上げて短くつぶやいた。

「ここは人の住むところではない」

「当たり前じゃん何言ってんの」

「当たり前、常識、マインドセット、そうしたものの裏側には必ず精神世界がある。人間が住んでいないところには人間以外の。溝越」

「はいな」

別段何か呪文を唱えたわけでも、派手な身振りをしたわけでもない。普通に喋っただけで、市子の小さな背中の後ろから唐突に大きな男の影が現れた。

中学のジャージではない。色あせたシャツは登山用に見えなくもないが、裸足《はだし》に下駄《げた》は登山客なら説教確定。不慣れな中学生でも歩ける程度のハイキングルートとはいえ、水筒やペットボトルの類《たぐい》を全然持っていないのもありえない。代わりに謎の葉団扇《はうちわ》を持っていてさほど暑くもないのに顔を煽《あお》いでいる。顔が若いのに髪の毛が真っ白。

何より私はこの人――人ではなく、登山クラブのボランティアでもないことを知っている。楓は驚いたのか私の後ろに回った。

「今オッサンどこから出てきた⁉ てか何⁉」

――あれ、見たことなかったっけ？

「流石《さすが》にお兄さんと呼ばれたいとは思わんが、おっさんはないじゃろう。〝史郎坊《しろうぼう》さん〟と呼べ」

史郎坊はややうんざりしたように目を細めたが、他に言うべきことがあるだろう。

「――儂《わし》のことは集団ヒステリーによる幻覚とでも思うておけ。何せここは人里を離れた異界なので何でもアリなのじゃ。異界の特別ルール適用の上に嬢ちゃんたちは思春期、街の中などより神通力の消費が安く済み、効果も絶大。山は天狗のテリトリーで地形ボーナスもつく」

そんなゲームのチュートリアルみたいに説明されても。幻覚っていうか。

「……楓、この人、いっちゃんの八十八の守護霊その一、天狗の史郎坊さん」

「セリィ何でフツーに紹介してんだよ八十八の守護霊とか！」

「カエちゃんだってさっきまで普通に魔法とか話してたじゃん……」

私だってあんまり言いたくない、市子が自分で言ってほしい。

彼女は蛙を召喚するだけが取り柄ではない。服こそ私たちと同じ星ヶ丘中学のマーク入りの緑のジャージ（通称イモムシ、略称イモジャ）だがこのおかっぱ頭の少女は、人智を超えた力で八十八もの守護霊を操る魔法少女なのだ（ああ恥ずかしい）。山中で天狗と会話するくらいは楽勝だ。

「山で使えない天狗など、さっさと成仏《じょうぶつ》した方が世の中のためだ」

「ならまだ成仏はしないで済みそうじゃ。ハイキング道はそちら、二キロも歩けば戻れまする」

実にあっさりと史郎坊は葉団扇であさっての方角を指した。

「いざとなれば山岳救助隊の無線に直接割り込むともできますが、こたびは必要ないかと。急げば先行の者どもと合流できますぞ」

「二キロを歩くのは面倒だな、ただでも十二キロ歩かねばならんのに」

市子がため息をつくと、その足許に金の狐。ハイキングルートに野生の狐がいるのは珍しくても不思議ではない。ただしこの狐は紫《むらさき》の前掛けをしていて、なかなかのイケボで滑舌《かつぜつ》よく喋る。

「どうやらこの辺りを仕切っているのは古い狸《たぬき》のようです。私が話を通しておきましょう」

「狐ー！」

市子はもう楓のリアクションは無視して、首を傾げた。

「ではこれも楽しいハイキングの一環と思おう。時間通りにバスに戻れればいい。適当に心配ない旨、伝えておいてくれ」

「承《うけたまわ》りました。では担任とボランティアの方に連絡しておきましょう」

史郎坊が恭《うやうや》しくお辞儀して白いiPhoneに手を翳《かざ》した。iPhoneが光り、何らかの特異な操作を受ける。

「それと、のどが渇《かわ》いた」

市子が言うと、狐が後ろ肢《あし》でしゃんと立った。

「オレンジジュースでよろしいですか」

「甘くないものは」

「では焙《ほう》じ茶を淹《い》れてまいります、お待ちください」

……数分後。なぜか私たちはウォーキングシューズを脱いで緋毛氈《ひもうせん》に正座し、和傘《わがさ》まで差し掛けてもらって薄い白磁《はくじ》のお茶碗《ちゃわん》に焙じ茶で少し早いティータイムを演出されていた。緋毛氈の下にはちゃんと畳《たたみ》が敷《し》かれている。地べたに畳って。

「何この状況」

「たまには悪くない」

勿論、市子は特に動じることもなく落雁《らくがん》を齧《かじ》っている。完全に遠足のシチュエーションではないことはもう彼女にとってはどうでもいいのか。何が楽しいハイキングだ。

助六が緋毛氈のそばに跪《ひざまず》き、彼女に伝えた。

「宮《みや》、例の地元の狸が挨拶《あいさつ》したいと申しております」

「通せ」

やって来たのは、茶色い毛並みに白いものが混じった狸。とそのお付きの普通の狸が二匹。長老（?）は体格も大型犬くらいあって毛皮があちこちたるんでいるので年寄りなのは察したが、マンガみたいなデフォルメされた格好《かっこう》ではなくしっかり野生動物の顔で直立し、しゃがれた声で流暢《りゅうちょう》な日本語を話すので違和感が半端《はんぱ》ない。

「このようなむさ苦しい山の中に高貴の姫様の玉体《ぎょくたい》をお運びいただいて、我ら一同、光栄の至りでございます。不肖《ふしょう》この翠仙寺仁左衛門《すいせんじにざえもん》、生きているうちにこの鄙《ひな》の里に姫様の行幸《ぎょうこう》をお迎えするとは夢にも思わず。老醜を晒《さら》し生き存《なが》えた甲斐がございました」

狸が一度立ち上がって、再び地面に前肢をついて額《ひたい》を地面に擦りつける意味とは。市子は右手を振る。

「頭を上げろ。ただの遠足だ、そうかしこまるな」

「ははっ」

時代劇みたいなやり取りだ。人間の超能力者って狸より偉いんだろうか。今初めて知ったけど、狸って本当に目の周りが黒いんだ。

「――獣の分際で厚かましいことを申しますが行幸の記念に、先日生まれた玄孫《やしゃご》たちに名を賜《たまわ》りたく愚考いたす次第。山奥の狸に過ぎぬ身ですが、名前だけでも雅《みやび》なものをいただければ子供たちも励《はげ》みになります」

「よかろう」

市子がうなずいた途端、後ろの狸が硯《すずり》と墨と細筆と、俳句なんかを書く縦長の色紙を持ってきて緋毛氈に並べた。

次いで、若い雌《めす》と思しき豊満な体型の狸が両手いっぱいに仔狸を抱いてきた。どさどさ地面に並べる。

仔狸は二十センチくらい、ふわふわした茶色い毛につぶらな目でぬいぐるみのようだ。まだ立って歩くのがうまくないらしく、寝転がったまま鼻先をひくひく動かし、手足をばたつかせ、隣の兄弟を押したり押し返したりしている。かわいい。哺乳類《ほにゅうるい》の子供を見ているとにやけてしまう。鼻先や肉球など毛の薄いところがピンク色なのも威力絶大。とりあえず何枚か写真を撮る。後でデータが残っているかどうか不安だが。

「全部で五匹、雄《おす》三匹に雌二匹にございます」

市子はろくに仔狸たちの顔も見ず、色紙と筆を取った。

「今は六月だし、紫陽花《あじさい》から一文字ずつ取って紫《ゆかり》、陽《ひかり》、花……は野暮《やぼ》ったいから華でどうだ」

さらさらと三枚の色紙に一つずつ漢字を書いた。

私は習字のとき結構緊張するわりに出来映えがいまいちだが、市子は自然体で読めるか読めないかぎりぎりの、いい感じになよっと崩れた字を書く。子供の頃に習ってたんだろうか。

「もう二匹は梅と雨。紫と陽と雨が雄の名で華と梅が雌」

狸たちが恭しく色紙を受け取り、長老狸が地面に額を擦りつける。

「おお、ありがとうございます。これでこの子たちの将来も安泰でございます。姫様のご厚情、末代まで語り継ぎましょう」

「大げさなわりにテキトーだね……」

「長く悩んでも仕方がない」

と、史郎坊が私の耳許にささやいた。

「これは要するにラーメン屋などが来店した芸能人にサインをもらって壁に飾るノリじゃから、宮がお書きになれば何でもよいのじゃ」

「え、そうなの？」

「幼子《おさなご》の名前なんぞどうせ上書きするもんじゃからな。歴史上の人物が何度も改名するのはこういう勢いじゃ」

これまでの時代劇めいたやりとりがそんなことだったとは。聞いてみなければわからないものだ。

こうして名付け終わった仔狸たちは撤収《てっしゅう》――のタイミングなのだが、そのふわふわもこもこ具合に目が眩《くら》んだ楓が写メだけでは飽き足らず、二匹も抱き上げてほおずりを始め、退場の機会を逸《いっ》した。ええっと、紫だっけ、陽だっけ？　母狸がまごまごしている中、他の召使い狸がお盆に湯飲みを載せて持ってきた。甘い香りがする。

「山で採れた木苺《きいちご》を蜂蜜《はちみつ》に漬けたものに湯を注《そそ》ぎました。肌やのどによいのです。田舎《いなか》にて甘味《かんみ》といえばこのようなものしかございませんで」

市子は湯飲みを一つ取って一口する。

「そう気を遣わなくていい、こちらも遠足で来ただけだ。弁当もある」

「恐悦至極《きょうえつしごく》でございます。ささ、お側仕《そばづか》えの皆様もどうぞ」

湯飲みを勧められて――ここで私は初めて自分の置かれた立場を理解した。つまり市子が姫で、私と楓は腰元《こしもと》ＡＢ。絶句する私の隣で、助六が咳払《せきばら》いする。

「こちらの方々はご学友です」

「これは失礼いたしました。……どう違うのだ」

後半、召使い狸が低くつぶやいたのがしっかりはっきり聞こえた。――違う！　全然違う！　私も湯飲みの中身を飲んでみたが動揺しているせいか蜂蜜がやたら甘いことしかわからなかった。

楓の方はこっちの話を聞いていないらしく、まだ仔狸に埋もれてすっかり心は桃源郷《とうげんきょう》だ。仔狸たちは楓を押しのけようと引っ掻《か》いたり咬《か》みついたりしているのだが、まだ爪《つめ》も歯もそんなに伸びていないのか痛くないみたいだ。

「ねーこれチョーカワイイ、連れて帰りたいー」

と寝言を言って市子に窘《たしな》められる。

「まだ乳離れしていない。母親が青ざめているぞ」

「だってカワイイじゃーん、一生そばにいたいー」

「化け狸相手に言質《げんち》を取られるようなことを言うな。迂闊《うかつ》な話をすると狸の嫁にされるぞ」

「それでのうても野生動物を飼うのは法的にまずい。狸の類は意外に凶暴でご近所のトラブルの元じゃぞ。狂犬病の予防接種はどうするんじゃ」

史郎坊もあまりいい顔をしない。天狗が一番現実的で常識的って。

「うちの助六を貸してやるから、それは返せ」

「えっ、私、ですか」

急に名前を出されて助六が背筋を伸ばしたが、楓は大声を上げた。

「えー、それもう大きいじゃん。小さいのがいい!」

助六の伸びた背が硬直したのに、市子は気づいていないようだった。助六は毛並みが綺麗だし身体《からだ》が引き締まって若い方だと思うのだが、私の中に狐のおじいさんの具体的なイメージがない。狸の長老よりは遥《はる》かに若い、はず。

「そういうことを若さで決めると往々にしてろくなことにならんぞ。参考資料として、仔犬の成長速度はこんなものじゃ」

と史郎坊がタブレットPCで仔犬の写真を見せてきた。小さくてかわいらしい仔犬がページをめくるとたった半年ほどで立派なラブラドールになってしまう画像は説得力があるが、何でタブレットPC? 妖術とかないの?

「三ヵ月やそこいらで大きくなって飽きて山に返すというのはいくら何でも、なあ。ペットの命には責任を持たねばならん」

立て続けに説得されて、楓はほおを膨《ふく》らませてむくれていたが、やがて渋々うなずいた。

「うー。……じゃあ助六で我慢する」

「我慢⁉」

——狐の表情はよくわからないけど、あごを落としているのは多分愕然《がくぜん》としているのだと思う。

「イッチー、後で絶対貸せよな」

「あのう、宮、本当にいいのですか？」

助六は市子のジャージの袖《そで》を噛《か》んで引っ張ったが、市子はうるさそうに振り払う。

「二年も三年もではあるまい。楓は三日か、長くて一週間くらいで気が済むだろう」

「そういうことではなくてですね、あの」

どこか必死な助六と、半ば上の空で口を挟む史郎坊。

「どうせならば兎《うさぎ》か鼠《ねずみ》を貸してやっては？　狐や狸より女子受けがよいと思いまするが」

「摂津《せっつ》一の宮はプライドが高くて面倒くさい」

「私にはプライドがないと⁉」

「稲荷《いなり》も格式では摂津一の宮に引けを取らぬはずじゃがな。摂津一の宮でも猫の方なら融通《ゆうずう》が利くのでは」

「あれに接待をさせるのは何だか気の毒だ。助六は女に撫《な》でられるのが好きだろう」

「宮は私のことをそんな風にお思いだったのですか⁉」

驚いた口調からかなり傷ついているのが感じ取れた。果たして市子は彼らにとっていい主人なのか疑問だ。

私たちはそこで焙じ茶を飲みつつそれぞれ持参の弁当を開いた。私のは母作、海苔《のり》であざらしの顔を描いたおにぎりとハート形に焼いた卵焼きと分厚いハムステーキ。楓のはベーグルサンド。市子のはアルミホイルで巻いた三角のおにぎりが四つ。

食べながら、いい加減ここに座っているのも飽きたのでどこかふらっと散歩でもしようか、この季節だと藤《ふじ》の花が見頃だ、なんて話し合っていると。

いつまでも退出せず視界の隅にいた長老狸がちらちらとこっちを見ている。私と目が合うと少し気まずそうに視線を逸《そ》らしたが、気配を察したか市子も長老狸の方を見た。

「何だお前、まだ何か用があるのか」

こう言われると長老狸も逃げるわけにはいかないようだ。腹を決めて市子の前に進み出た。

「姫様におかれましては、これほど見目麗しくなよやかでいらっしゃるお方がこのような山奥においでになるには、武芸に長《た》けた随伴《ずいはん》をお連れなのでしょうか。ご学友と狐殿と天狗殿だけですか？」

「私の手の内を知りたいだと？」

途端、市子は食べかけのささみマヨネーズおにぎりを弁当箱に置くと、立ち上がって右手で眼鏡を外し、ジャージの胸ポケットに入れた。分厚い眼鏡のレンズ越しだといまいちよくわからないが、彼女の目は薄い緑色で人形のように美しい。

ただし、怖い日本人形のように。

「供の者がいなければ何もできぬ小娘、と見くびっているのか？」

市子が唇を吊《つ》り上げ、笑った。花の蕾《つぼみ》が綻《ほころ》ぶように、天女のように。

しかしその実体は悪鬼羅刹《あっきらせつ》だ。

いつの間にか青かった空は濃い灰色に曇り、遠くに雷《かみなり》の気配すらしていた。……山の中で雷の音がするのってすごくヤバいんじゃや？

「まさか！　とんでもございません！　ご無礼お許しください！」

すぐに、長老を始め狸たちは一斉に地面に這《は》いつくばって平伏した。まだ楓にちょっかいを出されていた仔狸たちさえ、母親に頭を押さえつけられて。心なしか史郎坊と助六まで肩をすくめて縮こまっていた。

市子がやや不服そうに緋毛氈に座り直すと、瞬《またた》く間に雲が晴れて青空が戻ってきた。一体どうなっているのだか。天候操作ってやりすぎじゃない？　正座したが眼鏡は外したままだ。多分、狸の顔をよく見ても仕方ないとか思ってるんだろう。

長老狸は気まずげに話の続きを語り始めた。

「――実は私の姪《めい》夫婦が、おぞましい怪物に殺《あや》められてしまいまして。仇《あだ》を討《う》ちたいと常々愚考していた次第にて、姫様が武人をお連れならばお力添えをお願いしたく……」

「龍《りゅう》でも出るのか」

「見たこともない怪物でございます。言葉は通じず、鋭い牙《きば》と爪、禍々《まがまが》しい模様の尾を持ち、耳慣れぬ声で鳴くのです。姪だけでなく、傷つけられた者は他にも数多《あまた》おります」

「ゴブリン退治クエストが始まりましたぞ。平和な軽空母の村にオークの群れが！」

軽い口調で茶化す辺り、史郎坊は全く本気にしていないようだ。ケイクウボって何。市子も面倒くさそうに髪をいじっている。

「妖怪退治は私の仕事ではない。――しかし多少なりと饗応《きょうおう》を受けてしまった以上、まるきり知らぬ存ぜぬというわけにもいくまい」

饗応って、あののど飴《あめ》みたいな蜂蜜ドリンク？割に合うの？

「みずち、みずは」

市子が名を呼ぶと、ぱっと何もないところに少年と少女が姿を現した。少年は浅葱《あさぎ》の袴《はかま》、少女は巫女《みこ》服で長い髪を頭の両側で輪のように結っている。二人とも髪が白く目が真っ赤で見るからにただ者ではない。狸たちも気配におののいたのか後ずさった。

勿論普通の人間ではなく、その正体は双頭の白蛇《はくじゃ》だ。

二人は緋毛氈の前に跪き、満面の笑みで市子を見上げる。

「お呼びでしょうか、宮」

「そこの狸が、怪物に困っていると言うのでお前たちと、そうだな。お前たちと助六とで片づけろ」

「どんな相手か知りませんが、別に助六に手伝ってもらわずとも妾《わらわ》と兄様《あにさま》だけで大丈夫ですわ」

「そう言うと思ったが、逆に手応えがなさすぎて狸どもともめても困るのだ」

――見た目は繊細だが見た目だけで、頭の中は爬《は》虫類《ちゅうるい》なのでとりあえず動くものに噛みつく以上の考えはないらしい。

が、ここで市子の判断に異論を唱《とな》えた者が。蛇兄妹でも狸でもなく、手を挙《あ》げて発言したのは史郎坊だった。

「ごもっともですが、助六の代わりに儂が行きましょう」

市子は不思議そうに首を傾げる。

「お前が行ってどうする、腕っ節が弱いのに。妖怪退治などできないだろう」

「これは遠足ですぞ、大人の引率が必要でしょう」

「溝越のくせに手柄がほしいんですの？」

みずはが赤い唇を歪めて笑う。袂《たもと》から扇《おうぎ》を出して開く――その動作が不自然なところで止まった。

みずはだけではない。頭を上げかけた狸の長老、話に興味がなく仔狸のお腹を撫でている楓、嫌がって楓の指を咬む仔狸、風に吹かれて動く木の葉まで空中で静止した。私はつい周りを見回して目をこすったりしてみたが、確かに全部止まっている。そのただ中に史郎坊の声だけが響いた。

「助六は宮のお手許にお置きくだされ。どうもこの狸ども、うさんくさい匂いがします。――というか、狸の匂いしかせんのです。儂も道を確かめただけですが、この辺りにそれほどおぞましい怪物の気配はないのでは？　助六も狸以外言っておりませんし、蛇どもも今初めて聞いたという顔をしております」

「それは私も思う」

市子がうなずいた。彼女もこの異空間を認識して動くことができるらしい。

「よもやこの狸どもが宮とご学友を惑わして隠れ里に引き込んだ張本人では。お三方だけハイキングルートを外れたのはただ道に迷っただけとは思えませぬ。最初から狙っておったのではないでしょうか」

「ほう？」

「宮は狸どもに襲われたところで痛くもかゆくもないでしょうが、むしろご学友の皆様をお守りするために助六をお使いください。宮がご無事でもお二人に何かあってはことです」

「もっともだ」

……ご学友って私と楓？

「儂は蛇どものお守りをしながら狸の様子を窺《うかが》います。三十分後に連絡しますが、なければ何かあったものとして宮御自《おんみずか》らここの狸どもを討ち滅ぼしあそばすがよろしいかと。雀《すずめ》もおりますし。その他儂らに連絡等あらば、芹香嬢の携帯電話をお使いくだされ。本来圏外ですが、先ほど担任に連絡した際にこの辺りのアンテナを増強しておきました。普通に通じます」

「よく考えたものだ」

「外道《げどう》とはいえ天狗道は智慧《ちえ》ある者しか足を踏み入れぬものにございますから。少々長生きした程度の獣にしてやられたのでは高尾《たかお》の恥じゃ」

「まさしく天狗の言い分だな。しかし雀に相手ができるのか？　あれは物理オンリーだろう？」

「狩りには猟銃を使うもの。雀の得意分野でしょう」

「よし」

市子が一度手を叩《たた》いた。途端、止まっていた風が吹き始め、みずはは扇を開き、長老狸が頭を上げ、楓は仔狸に指を咬まれて何やら嬉《うれ》しそうな悲鳴を上げた。市子は咳払いして言い直す。

「討伐にはみずち、みずは、溝越で行け。溝越がそれほど山を恋しがっていたとは知らなかった。隅々まで歩き回ってこい」

「承りました」

みずちとみずはは不承不承《ふしょうぶしょう》、史郎坊は満足げにうなずいた。三人は若い狸に案内されて歩いて退場していった。

市子は弁当箱から食べかけのささみマヨネーズおにぎりを取り上げてもう一度齧り始めた。平穏が戻った？　いや、疑問は残る。私はジャージの裾《すそ》を引っ張って尋ねてみた。

「ね、今のって何」

答えたのは市子ではなく狐だった。

「我々、物の怪《もののけ》の声はテレパシーのようなものなので聞かせたい相手だけに聞かせることができます。私も聞いておりました。先ほどの溝越の技は更に情報を圧縮して伝達するので、受けた方は圧縮情報を元通りに展開し解読する間、時間が止まったように感じるのです。あれは奴の得意技で、その気になれば書物数冊分もの情報を刹那《せつな》のうちに伝えることができるとか。宮はお慣れなので相槌《あいづち》を打つくらいできますが」

史郎坊は立ち話のために時間を止めることまでできるのか。話を聞いているうちにこっちが老け込んでしまいそうであんまり想像したくない。

市子はおにぎりを囓りながら何でもなさそうにつぶやいた。

「つまりお前たちは人質なのだ」

――人質って全然常用語じゃない。私は頭を抱えたかったが、まだ長老狸がしっかり視界の範囲にいるので精一杯声をひそめた。

「どうして私たち、遠足でゴブリン退治クエストに巻き込まれなきゃいけないの⁉」

「それほどおぞましい怪物が湧《わ》いたなどという話は聞かない。もうお勤めはないにしても国が傾くほどのものなら全然私が知らないということはあるまい」

恐ろしいことに市子はここで唇の端を吊り上げ、笑ったようだった。

「むしろ溝越は、狸どもが私の護法《ごほう》を分散させ力を削《そ》ごうとしているのでは、と考えた様子だ。舐《な》められたものだ、古狸ごときが私の寝首を掻くだと？」

「いっちゃんが楽しそう怖い……」

表情の変化が少ない市子が笑顔らしきものを作るのは、魔法バトルの前触れだ。最近学習した。彼女は感情が乏しいわけではなく、魔法で誰かをどつき倒すときが人生で一番楽しいらしい。つまり趣味が悪い。先ほどの様子から見ても、戦争になれば泣きを見るのは狸ばかりのような気がする。

「……いっちゃんを騙《だま》して、狸さんたちはどんな得があるわけ？」

「昔から何かとくだらん妖怪《ようかい》にちょっかいを出される。少し長く生きた地元の顔役、というのは私に会いたがる筆頭だ」

「やっぱり、妖怪って若くて魔力が強い人を食べたらパワーアップするの？　女の子はおいしいの？」

「……おいしい？」

首を傾げる市子と、目を細める助六。

「あのう、芹香嬢、別に妖物どもは宮を取って喰うために罠《わな》に掛けたり襲いかかってきたりするわけではありませんよ」

「え、違うの？」

「多分、三蔵法師のような高僧の肉を喰うと寿命が延びる辺りの話と混ざっていると思います。『西遊記』はフィクションです」

喋る狐にそんなことを言われても。一生懸命、市子のいいところを探してみたつもりなのに。

「じゃどうしていっちゃんを襲うの？」

「神になりたいのだろう。力ずくで恫喝《どうかつ》してくる者もあれば、腰を低くしてすり寄ってくれば何とかしてもらえると勘違《かんちが》いしている奴もいる。なあ助六」

「全く、厚かましい奴もいるものです」

二人だけでわかったようなことを言って、市子は助六ののどをくすぐってやっている。助六は気持ちよさそうで、ゴロゴロのどを鳴らさないのが不思議なくらいだ。

「……神になるって、いっちゃんを食べるとなれるの？」

「どうして芹香は私を妖怪の餌《えさ》にしたがるのだ」

そうしたいわけではない。若い女の子をさらってすることなんてそれしか思いつかないだけで。

「あ、いっちゃんと結婚するとなれるとか？」

「いえ、宮を喰らったり結婚したりせずとも、なれます。神としての名を認めてもらえればそれで神です」

「どういうこと？」

「お前、神を何だと思っているのだ」

何って言われても。そう言われると神様って何？　宗教のことはよく知らない。学校で教わらない。七夕《たなばた》でお願いごとをするとか、クリスマスでお願いごとをするとか、初詣《はつもうで》でお願いごとをするとか——お願いばっかりだ。

「宮、恐らく芹香嬢はキリスト教等一神教の“God”と十月に出雲《いずも》に集う八百万《やおよろず》の〝カミ〟の区別がついていません。現代人にはありがちな誤解です」

「……“God”と〝カミ〟って違うの？」

「全然違います。訳した奴を殴りたいくらい違います。実は“King”と〝王〟も違いますし“Queen”と〝女王〟も違います」

「マジで、どう違うの」

「日本で王といえば国王ではなく皇子《おうじ》の位の一つ、女王《にょおう》といえば皇女の位の一つです。正しく英語にすれば“Prince”“Princess”です。わけがわからなくなってここ百五十年ほどで日本語の方の意味を変えてしまったのです、そのような言葉は多いですよ。何せこの国は長らく鎖国して独自の文化を育んでおりましたので、明治になって突然に入ってきた西洋の考え方を、ざっくり抄訳《しょうやく》して何となくわかった気になっているだけで全然すれ違っていることがとても多いのです。“God”と〝カミ〟もそうです」

まさかこんな山奥で狐に勉強を教わることになろうとは、課外授業恐るべし。

「確かに“God”になるのは難しいです。が、日本では神の血を引いておらずとも人間でも狸でも妖物でも無機物でも概念でも、正しい形式をもって社《やしろ》に祀《まつ》られていれば〝カミ〟になれます。元々この国では人間は死ねば〝ホトケ〟です。芹香嬢が仏教徒なら、先祖は皆〝ホトケ〟でしょう？　ブッダとイコールではありませんが、それなりの位を持つ霊的存在ですよ。祖霊はどの地方でも馬鹿にはできません」

……そうだったのか。確かにひいおじいちゃんの家の仏壇にはよく知らないおじいさんおばあさんの写真が飾ってあって年に何回かお坊さんが読経《どきょう》しに来るが、深く考えたことがなかった。

「〝カミ〟というのは属性です。芹香嬢は〝人間〟、宮は〝人間〟で〝巫女〟、私は〝妖怪〟で〝狐〟、溝越は〝幽霊〟で〝天狗〟、みずちとみずはは〝神使《しんし》〟で〝蛇〟。他にも〝鬼〟〝怨霊《おんりょう》〟〝呪い〟〝えびす〟〝寿《ことほ》ぎ〟等々。——我々、高次霊的存在は名前の次にこのような肩書き、レッテルが重要です。人間の血液型占いなどよりずっと大事なのです。そしてこれは生まれながらのものではなく、誰かがあれは〝カミ〟のご加護《かご》だと言えばそうなるのです。カトリックではバチカンの司祭たちがいちいち奇蹟を鑑定し秤《はかり》にかけますが、本邦ではそんな厳密なことをしておりませんので言ったもん勝ちやったもん勝ちです。死者の葬り方を変えればそれだけで〝カミ〟です。溝越などは高尾に行って妖物になりましたが、運命に従って順当に南洋の藻屑《もくず》となっていれば靖国《やすくに》の英霊《えいれい》、正々堂々と神社に祀られる〝カミ〟になっておりました。本当に馬鹿なことをしたものです」

「それが天狗というものだ」

「史郎坊さんって妖怪なのに神様になれるの？」

「神の座を蹴《け》って妖怪になったのだ。これから神に匹敵《ひってき》する大天狗になるにはそれこそ高僧の肉でも喰わない限り、後五百年ほど精進が必要だな」

「今どきそんな高僧はチベット辺りにしかいないのでは？　——無欲というより酔狂《すいきょう》な奴だなあ、という話です」

「神様ってそんな簡単になれるの？」

「なれる。昔は延喜式《えんぎしき》だの神階《しんかい》だのややこしかったが、今どきは神社本庁など気にせずなりたければ勝手になればいい。現代日本では宗教団体にはそれなりの扱いが必要だが、神そのものは必ずしも宗教団体に属さなければならないわけではない。神になるな、神を増やすなという憲法や法律はないし我が校の校則にもない」

「なればいいって言われても」

「私はそのうちなるぞ」

「マジで。中学生のうちは人間でいた方がいいと思うよ？」

「宮がなられるのはかなり先の話ですよ？　――昔は自称・第六天魔王や毘沙門天《びしゃもんてん》の化身《けしん》などがその辺にいました」

「それってそういうことなの？」

「そういうことです」

……それ、すごい昔なんじゃや？　戦国時代って何百年前？　助六って何歳なの？

「かえって昨今、動画をアップロードするだけで神扱いですからぽっと出の神に優しい世の中ですね。――宗教団体以外からでは、大阪は通天閣《つうてんかく》の〝ビリケンさん〟はうまくやったなと思いました。逆にすぐになるかと思っていたカーネル・サンダースはなかなかですね。著作権者がアメリカというのが大きいのでしょうか」

「ミトコンドリア・イヴはキャズムを超えられず、貞子《さだこ》はキャズムを超えた後が長いと溝越が言っていた。社を建てるのがハードルになっているようだ」

「後はあれですね、恵方巻《えほうまき》。神そのものではないですが節分に新たなイベントが足されるというのは出雲では大騒ぎだったのでは？」

「溝越だけかと思っていたが助六も俗世に詳しいな」

「耳年増でして。ともあれ、宗教団体を持たずとも一定以上の人に畏《おそ》れ敬われれば神です。あの漫画家は社を持っておりましたか？」

「何とか館とやらは社と言えなくもない。確かモノリスなるものはSF大会で社を建てられたので神、らしいぞ」

「全く、何でもかんでも。――このように玉石混淆《ぎょくせきこんこう》ですので少々自信をつけた妖怪風情《ふぜい》も、いっちょチャレンジしてみるか！　くらいのノリで宮の許にやって参ります」

冗談みたいだ。市子は焙じ茶をすすってため息をついた。

「たかが小娘、脅したりなだめすかせばどうとでもなるだろうとも思っている」

「それを一次選考二次選考でバシバシ落とすのが我々下請けの仕事、本命敏腕プロデューサーには水着審査以降からおいでいただくというのが世の中の仕組みとなっております。蛇どもの餌になる程度の連中と宮がお会いになったところで無益《むえき》ですから」

「太古から十月に出雲に集っていた方々は、おかしなものを簡単に神にするなとお怒りだが私に言われても困る。嘘をつくわけにはいかないのだから、浅《せん》薄《ぱく》でも神は神だしそうでないものを神だとは言えない」

「太古から地元に居座っているだけで偉そうな顔をしている鴉《からす》や蛇や鹿《しか》が多すぎると私などは思いますがね」

「それは言いすぎだ、喧嘩《けんか》になっても庇《かば》ってやらんぞ」

何だか肝心なことを説明してもらっていないような気がする。

「……いっちゃんが神様だって言えば神様なの？」

「そうだ」

「マジで？」

「マジでなければ大変だろうが」

大変って何が？　市子のショートカットした言葉を助六が補う。

「学生はよく遊びで降霊術をすると聞きます、〝こっくりさん〟など。しかし降りてきたのが稲荷の使いか歳経た狐狸精《こりせい》か、呪物の類なら呪詛をしたのは何者か、そもそも狐ですらないものか、よくわからないままに迂闊なやり取りをして困ったことになるとか。——何せ学生の占いですから部活や学業の成績が伸び悩んでいるとか誰々との恋愛を成就させたいとか誰々がウザいので病気にでもなってほしい、などとぽろっと言ってしまうわけです」

半分は私への、半分は市子への説明だ。市子は呆《あき》れた様子でため息をついた。

「信じがたいな。霊的存在を相手に言質を取られるなんて何があるか知れたものではない」

「いい狐の霊かどうかなんてどうやったらわかるの?」

「素人《しろうと》は降霊術などしないのが一番いい」

市子の答えではあまりにも身も蓋もないのでまた助六のアシスト。

「昔は降霊術には霊媒の他にもう一人、術師が立ち会うものでした。霊に取り憑《つ》かれる者とは別に、降りてきた霊が何かを見極める術師がいたのです。霊媒以上に天性の才能が必要とされるので絶対数が少なく本物はほとんどおりません。宮は大体二百年ぶりに得られた御子《みこ》です」

「私からすればどうして見てわからないのかと思う」

「これが天賦《てんぷ》の才、ギフトというものです」

見てわかるんだ。……それってつまり市子は本物の神様を見たことがある? 神様ってその辺にいるの? もしかしてこれも史郎坊の言っていた「ラーメン屋に来る芸能人」程度のノリなんだろうか。

「このようなわけで由緒ある神々が宮の許に使いを送り、その通力を保証し御身を守護しているのです。神の声を正しく人の子に伝えるのには、やはり人の子の力が必要ですから。神はただ偉そうにふんぞり返っているだけでなく、人とコミュニケーションしなければならないのです。また妖物の中にはわざと有名な神の名を騙《かた》りペテンを働くものもおりまして、野放しにしていてはまことの神々の沽券《こけん》にかかわります。そのような紛い物を滅するためにも宮のような存在が欠かせないのです。——と同時に、迂闊な言葉でよくわからぬものを神と認めてしまったりしないように監視する。そのついでに頼まれれば雑事も請け負う、とまあそういう臨機応変でゆるいシステムでありまして。実は宮と神使の間にははっきりとした雇用等の契約関係はないのです」

「信用されているのかいないのか」

市子は肩をすくめ、おにぎりの最後のひとかけを口に押し込んだ。焙じ茶の残りでそれを押し流す。

私の方はこの話題になってからどうも落ち着かない。

「誰が新しい神様とか、そんな大変なこと人間が決めちゃっていいの？」

「不思議なことを言うな。人間以外も神に従うが、祀るのは人間だぞ。他の誰が決める。この八島《やしま》では何ものであっても神になれるが神を決めるのは人間だ、そこは揺るがない」

「私は人間ではない」と言われたらどうしようかと思ったが、意外にまともな答えが返ってきた。

「妖物なら自由気ままにやりたいことをしていればいいが、神になれば多少は人間に気遣《きづか》いが必要だ。神社で集めた賽銭《さいせん》は神職のものだし玉串料《たまぐしりょう》を払った人間を無視することもできない。神同士、挨拶回りにも行かなければならない。品格も問われる。荒《あら》魂《みたま》の赴《おもむ》くまま暴れていいわけではない。そういう機微のわからない奴を神にしてしまうとその文句は私に回ってくるが、私には賽銭も玉串料も入らない。いい役回りでもないぞ」

「八島はどこへ行っても肝心なのは〝根回し〟で〝出る杭は打たれる〟のです。神代《かみよ》の時代から変わりません」

「神代の時代など知らんくせに」

助六が空になった茶碗に急須《きゅうす》からお茶を注ぎ、市子に手渡した。

「芹香嬢は、お茶は大丈夫ですか」

声をかけられ、私は慌《あわ》てて冷めたお茶を飲み干した。

「まあ安心して弁当を食え。戦力はこちらの方が分がいい」

どこまで信じていいんだか。ハムステーキを囓っていてもまるで味がしなかった。

そうこうするうちに三十分が経った。

「そろそろいいな？」

市子が嬉しげに口の端を上げた。

「やれ、雀。出番だ」

――私はここまで、雀さんというのはどこにいるのだろう、やっぱり鳥なのだろうか、と考えたりしていたのだが。

彼は最初から私たちの前にいた――これまで見えなかっただけで、突然に現れたという感じがしなかった。透明になるか気配を消すような術で隠れていたのだろう。

長い真っ黒なポニーテール、牛若丸《うしわかまる》みたいな水色の着物。水干《すいかん》って言うんだっけ？　ボタンみたいに丸い毛玉みたいな飾りがついていて。カーキ色の袴を膝《ひざ》の辺りで絞ってあるので和服なのにすねが丸見え。でも細くて白くてむだ毛なんか一本もない。

分けた前髪がかかった目は切れ長で、線の細い古風な美少年……美少女？　よくわからない。細い首にのどぼとけはない。

「相手は獣だ。犬ならば牙で、お前は猟銃で脅してやれ」

「了解」

短く答えた声は高かった。

雀は跪いた姿勢のまま、左手にオートマチック拳銃、右手に一メートルほどもある大きな猟銃をかまえていた。……猟銃？　ライフル？　ショットガン？

ピストルを楓の手許の仔狸の頭に、ショットガンの先を長老狸の鼻先に突きつけて。

「古狸殿は肉体の傷なんか問題じゃねえだろうが、仔狸はどうだ？」

綺麗な顔で物騒に笑った。

3

この日、誰より遠足を満喫していたのはみずちとみずはだっただろう。狸に先導されて森の中を進む間、上機嫌《じょうきげん》な蛇兄妹は獣道を揃《そろ》ってスキップしていた。

「化け物って何だろう、みずは」

「龍でしょうか、鵺《ぬえ》でしょうか？　尻尾が変わっているということは鵺？」

「鵺っておいしいのかなあ。ええと、字に鳥が入ってるんだから鳥なの？」

「確か身体は虎《とら》だとか聞いたことがありますわ」

「じゃあどうして鳥の字が入ってるの？」

「声が鳥なんじゃ」

頭の悪いやり取りに、つい我慢できなくなって史郎坊は口を挟んでしまった。彼は煙管《きせる》に火を入れ、刻み煙草《たばこ》をたっぷり吸った後、前の狸に聞こえないようにみずちとみずはにだけ聞こえる声を飛ばす。

「……おぬしら罠に落ちた、自分の手に負えぬおぞましい怪物と戦う羽目《はめ》になったとは思わぬのか。どう転んでもこれは貧乏くじじゃぞ。儂は頭のよすぎる自分が疎《うと》ましい」

史郎坊の言葉を聞いても、みずはとみずちはにっこりと笑うのみ。

「妾と兄様より強い者がどこに？」

「溝越は自分がケンカ弱いからって深く考えすぎなんだよ。ハゲるよ」

「天狗より度しがたいわ、全くもって」

ため息をついて、史郎坊が新しい刻み煙草の塊《かたまり》を煙草入れから取り出したとき。

「はっ」

みずはが立ち止まり、唐突に開いたままの扇を投じた。白檀《びゃくだん》の扇は史郎坊の前髪をかすめ、そのまま一直線に飛んで若木の枝を切り落とした。

葉ずれの音、次いで獣のような悲鳴。史郎坊は煙草の葉をつまんだまま、引きつった顔でみずはを見た。

「……おぬし、今わざと狙ったじゃろう」

「獣の気配がしたのですわ」

指が滑って煙草の葉をすり潰《つぶ》し、拳を握《にぎ》る。

「物の怪ではなく野生動物じゃろう！　明らかに儂もろともに滅するつもりであったな！」

「男のくせにぎゃーぎゃーうるさいですわね、本当に当ててやればよかった」

「貴様という奴は！　大体野生動物を手にかけることは、人の子の法で禁じられておる！　狩猟禁止区域じゃ！」

史郎坊は声を荒らげたが、みずはは平然と指先で招いた。畳まれた扇が宙に浮いてすっとその手に戻り、みずははそれを開いて顔を煽ぐ。

「笑止、妾たちは人ではないのになぜ人の法など気にせねばならないのです」

「宮の命で動いておる以上、人の子の法に従うのは当然じゃろうが！　ご命令あらば何をしてもよいと思うておる、雌雄《しゆう》同体の白ミミズめら。二匹分の脳味噌があっても全く使う気がないのでは」

「な、きさ、今何と!?」

史郎坊が吐き捨てた途端、みずはの白いほおに血が上った。扇を畳んで折れるほど握り締めるのを、みずちが肩を叩いてなだめる。

「みずは、いちいち怒らないでよ、これからもっとでかい獲物《えもの》とやり合うんだから。溝越なんか放っときなよ。モメたら宮に叱られるよ」

「兄様はこれに言われるがままでいいんですの!?」

「ていうか〝シュードータイ〟って何？」

先導の若い狸は化生《けしょう》三人が仲間同士諍《いさか》いを始めたのをおろおろした様子で見守っていたが、やがて意を決したか史郎坊に歩み寄った。

「もし、天狗殿」

「考えればおぬしも儂らともども貧乏くじよなあ」

史郎坊は握り潰した刻み煙草の葉を手から払い落として、藍染《あいぞ》めの煙草入れから新しいのをつまみ出すところだった。

「古狸に何を吹き込まれたか知らんが、今からでも詫《わ》びを入れれば取りなしてやらんこともないぞ。儂は天狗であって鬼ではないゆえに。上官の愚かさを新兵が償うのは憐れじゃ。こちらは上役の首だけで勘弁してやる。おぬしの悪いようにはせんぞ、どうじゃ」

「……取りなすとは？」

「一体この山にいかなる妖物が出ると言うのじゃ。正直に申してみよ。この辺りならば誰も聞いておらん」

「はあ、では正直に申します」

このリアクションは想像しておらず、史郎坊はまた指を滑らせて刻み煙草をすり潰してしまい、狸を見下ろした。

狸のつぶらな瞳は多少惑っているものの、曇りなく輝いていた。

4

「警視庁警備部殿山武國《とのやまたけくに》巡査、今は鞍馬山武國坊《くらまさんぶこくぼう》と号す。法力においては烏《からす》天狗にも及ばぬ若輩の雀の身なれど、火縄を撃たせれば百発百中八島一。七百尺の遠きより針の目を射貫くも自在なり。仁左衛門狸殿とは短いつき合いなれど、よろしくお願いつかまつり候《そうろう》」

狸の顔に銃口を埋めながら、芝居のように謳《うた》い上げる。中性的な面差しと不思議な衣装もあいまって本当にお芝居みたいだ。現に楓は目の前にピストルを突き出されても「え、何？　マジ？　誰？」と呆《あっ》気《け》に取られるばかりだ。……市子はあんまり乗らない感じだったけど。

「……もしかしてお前、はしゃいでいないか？」

「普段はやりませんからね、名乗る前に撃っちまう。それは間者のやり方で武者じゃねえってこないだ鞍馬のお偉いさんたちにどやされまして、一生懸命考えたんですよ」

「鞍馬では〝やあやあ我こそは〟を未だにやっているのか？」

市子はつまらなそうに言って首を回した。関節の鳴る音が私にまで聞こえた。

「これが私の随伴の武芸者だ」

「た、頼もしゅうございますが……」

長老狸は何せ顔に毛が生えているので表情が変わったり汗をかいたりしている様子がまるでわからないのだが、声だけは上ずっていた。

「なぜこのようなご無体《むたい》を、わ、私どもにどのような落ち度が」

「この期に及んで白を切るか？　この山に退治すべき恐ろしい化生などいないのだろう？」

「私たちが嘘をついたとでも？　本当でございます！　奴らは長年私たちを苦しめて」

「そんな気配はない。私から護衛を引き離して何をするつもりだった？」

「誤解にございます！　姫様は何か勘違いしておられる！」

他の狸たちは、銃を目にしただけで身体がすくんでしまったようだ。雌狸だけは楓の手許にない仔狸たちをかき集めてひしと抱き締めた。

助六は取り立ててやることがないらしく、のんきに猫みたいな動作で顔を洗っていた。

市子は雀に冷たい一瞥《いちべつ》をくれてあごで示した。

「一発喰らわせてやれ、死なない程度に加減して」

「じゃあ耳ですかね」

雀も平然と返す。長老狸が悲痛に叫ぶ。

「こ、子供たちはお許しを！　非礼はこの老体一匹が贖《あがな》います！　どうか！」

「いい根性だ。なら私が手ずから相手をしてやろう。ものすごく痛くしてやる」

市子が立って靴を履《は》き始める。雀がため息をついた。

「久しぶりに格好つけたのになあ」

「ちょ、何、説明して？」

楓が戸惑った声を上げる。

……って、私もこんなところで狸の長老がいたぶられるのなんか見たくないんだけど？　ドン引きなんですけど？

　楓がはしゃぎすぎて何となく仔狸愛玩《あいがん》祭りに参加しそびれただけで、人並みの動物愛護精神というものがある。経験値稼ぎのスライムならともかく、哺乳類だ。名前も知ってしまった相手だ。仁左衛門さん？　人間の言葉を喋るようなものにひどいことをしてはいけないとも思う。何より私たち、液状のど飴飲んだだけでまだ何もされてないし。

　これはそもそも、課外授業なのであって。遠足なのであって。ハイキングなのであって。私たちは健全な中学生らしく山野を歩き回って足腰を鍛錬《たんれん》し、自然というものを体感し、卒業アルバム用の写真を撮って、同級生と親交を深めて、後、何かかけがえのない思い出的なものを作って、ええと。とにかく狸村に狸の大虐殺をしに来たわけではない。

　こんなことなら素直に登山クラブのおじいさんと十二キロ歩けばよかった。あのとき、二キロ余分に歩く羽目になっていても男子たちのグループを追いかけて合流していれば——こんなの全然遠足じゃない。遠足の形式というものを大事にするべきだった。ああ、神様、私は悪い子でした——日本の神様は市子の味方をするんだっけ？　なら私はキリストに祈った方がいいのか？　どうすればいい？　クリスマスにもっと盛大なケーキを作るとか、サンタさんに手紙を書くとか？

　私が狸たちのために信仰心の何たるかについて思い悩んでいたとき、助けてくれたのは神様でも仏様でもない、天狗様なのだった。

「お待ちくだされ、宮」

　がさがさと茂みをかき分けて史郎坊が煙管片手に疲れた顔で戻ってきたとき、私は心底、宗教を大事にしようと思った——が後で聞いたら天狗の宗教は〝女人禁制〟なのだそうだ。そんなのってアリか。

「溝越、無事だったのか」

　市子の言葉を聞いて、雀があからさまに顔をしかめて「死ねばよかったのに、クソジジイ」と小さくつぶやいた――思わず彼の方を二度見した。〝ただしイケメンに限る〟は嘘だ、人はイケメンのみにて生くるにあらず。顔が綺麗だからってそれだけで飛びついちゃ駄目だなあと思った。

ぞろぞろと後ろにみずはと案内の若い狸もついて来た。なぜか一緒にいるはずのみずちの姿はなく、若い狸はこの修羅場のありさまにぎょっとしたのか途中で硬直してしまったが。

「雀の得物《えもの》を引っ込めさせてくだされ。弾丸の無駄遣いじゃ」

「……雀、銃を下ろせ」

雀は舌打ちをしてからかまえを解いた。屈《かが》んだ体勢からしゃんと立ち、ピストルの方は水干の内側にしまい込む。ショットガンはしまわずに両手でかまえ直したが銃口は地面を向いている。長老狸はへなへなと四つん這いにくずおれた。

それを見て雌狸は若い狸に子供たちを押しつけ、慌てて楓に駆け寄り、最後の一匹をむしり取った。めでたしめでたし。

「どういうことだ、ちゃんと説明しろ」

市子の要求に、史郎坊は決まり悪げに頭を掻いて答えた。

「どうも、本当に正真正銘初心者向けのゴブリン退治クエストじゃったのにゲームマスターを信用しきれず話をややこしくしてしもうたパターンのようです、面目ない。――これがこの山に棲《す》み着いた物の怪の正体です」

史郎坊がどさりと地面に投げ出したものを見て、私は悲鳴を上げかけた。楓は実際悲鳴を上げて私に抱きついた。

それは五十センチ強くらいの、灰色の獣の死骸《しがい》――市子もいぶかしむように目を細めたが、長老狸のリアクションは違った。

「おお、これぞ姪の仇《かたき》！」

さっきまでの焦《あせ》った声とはテンションが違う。狸たちはこぞって死骸に駆け寄り、鼻先を寄せて匂いを嗅ぎ、目をこすったり拳を振り上げたりし始めた。

「磔《はりつけ》じゃ！　首を切れ、骸《むくろ》を晒せ！」

「皮を剝《は》いで敷物にしてしまえ！」

……何この反応、怖い。史郎坊もあんまりかかわりたくないのか、視線を逸らしている。

「まあせいぜい皮をなめして尻尾を集めて満足するんじゃな、儂らの知ったことではない」

納得できないのは私と市子だ。市子はわざわざジャージのポケットから眼鏡を取り出してかけ、しげしげと死骸を眺めたが、疑問は晴れなかったようだ。

「……狸ではないのか？」

そう、その死骸は周りにいる狸たちとさほど変わったところがない——いや並べて比較すると狸たちの毛が茶色いのに対し、死骸はグレーっぽい？

「親戚同士で争っていたということか？」

「違います」

史郎坊が煙管で示すと、興奮した狸たちの合間から死骸が浮かび上がった。よく見るとその尻尾は、白と黒の縞々《しましま》の模様になっている。狸の尻尾はそれよりずっと短くて茶色一色。縞々の方がお洒落《しゃれ》でかわいい。

「ほれ、狸の顔は黒いがこちらは白い。それに尻尾に模様がある。手足の指の形も異なります。——アライグマです」

思いがけない言葉に、私と市子はしばしリアクションを忘れた。

「ここの連中はホンドタヌキ。こやつはいわゆる、環境省指定の特定外来生物という奴です」

「とくていがいらいせいぶつ……」

「ラスカル、をこの世代は知らんのか」

史郎坊はまた死骸を放り出し、うろうろ歩き回り、煙管をタブレットPCに変えていじったりし始めた。どう説明したものか悩んでいるらしい。

「儂らに気配がわかろうはずもありません、物の怪ではない野生動物なのですから。正確には帰化動物じゃが。天狗といえど気配だけで狸と穴熊とアライグマを見分けるほど器用にできてはおりませぬ。

——アライグマは元々日本にはおらなんだのが人間の手で毛皮や愛玩目的で輸入・飼育されておりましたが見た目より獰猛《どうもう》で、檻《おり》から逃れて仔を産み、山野や畑を荒らしておるのです。小さい頃はかわいいのでペットとして購入したものの大きくなって持て余し、飼い主が後先考えず野に放ってしまうたケースもありますな。こやつらは狸や狐と同じ物を喰らうのです。専門用語で〝ニッチを占める〟と申します」

これに反論したのは勿論、狐代表の助六だ。後ろ肢で立ち、背筋を伸ばして強い語調で主張し始めた。

「狐は基本肉食です。極端に腹が減っていれば木の実なども喰うことができるというだけで、狩りが下手くそだから人間の田畑を荒らす羽目になる芸のない狸どもと一緒にしないでいただきたい」

……偏見はよくないと思って今まで言わなかったが、やっぱり狐は狸と仲が悪いようだ。史郎坊もあからさまに面倒くさがっている。

「わかったわかったそういうことにしておこう」

「そういうことにしておこうとは何ですか」

「助六、少し黙っていろ」

市子が制してやっと引き下がった。史郎坊の説明に戻る。

「まあそういうわけで、以前みずちが町内の鼠を喰いつくして、ご近所の猫が抗議しに参ったことがあったでしょう。同じことがこの山で起きたのです。アライグマは狸よりも俊敏で、野苺も野葡萄《のぶどう》も茸《きのこ》も竹の子も山菜も柔らかな草の芽も沢の海老《えび》や蟹《かに》も蛙も鳥の卵も小さな虫けらに至るまで、全て先んじてアライグマが喰いつくし、古き狸どもは食べる物を失ったのです。この山にて狸が占めておったニッチを、後から来たアライグマが奪ったのです。ニホンオオカミが既に絶滅しておったのも奴らの春を謳歌《おうか》する理由に。日本の山野には中型の獣を淘汰《とうた》するものがおらんのです。熊はあまり獣を追いかけて狩りをしたりせぬ」

長老狸が顔を上げ、悲痛に叫ぶ。

「我ら狸だけではありません！　熊も鹿も穴熊も鼬《いたち》も鳥どもも白鼻心《はくびしん》も蛇も鼠も蛙も、山に住むものの皆がこやつらの行いに困り果てておりました！」

「鳥と蛇と鼠と蛙は違う理由で困っておったと思うがな」

史郎坊は冷ややかだったが、市子はまだよく理解できないらしく首を傾げた。

「似た者同士で仲よくはできないのか？　姪夫婦とやらは喰い殺されたのか？」

「確かに狸はアライグマの餌としては大きすぎるので、姪夫婦の死因とやらは恐らく人間で言えば過失致死《ちし》や未必《みひつ》の故意に該当するのじゃろうが——宮、これは親戚同士仲が悪いということではないのです。異なる種族で喰う物がかぶっておるというのは宮のご想像以上に切実な問題なのです。パンがないならお菓子を食べればいいじゃない、では済まぬのです。喰うものが足りぬというのは、たとえるならば椅子《いす》に座れなければ即死亡の椅子取りゲームです。宮はたびたび断食行をなさいますが終われば後に必ず誰かが乳粥《ちちがゆ》を差し出します。断食は飢餓《きが》ではありませぬ」

思ったよりきついたとえだったせいか市子は返す言葉がないようだった。……断食行なんかしてるの、普段。やせてるのに。ダイエットじゃなくて？

「二十人に十人分の弁当が配られ、それ以外に食うものがないとしましょう。二、三日のことならば二人ずつで分け合って和《なご》やかにしていられますが、二ヵ月も三ヵ月も続けば全員がやせ細るより、互いに争ってでも飢える十人を決めてしまおうと思い始めまする。しかもやせ細り弱るのは子供からです。狸の仔は一度に五匹も産まれるのです、産まれてから減らせるものではないし、そもそも滅びゆく種族が仔を作らねば滅亡が早まるのみです。喰わずとも生きていけるのは半霊体の年寄りであって育ち盛りの子供はそうはゆかぬ。その上、狸とアライグマではアライグマの方が素早い。〝飢える十人〟を決めるのはアライグマの方であったのです。食い扶持《ぶち》の奪い合いは喰らい合うよりも悲惨です」

「しかし狸は、神通力が使えるのに」

「群れの中でも数匹です。葡萄酒とパンと肉を裂いて大勢を賄《まかな》うような御業《みわざ》は毎日使えるわけではなく、飯のたびに一族郎党を集めるのは骨です。腹は毎日減るのですぞ。人間が餌を撒《ま》いてもアライグマが殖えるばかりで狸どもには回りません。最悪月輪熊《つきのわぐま》が横取りしに来るようなことにでもなれば目も当てられませぬ。人里にまで被害が及びまする」

「ずっと何の話してんだよ、説明しろよ」

楓の質問には誰も答えない。タブレットPCを手に、史郎坊はこの話を何とかまとめに入った。

「絵本やマンガにありがちな動物大集合村というのは見た目ほどほのぼのしておらんもので、実際我らが有象無象《うぞうむぞう》の集う出屋敷邸の居間でも小型の者は肉食連中の冗談に内心本気で怯えておりますし、みずちが町内の鼠を喰いたい放題喰っておるのを面白く思っておらん奴がおるかもしれませんぞ」

「言っておきますが私は鼠は食べませんからね、高次霊的存在ですから」

この話になってから助六はつれない。

「というか、調べたのですが溝越は人であった頃は海軍技術下士官、戦時下というものの現世にいたのは海軍がコテンパンに負けるまでなのですから終戦直前の悲惨な物資不足を体験したわけではなし、それどころか陸軍よりいいものを食べていたのでは？帝国海軍の財布が潤沢《じゅんたく》な頃に、大和《やまと》ホテルでアイスを食べてサイダーを飲んでいたんでしょう？ 飢えたことなどないのは溝越の方では？」

「そこ、余計なことを言うでない。大和ホテルのサイダーじゃやと、ろくでもないことを思い出させおって」

史郎坊が舌打ちしたとき、ずずっと地響きのような音がした。――みずちが白い大蛇の姿のまま、木々の間から這って出てきたのだった。頭だけでも車くらい大きいのに、その胴体はマンガみたいに途中だけパンパンに膨らんでいた。鱗《うろこ》と鱗の間の皮が伸びている。口を開け、軽くげっぷをし、少年の声を上げる。

「十四まで数えたんだけど、わかんなくなっちゃった！　もう食べられない！」

「環境省も頭を痛めるわけじゃ。次はヌートリアを討伐《とうばつ》に行くか？」

ここまでみずはが静かだと思ったが、彼女はずっと恥ずかしそうに扇で顔を隠していた。

「兄様、三ヵ月ほど何も食べなくても大丈夫ですわよ」

「三ヵ月は嘘だよ！」

「蛇は三ヵ月でも平気じゃろ。喰いすぎで吐《は》いたりするでないぞ、勿体《もったい》ない。……これまでみずちの食い扶持を確保するのに難儀しておったが、関東の特定外来動物を根絶やしにするだけで何とかなりそうじゃな」

「ええー、いい加減食べ飽きたな。ちょっとクセがあるし」

「味なんぞわかるのか、おぬし。舶来《はくらい》の珍獣は好きではなかったのか」

「たまに食べるからいいんだよ！」

市子は今更みずちの蛇体を恐れたりはしないが、体型が変わるほどアライグマを食べまくったという話にはドン引きだったらしく、しばし言葉もなく唇だけを開閉していた。

「……まさか子供も皆殺しにしたのか？」

「何せ環境省が指定しておりますゆえ、殊更《ことさら》惨《むご》い方法でなくば禁猟の地でも殺してよいのです。駆除したら賞金が出る地方もありまする。元々、一匹や二匹しかおらなんだのが仔を産んでネズミ算式で地元の狸より数が多くなったのです。仔を見逃せばまた同じことになりまするる」

「しかし聞いていれば、アライグマが悪いわけではないだろう。獣が生きようとするのに罪はない」

「無論本《もと》を正せば悪いのは人間ですが、狸だけが迷惑をこうむるわけではありませぬ。アライグマは人里の田畑を荒らし、生ゴミも漁ります。狂犬病とアライグマ回虫を媒介《ばいかい》し、これは人間をも死に致らしめる病の元にござります。昨今は本州でもエキノコックスが見受けられるとか。医学が進歩した現代であっても狂犬病は発症すれば必ず死ぬ不治《ふじ》の病ですぞ。奴らの存在は日本においては百害あって一利ないのです」

　ここで史郎坊のタブレットPCがPDFファイルを展開してみせた。タイトルは『アライグマ防除の手引き』。

「ご覧くだされ。役所が定めしアライグマ対策のガイドラインにござります。人間の法に照らし合わせれば全てみずちの腹に収めて問題ないと判断した次第で」

「そんなことを人間が決めていいのか！」

「って言っても、他に誰が決めるの？」

神様を決めるよりずっと大事だと思う。

　雀が白けた顔で「何だこの茶番」と吐き捨てる一方で、市子は珍しくショックを受けた様子で緋毛氈に膝をついた。

「……私たちは何と戦っていたのだ？」

三の姫の閨《ねや》

狐《きつね》が生まれたのは室町《むろまち》時代の終わり、戦国時代の始まりの頃だった。

少し長生きして変化《へんげ》の術を覚えると、狐は美少年に化けて小姓《こしょう》として城に潜《もぐ》り込み、武将やその奥方に取り入って乱痴気《らんちき》騒ぎを起こし、城が傾いたらよそに移ってまた似たようなことをして過ごしていた。

あるとき、狐つながりで一応気を遣《つか》って那須《なす》の殺《せっ》生石《しょうせき》に挨拶《あいさつ》に行った。妖狐玉藻《ようこたまも》は何度も調伏《ちょうぶく》されて石も粉々に打ち砕《くだ》かれていたが、その心のかけらはまだしぶとく口を利《き》ける程度には残っていた。

「お前こそ我が跡継ぎに相応《ふさわ》しい。二代目白面金毛《はくめんきんもう》九尾《きゅうび》を名乗るがよい」

というわけで元祖のお墨付きをいただき、狐はますます調子づいた。江戸時代になれば藩主の城に潜り込み、明治時代には県知事の館に、昭和になっては陸軍将官、戦後は適当な金持ちに取り入って、延々と人間を食い物にしていたが、平成になってはたと気づいた。

「私のオリジナリティとは？」

――つまりやっと飽きたのだ。五百年もやりたい放題してやっと。それまで同じことの繰《く》り返しに全く気づいていなかった辺りが畜生の浅はかさよ。

〝二代目白面金毛九尾〟は彼の名ではなかった。襲名したのだからむしろ肩書きと言った方がいい。人間の城に潜り込むときに使った名はかりそめのものに過ぎず、いちいちころころ変えていた。――ここに来て狐は今更自分に名前がないことに気づいたのだった。思えば妖狐玉藻も〝玉藻の前〟を名乗っていたときに滅ぼされたのでそう呼ばれているだけなのだ。

こうして新しいことを始めようと思った狐の、次の野望とは。

「やはり神の名を得て社《やしろ》の一つも建てさせて、そこでのんびり楽隠居《らくいんきょ》したい」

全然新しいところのない、ごくありふれた妖怪《ようかい》の発想であった。

その頃、物の怪たちの間では奇妙な噂があった。鎮護国家《ちんごこっか》の要とするため、伊勢《いせ》の山中で高貴の血統の姫を〝天津神《あまつかみ》のミツエシロ〟として俗世から隠して密かに育てているという。

中でも三番目の姫が飛び抜けて霊能に優れ、その力を重く見た天神地祇《てんじんちぎ》や仏や天魔、名だたる神々がこぞって使いを送っている——

真実なら狐にとっては神々の列に加わる好機。偽《いつわ》りなら今や現世では珍しい高貴の姫を嬲《なぶ》って戯《たわむ》れるだけだ。狐は自ら伊勢へと飛んだ。

俗世から隠すというものの、名だたる神々の使わしめの者たちが放つ神気は隠しおおせるはずもなく、むしろ堂々としており、噂が真実であることはすぐにわかった。神域にも等しい結界が張られ、力の弱い物の怪では近づくこともできない。

神の名を得る手段がたやすいはずはない。この程度の試練はくぐり抜けねばなるまい。狐は五百年で得た妖力の粋を尽くして神使《しんし》たちの目を盗み、ついに奥の院へと至り。

三の姫の閨へと忍び込んだ——

建物は外から見れば無愛想な鉄筋コンクリートだったが、姫の住まう地下は和室なのは勿論《もちろん》、昔ながらの古風な調度が並んでいた。灯《あか》りは蛍光灯で空調はエアコンだったが、鏡台も箪笥《たんす》も衣紋掛《えもんか》けも文机《ふづくえ》も脇息《きょうそく》も漆《うるし》塗りに金箔《きんぱく》の貼《は》られたもの。螺鈿《らでん》の文箱《ふばこ》や雛《ひな》人形などもある。勿論、全てが女物だ。

しかも奥には御帳台《みちょうだい》がしつらえてあった。姫は古式ゆかしい薄絹の帳《とばり》の中で眠っているのだろう。これは久しぶりにそそられる。狐は何だかんだで美女に目がなかった。犯すにせよ嬲るにせよ喰《く》らうにせよ若く美しく高貴な女が一番だ。期待に胸を高鳴らせ、狐は帳をくぐった。

が。一つだけ狐の予想していないことがあった。

眠そうに絹布団《ぶとん》から顔を出した姫は、狐が思っていたより十歳ほど若い、いや幼かった。ぷくぷくしたほおは愛くるしさはあっても美貌《びぼう》かどうかは見当がつかない。

「――何だ、襁褓《むつき》が取れたばかりの赤子ではないか。帯解《おびとき》もまだか。この歳では姫も若君もあったものではない。一張羅《いっちょうら》を着てくるのではなかったな」

ついため息が漏《も》れた。こちらは張り切って金髪の美男子に化けて、袍《ほう》も一番新しいものを下ろしてきたというのに。頑張《がんば》れば頭くらい一口で食べてしまえそうだ。まだ骨も肉も柔らかくて人喰い妖怪から見ればご馳走《ちそう》なのだろうが、生憎《あいにく》狐は人間の血肉や生き肝よりも嬌声《きょうせい》や悲鳴や怨嗟《えんさ》の方が好みだった。

あどけない姫は不思議な薄い緑の目で狐を見ると、布団から這《は》い出して大声を上げた。

「宮《みや》の寝所《しんじょ》に古い狐が。こんな古いのは見たことがない。誰か」

幼子特有の甲高い声が一層狐を辟易《へきえき》させた。

「一人前に口は利けるのか。残念ながら結界を張ってあるので助けは来ない。添い寝がなくとも一人で眠れるのは褒《ほ》めてやろう」

「誰か、誰か！　いないのか！」

「幼子をいたぶる趣味はない、ぎゃーぎゃー泣き喚《わめ》くばかりで面白みがないからな。もう十年ほど後ならたっぷりかわいがってやれたのだが。親はいないのか？　母親なら旬の頃だろう。そうだ母の前でいたぶるのなら。娘の前で母をいたぶるのも楽しそうだ」

「弟橘《おとたちばな》の三の姫に母などいない」

不意に、姫がぴたりと喚くのをやめた。

背を伸ばし、紅葉《もみじ》のように小さな右手の指を二本立てて剣印《けんいん》を作り、縦、横、と幼い姿に似合わぬ精密な動きで虚空《こくう》を切り、はきはきと唱える。

「臨兵闘者皆陣列在前《りんぴょうとうしゃかいじんれつざいぜん》！」

早九字《はやくじ》は、今どきマンガの真似《まね》でもそれくらいできるという程度の初歩の術──だがその短い呪文で狐は御帳台を巻き込んで襖《ふすま》も倒すほど吹っ飛び、美男子に変化した術も解けて獣の姿で畳《たたみ》に転がった。しばらく目を回して動くことすらできなかった。

こんな目に遭《あ》ったのは初めてだった。といっても僧侶や修験者《しゅげんじゃ》や陰陽師《おんみょうじ》が挑戦してきたことなら何度かあった。全員ひねり殺してしまったが。

だが齢《よわい》五百年を数える二代目白面金毛九尾はこの日、たった五歳の童女にあっさり調伏されてしまった。九本の尻尾に宿る九つの命を使う余裕すらなく、数百年ぶりに生まれつきの狐の姿を晒《さら》す羽目《はめ》になった。守護の神使たちを遠ざけるための結界も障子紙《しょうじがみ》のようにたやすく破られた。

「古くて丈夫な狐だ。宮の九字で消し飛ばなかった。皆《みな》に見せよう」

姫は長着《ながぎ》姿でちょこちょこと歩み寄り、這いつくばった狐の首根っこを摑《つか》んだ。

「この間教わった、金剛不動金縛《こんごうふどうかなしば》りの術というのをかけてやろう。宮は尊勝陀羅尼《そんしょうだらに》も得意だ。どっちがいい？　並みの妖怪はすぐ消えてしまうがお前は頑丈《がんじょう》そうだ」

「い、命ばかりはお助けを」

命ばかりはお助けを！　それは狐にとっては、取り憑《つ》いた城主の治める領民たちが、年貢《ねんぐ》が足りず役人に引っ立てられるときの言葉だった。大体は見せしめとして磔刑《たっけい》や火刑に処された。あるいは生活苦から盗賊となった者たちがお縄を頂戴《ちょうだい》するまでもなくその場で斬り捨てられるときの台詞《せりふ》であり、狐はいつでも横で見ているだけで、ああ誰も彼も馬鹿《ばか》なことをするなあ、としか思っていなかった。

「命ばかりはお助けを！」

この台詞を吐《は》いたときの狐の心中たるや。五百年も生きてきて地上のことは大体見たと思っていたのに、今更こんな初体験があろうとは。なぜか少しばかり甘美な心持ちであった。

狐は姫の手を逃れると畳に額《ひたい》を叩《たた》きつけて平伏し、臆面《おくめん》もなく命乞いの言葉を並べた。

「少々長生きした程度で驕《おご》り高ぶり、姫様のお力を見くびっておりました。ご無礼、平にお詫《わ》びいたします。ですから命ばかりは。何でもします、掃除《そうじ》洗濯《せんたく》、姫様がお望みなら何でも。履《は》き物を温めもします。これより先は誠心誠意、姫様にお仕《つか》えし、姫様のご命令がなければ人間に化けることもしません。勿論悪いことなどしません。ですからどうか」

知ってはいたが使ったことのない言葉の羅列《られつ》。自分でも誇りをどこかに置き忘れてきたようだった。まさかこんなことがすらすら言えようとは。姫は首を傾《かし》げた。

「そこまで言うのなら命は助けてやらんこともない。宮は鬼ではないし宮の力はくだらぬ妖怪風情《ふぜい》を退治するためのものではない。狐はいなかったしもべにするには丁度いい。頭を上げろ」

——童女は、思いのほかチョロかった。

「お前、尻尾を触らせろ、尻尾を。耳も」

「はい、いくらでも」

と笑顔になった狐だが、腕力もないが遠慮も容赦《ようしゃ》もない子供に尻尾や耳やひげを抜けるほど引っ張られ、背中に跨《また》がられると五分で涙目になった。

「あ、あの、痛いです。もうちょっとお手柔らかに」

「お前、宮の言うことは何でも聞くのではなかったか」

——童女は、思いのほかしつこかった。

「よし今晩はお前を抱いて寝るぞ。みずはは身体が冷たいし、摂津《せっつ》一の宮の猫は小さくて物足りなかったのだ」

言葉はかわいらしいが、馬乗りで背後からぎゅうぎゅう首を絞《し》められながら聞くと死刑宣告に等しい。

「あのう、お仕えするからにはせめて名前を戴《いただ》きたいのですが…… "お前" では悲しゅうございます」

狐はここに来ても一応、当初の目的を忘れてはいなかった。名前があるとないとで大違いだ。姫は少し考え込んだ。

「確かに古狐と呼ぶのも何だな。溝越《みぞごえ》」

姫が手を挙げると、襖の陰《かげ》からまだ年季の浅そうな天狗《てんぐ》が現れた。髪は白いが若い顔も身なりも普通の人間の男のようだ。形ばかり跪《ひざまず》いたが、覇気《はき》のない顔つきは幼い姫を守る武者という風情でもない。子守りを押しつけられた程度の者なのだろう。

「お呼びですか、宮」

実際、狐の存在を咎《とが》めるよりも外れた襖や引っ繰り返った御帳台の有様に顔をしかめた。

「また疳《かん》の虫ですか」

「今日は違う、こいつと遊んでいたのだ」

「狐ですか？　はて、狐とはこの辺りでは見慣れぬ……いつの間に入り込んだんじゃ」

目を細めたが、あまり深くは考えなかったようでしつこく誰何《すいか》することもなかった。

「新しいしもべだ。どうしても宮に仕えたいと言う。宮が呼びやすい、いい名をつけてやれ」

「はあ、では承《うけたまわ》ります。……狐ならば稲荷《いなり》なのじゃろうか」

「さあ」

そんなわけはないが姫は短くごまかした。天狗は真に受けたようだ。

「んん……前掛けが紫じゃし、稲荷ならば助六《すけろく》でよいでしょう。助六。助けるに数字の六と書きます」

「そうか、では今日からお前は助六だ」

——これ以来、狐は助六と呼ばれるようになった。あれほどほしかった名前なのに、姫ではなく使い走り風情のしょうもない男につけられてしまった、これほどの屈辱は五百年の生涯になかった。狐はその後もこのぼんやりした天狗を激しく憎むことになる。

こうして姫に仕えることになった狐だが、この姫が愛らしいかと言えばそうでもない。夜泣きする、寝小便を垂れる、喚き散らす、世話係のねえやをいじめる、物を壊す、暴れる。霊能だけは強力なのに人格は全く練られていない。おどけたりおもちゃで気を引いたりなだめたりする者はいるのだが、叱《しか》りつけるのは誰もいない。他の者が叱らないのに新参の狐が何か言うわけにもいかない。あの天狗は絵本を読んで聞かせる係で他には大して何もしない。

狐は姫のお気に入りだったが、毎日尻尾を引っ張られ、背に跨がられお馬さんごっこを強いられる始末。鏡を覗《のぞ》いて耳やひげが欠けていないかを確かめるのが日課になった。顔に墨で落書きもされた。無論本当に掃除と洗濯もすることになった。姫が散らかしたおもちゃをしまい、汚した着物や布団を洗うのは大変だった。何せ絹なので洗濯機には入れられない。

「……本当にこの姫君がミツエシロに？」

これまで人間の子供などひっぱたくか術で眠らせてしまっていたのだが、それが効かないとなるとこうも厄介《やっかい》だとは。果たして、ここまで躾《しつ》けられない子供が高貴の姫としての勤めを果たせるものだろうか。

だが人間は人間。少し長く風呂に入っただけで風邪《かぜ》を引くこともある。二ヵ月経つか経たないかの頃に、姫は熱を出して寝込んでしまった。心労なのか感染したのかねえやも倒れたので、狐が伏せった姫の額を手ぬぐいで冷やし、団扇《うちわ》で煽《あお》ぐことに。誰も御帳台の中を見ていないのをいいことに久しぶりに人間に化け、寝転がって肘《ひじ》をついてあくびをしながらだったが。

「……このまま死んでくれればさっさとおさらばできるのだが」

童女が生涯を全うするのに六十年？　七十年？　勘弁してほしいとこのときは思っていた。一体なぜ仕えるなどと口走ってしまったのか、後悔しても後の祭り。

手ぬぐいをたらいで濯《すす》ぎ、滲《にじ》んだ汗を拭《ふ》いてやる。ほおが少しやつれて輪郭《りんかく》がすっきりした。普段は顔を見ているとぶたれるので、この機会にじっくり眺めてみた。

鼻は今は平べったいが、何年かすれば整ってくるかもしれない。まぶたはもう二重になりかけている。親の顔は知らないがその分、予想する楽しみがある。年頃になればなかなかの美姫《びき》になる可能性は捨てられない。

この幼児が美姫に——一瞬で馬鹿馬鹿しいと思い、鼻から笑いが漏れた。

それが聞こえたのか、睫毛《まつげ》がかすかに動いた。まずいと思ったときにはもう遅い。まぶたの下から薄い緑の瞳が現れた。

きっと泣く。でなければ怒るか喚くか、三つのうちどれかしかない。人間になど化けるのではなかった。言いわけするか？　謝るか？　それともまず変身を解くか？　その前に身体を起こして跪く？

姫は寝ぼけていたのか熱で朦朧《もうろう》としていたのか、すぐには声を発しなかった。何を求めてか布団から小さな右手を差し出した。

狐は先ほどの四択を忘れ、反射的にその手を取っていた。なぜかは自分でもわからない。感じたのは小さな手が火照《ほて》っていたことだけ。姫が弱々しく手を握り返したのは、身体《からだ》とともに心も弱っていたのか。

狐を見つめる緑の瞳は、深い山奥の湧水《わきみず》のように穢《けが》れなく澄み通っていた。

「……助六、ありがとう」

泣くでも喚くでもない。何の気紛れか、姫はそのときかすかに笑った。声を上げて笑うのではない。目を細め口の端を上げる思惟《しい》の笑み。無垢《むく》とともに深い思索を秘めた慈愛の笑顔だった。

——狐はこの幼い姫に二度調伏された。一度目は霊能で、二度目はその笑顔で。

広隆寺《こうりゅうじ》の弥勒菩薩《みろくぼさつ》、中宮寺《ちゅうぐうじ》の弥勒菩薩、薬師寺《やくしじ》の聖観音菩薩《しょうかんのん》、人の手になる様々な仏像を見てきたが、九つの命全てを捧げ帰依《きえ》し救われたいと思ったのは初めてだった。美女だけでなく数多《あまた》の人間を弄《もてあそ》び、肉ではなくその心を食い物にしてきた狐が五百年の長い生でただ一度、人の娘に恋をした。幾多の城を傾けてきた狐自身の足許がここに来て勢いよく傾いた。これぞ因果応報《いんがおうほう》。げに恐ろしきは少女の気紛れ。諸国大名は弓矢で殺す、糸屋の娘は目で殺す。人の真似をして歌っていたものの、その真の意味を知ったのはこのときだった。もうこれまで積み重ねてきた五百年の生も名前もオリジナリティもどうでもいい。この姫こそはいかなる世でも最も貴き存在であり、狐が存在を賭《と》して守るべきものであった。

この日から狐は嫌々ではなく嬉々《きき》として姫の世話をするようになった。姫の方でも熱が下がった途端、それまでの乱暴な気性を夢の世界にでも置き忘れてきたのか、泣き喚いたり暴れたりねえやの髪を引っ張ったり、物を壊したりするのをぴたりとやめた。振り袖を纏《まと》い、伸ばした髪を梳《くしけず》り、真面目に霊能の修行に勤《いそ》しむ一方で人形を愛《め》で、見よう見真似で花を活《い》け、琴《こと》を爪弾《つまび》き、幼いながらにおしゃまな少女として振る舞うようになった。夜泣きも夜尿《やにょう》も止まった。憑き物が落ちたようとはまさにこのこと。日本で一番凶悪な化け狐が身近にいるのにおかしな話である。

狐は姫の部屋を花で飾り立て、自分好みの簪《かんざし》や着物を選んで香を焚《た》き、源氏物語を読んで聞かせ、毎晩添い寝した。とはいえ初潮もまだの童女に不埒《ふらち》なことなどしない、親を知らない子供を毛皮で暖めていただけだ。果物にも少女にも食べ頃というものがある。熟するのを待つのも楽しみの一つだった。

——姫がまことのミツエシロとなり、その勤めを果たして〝出屋敷市子《でやしきいちこ》〟の名前で中学生になったのは、それから八年後のこと。

生きる目的や生まれてきた理由なんてない方がいい

1

出屋敷市子《でやしきいちこ》はよくわからない理由で学校をちょいちょい休む。「道に鳥の糞《ふん》が落ちていた」とかだ。雨が降っているから嫌だとか体育の授業が嫌だとかそういう次元ではないので彼女以外の誰にも理解できない。おかげで私たちは〝クラス全員皆勤賞〟などというものとは端《はな》から縁がなく、他人のことをうだうだ考えても無駄《むだ》だ、ある程度は放っておくしかないということを学習した。

ただ、放っておけないこともいくばくかはある。

ある日の終礼で担任が配ったプリントなども。

「林間学校のお知らせ、皆、保護者のサインとハンコをもらってくるように。保険証のコピーも。絶対必要だからな。しばらく毎日言うぞ」

そう聞いては無視するわけにもいくまい。私はおずおずと手を挙《あ》げた。

「先生、出屋敷さんお休みなんですけどー……」

「ああ、うん……」

担任の目が泳いだ。長尾政和《ながおまさかず》は悪い人ではないのだろうが魔法少女・出屋敷市子との相性は芳《かんば》しくない。

「葛葉《くずのは》は仲いいけど家とか知ってるのか」

「はあ」

「じゃあ悪いけど、持っていってやってくれるか」

と私に一枚多くプリントを差し出す。——そうなると思った。言い出しっぺの法則という奴だ。

市子は私の家に来るのに私は市子の家を知らないのは不公平だと言ったら教えてくれた。住所だけでまだ行ったことはないが。

終礼が終わって荷物をまとめていると、だが意外にも女子がわらわらと寄ってきた。田口楓《たぐちかえで》が半ば机に乗っかるように私に詰《つ》め寄る。

「セリィ、イッチーの家行くんだったらあたしもー」

「え」

「だって見たいじゃん、どんなバケモノ屋敷に住んでるのか気になるじゃん」

……あ、そういう。確かにマンションに住んでいるところは想像できない。住所では一戸建てだ。

でも大人数で遊びに行くなら事前に連絡しておくべきだろうし、病欠のところに押しかけると迷惑だ。もしかしたら意外と大変な病気で寝込んでいるのかもしれない。それ以前に、ただのズル休みで出かけていたりしたらまるっきり無駄骨だ。私と楓だけで行くことにした。

「プリント渡すだけだからあんまり騒いじゃダメだよ」

「わーってるわーってるって」

というわけでこれから二人で行くことをメールした（天狗《てんぐ》に）。——化け物屋敷っていじめてるみたいだけど、天狗にメールしてレスを返される時点で察《さっ》してほしい。女子二人で見舞いに行くこと自体は歓迎された。意外と、病気でもズル休みでも鳥の糞のせいでもなかった。

初めて訪れた出屋敷邸は、年季の入った二階建ての木造建築一戸建て。市子は父親と、大量の妖怪《ようかい》と一緒に住んでいるというが、見た目には新しくないというだけで普通だ。

チャイムを押したが返事はなく、代わりに玄関の引き戸ががらっと勝手に開いた。普通なら「変わった自動ドアだ」と思うところだが、出屋敷市子の自宅に限ってそんな無粋《ぶすい》な装置のはずはなかった。

「お邪魔しまーす……」

そっと玄関をくぐり、靴を脱いで上がると廊下《ろうか》の蛍光灯が点《つ》いた。そちらに向かって進むと、今度は二階への階段から足音が。

……訂正する。ここは立派な化け物屋敷だ。きっと現代科学の粋《すい》を凝らせば自動でこういうことをする仕掛けを作るのは可能なんだろうが、そうではないことを私たちは知っている。

二階に昇ると襖《ふすま》も開いた。畳《たたみ》に布団《ふとん》が敷いてあるのが見えた。ほのかにお香の匂い。

市子の部屋は学習机に猫の陶器人形とすみれの花が飾られていて、衣紋掛《えもんか》けに花柄の真っ赤な振り袖《そで》がかけてあった。明るくなかったら振り袖はかなり怖かったと思う。いつ着るつもりだろう。大きくて黒ずんだ木の琴も置いてある。これは市子が弾くのだろうか。誰か、耳なし芳一《ほういち》的な演者に弾かせて聞くだけなのだろうか。趣味はお茶にお琴ってサザエさんしか言わないと思っていた。

市子は布団に潜《もぐ》り込んでいるようで真っ黒なおかっぱ頭だけが覗《のぞ》いていた。布団のそばには緑色の座布団が二つ置かれていた。

私が何か声をかけようとする前に、楓が大声を上げた。

「イッチーちーっす！　生理痛キツいってマジ？」

それで市子はばねでも入っているかのように勢いよく九十度起き上がった。真っ白な顔に血が上って一気に赤くなる。

「お、お、お前、そんな大声で！」

「だって生理痛は生理痛だし」

「何度も言うな！」

「いちいち大げさに寝てんなよなー」

これが女子しか連れてきてはいけない理由だった。

しかも市子はジャージかデニムでも穿《は》いていればいいのによりによって真っ白な着物で布団に寝ていて、何を考えているのか私だって小一時間問い詰めたいくらいだった。ただでも真っ黒なおかっぱ頭で学校指定のセーラー服を着ていてさえ〝怖い日本人形〟みたいなのに、着物姿だと余計にその印象が強くなる。寝ていたのになぜか黒縁の眼鏡《めがね》をかけていた理由もぜひ聞きたい。

とりあえず私たちは適当に壁際にカバンを置いて座布団に座った。

「いっちゃん、もしかして初めて来たの？」

市子の視線が泳いだ。何やらもじもじ両手の指を絡《から》ませている。彼女らしくもなく恥じらいがあるらしい。

「ではない、が……」

「仕方ないじゃん、女なんだから生理来るのは当たり前だろー。来なかったら大変っつーかー」

「だからその言葉を何度も言うな！」

楓はばさばさ言いすぎだと思う。本人は屈託《くったく》もなくきょとんとしている。

「え、生理って言っちゃダメなん？」

「えっと、ルナルナとかお月様の使者とか、うちのママはお客さんって言ってるけど……」

「何か面倒くせーな」

「日本人は直接表現を使ってはいけない！　言霊《ことだま》がこもる！」

という市子の主張もいまいちピンとこない。彼女はなぜか身体を折り、掛け布団に顔を押しつけた。

「私は、私は普通の女になってしまった……」

と、なぜか世界の終わりのように震え声でつぶやく。今現在全然普通ではないので安心してほしい。

楓はますますすげない。

「何がいけないんだよ、中学生にもなって来てない方が悩むだろフツー。ウチのツレ去年小六なのに来てないつってメッチャ悩んで豆乳とかザクロとか飲みまくってたぞ。来ても面倒くさいだけでいいことねーのに」

確かに市子は身長も百四十センチくらいしかなく体型もスレンダーなので、来ていなくて悩みそうなイメージだった。何だかんだで私は百六十あるので同い年と思えない。楓はもうちょっと大きくて百七十近く、高校生と間違えられる。市子と並ぶと大人と子供だ。

「ていうか今日のいっちゃん、テンション変。痛み止めとか飲んでる？　ロキソニンあげよっか？」

「腹巻きしてホッカイロ貼《は》るとすげー効くぞ」

「何か必要なものあったら買ってくるよ？　お父さ

んじゃ頼みにくいでしょ？　ドラッグストア、お店によって結構値段違うよ」

「メーカーでも違うよなー」

と、いろいろアドバイスしていると階段を登ってくる足音が。

もしや父親かと思って声をひそめたが、予想に反して襖を開けたのは和服に割烹着《かっぽうぎ》姿のふっくらした女性だった。今どき珍しく後ろでネットで髪をまとめている。こんな髪型の人、フネさんしか知らない。

「ようこそおいでくださいました」

中腰で部屋に入り、トレイを置いて襖を閉める。トレイの上にはティーカップが三つと砂糖壺《さとうつぼ》。匂いと色味からして多分ロイヤルミルクティー。これはご丁寧《ていねい》に。

「……お母さん？」

楓が怪しんだ様子でじろじろ見ている。……出屋敷家に母親はいないはずだ。離婚や死別ほどわかりやすくない、何かとてもつっこんで聞いてはいけない事情で。美人というわけではないが穏やかで優しそうな面差しも、市子の鋭角的な顔立ちとは特に似ていない。

「まさか。」割烹着の女性は柔らかく笑った。

「まさか。私は久留米水天宮《くるめすいてんぐう》より参りました、伏《ふせ》と申します。この時期だけ宮《みや》のお世話をおおせつかっております」

——市子を〝宮〟という謎のあだ名で呼ぶのは、神社か寺から派遣されてきたありがたい妖怪の皆《みな》さんだけだ。神使《しんし》という。

「……神の使いの人ですか？」

「はい、水天宮は安産と子授けの社にございます。宮は姫君ですからいずれよき殿方と巡り会い、夫婦《めおと》となれば子宝を望まれることもございましょう。そのときに水天宮の加護《かご》がお役に立つと。貴方《あなた》たちもきっと東京の水天宮においでになる日が来ると信じております」

それは、ある種セクハラじゃないだろうか。

「いっちゃん、誰と結婚するとか決まってるの？

許嫁《いいなずけ》がいたりとか」

「いえ、特には。しかしこれほど高貴で美しい姫様を世の殿方が放っておくわけがありません、ね」

——市子は、美形だ。何と言っても顔が小さい。二重まぶたで目許《めもと》がすっきりして鼻も絶妙のバランスであごの線が綺麗《きれい》で。日本人離れした緑色の目で見つめられると心を覗かれているようで怖いほど。現に入学して間もないのにもう男子に告白された。

だが今、彼女は、布団に頭まで引っ込んで駄々っ子のように足だけじたばたさせて美少女の片鱗などまるでなかった。

「結婚なんかしないーー！　子供なんか絶対産まないーー！　今すぐ切って捨てたいーー！」

「だから暴れるなよ」

「宮のお年頃は皆そう言うのですよ」

いや、私は一番きついときでもこんなことは言わない。ロイヤルミルクティーに埃《ほこり》が入るからやめてほしい。こぼしたりしないうちにさっさと飲むことにした。ほんの少しシナモンの香りがした。

「宮はこの時期、お力が弱られるので私は普段力を使わずに溜《た》めておいて、今はちょっと頑張って実体化しているのです」

伏は笑っているが毎月これでは大変だろう。天狗は男の人だし狐《きつね》も雄だから手伝ってもらうのは論外として。

「蛇《へび》の人も女の人だよね？」

「爬虫類《はちゅうるい》に私の気持ちはわからない！」

……市子、ひどい。確かに爬虫類ってこういうのないのかもしれないけど。卵で産まれるわけだし。この間、授業でやった。卵生、卵胎生《らんたいせい》、胎生。

「——今でもこんなにつらいのに、妊娠などしたらきっと死んでしまう。絶対結婚なんかしない。尼《あま》になる。仏門に入る」

「まあまあ、まだ先の話でございますよ。水天宮の加護があればそのようなことはありません。子を産めば体質が変わる者もおりますし」

市子も大げさだけどその言い方もどうなの。昔の人って、お産でゴロゴロ死んでたんじゃないの？　子供産むまではどうすればいいわけ？

「皆さん、アレルギーなどありませんか。ささやかながらおやつを用意させていただきました」

伏は菓子盆とプリンのカップとスプーンも運んできた。菓子盆の中身は個包装のクッキー。包装のロゴから見るに近所の洋菓子屋のでそこそこのクォリティ。プリンはふわとろ系だ。

私たちは勝手にカップの蓋《ふた》を取ってプリンをいただくが、伏はわざわざ市子の分の蓋を取り、銀のスプーンで一口分掬《すく》ってやりまでした。

「さ、宮、お召し上がりください」

しかし市子は布団から顔すら出さない。

「腹が痛い、食べたくない」

「病気ではないですがお身体が弱る時期なのですから、滋養を摂りませんと。宮は普段から食が細くていらっしゃるのですから薬と思ってお召し上がりください。大雅《たいが》も、痛み止めや〝鉄サプリメント〟は何か召し上がってからお飲みになるようにと。これは鶏の卵と牛乳で胃の腑《ふ》に優しく栄養豊かです」

「食べたくない」

今どき、注射を嫌がる子供だってもっと聞き分けがいい。スプーンを舐《な》めながら楓が面倒くさそうに吐き捨てる。

「ちゃっちゃと食えよ、血が出る分補給しとけ」

「血が出るとか言うなー！」

「言ってなくても出るだろーが、現実見ろ」

「ううう……私は普通の女に……」

結局、五分ほども説得されて市子は嫌々プリンを食べたが本当に苦い薬を口にしているようなしかめっ面で、甘いものが苦手なのか吐き気でもするのかそれとも何らかの不良品で私たちが食べたのとは違う味がしたのか、判断がしづらかった。

……市子を誘おうとライブのチケットを持ってきたのに、何だかそんな空気ではなくて渡しそびれた。

2

「お前明日は学校来いよ、体育ないし。たかが生理痛で二日も三日も休んでんじゃねーぞ」

と楓が言ったからなのか。翌日、市子は一応登校した。うちに迎えに来た時点でもう顔が青ざめていてやつれて歩き方もふらふらしていたが。

それだけではなく電柱や看板に三回ぶつかり、何もない場所でつまずき、挙げ句の果てに赤信号に気づかずに交差点にまろび出てバイカーに怒鳴《どな》られた。全然いつもの彼女ではない。

「……大丈夫なの？」

「昨日よりは……頭痛がするが。一応今日は、助六《すけろく》と溝越《みぞごえ》までは見える……みずちとみずははよくわからない」

そんな段階があったのか。哺乳類《ほにゅうるい》か爬虫類かは関係あるのだろうか。

「あまり家で泣き喚《わめ》いていると、大雅さんが真に受けて婦人科に行けと言う……」

彼女は父親を名前にさん付けで呼ぶ。――それは毎月あるあだったら私だってそう言う。

「そんなに痛いの？　痛すぎるのは病気かもしれないから調べた方がいいって保健体育で言ってたよ？」

「痛みよりも、目がよく見えない。私はどうやら自分で思っていたより五感が弱いのを霊能で補っていたらしく、霊能が弱まると今の眼鏡でも物がはっきり見えない」

――衝撃の事実発覚。市子は今でもものすごく度の強い眼鏡をかけているのに。

「……目が見えなくなるって大変すぎない？」

「今日はわりと見える、あそこの看板くらいは」

と市子は三メートルほど先の月極《つきぎめ》駐車場の看板を指さした。かなり大きな赤のゴシック体で、視力一・五でコンタクトレンズとも無縁の私は「あれが見えなかったらヤバいのでは」と思った。

「いっちゃん、そんなに目悪いの？　お医者さんとか行ってる？」

「昔から医者にはどこもかしこもしょっちゅう調べられていたが、目は生まれつきよくない。仕方ないのだ、自然に反しているのだからこの程度で済んでよかったと思うべきなのだ」

「自然に反してるって？」

「……いろいろな人に迷惑がかかるので詳しくは言えないが、私は並外れて非常識な思惑によってこの世に生を享《う》けたので、生存成長に予期せぬ不具合が出るかもしれないと宣告されていた。この年齢まで生きているのが不思議なくらいだったが……あれが来るまではそこそこやりすごしていたのに……」

市子の表情はいつも通り真面目くさっている。何だ、その思わせぶりに不穏な話は。

「私の存在は生命倫理にも現行の法律にも反している。実験段階の技術も使われていてこの先どうなるかは何の保証もない。基本的人権というものがある以上、ことが露見《ろけん》しても私自身が死刑にされたりはしないだろうが、見世物にされるくらいはあるだろうな。大雅さんはお医者様なのでまず間違いなく職を失うだろう」

〝実験段階の技術〟ってロボットか。市子はロケットパンチを発射したり爆発したりするのか。……しそうだ。洒落《しゃれ》にならない。お父さん、マッドサイエンティストなの？　学界に復讐《ふくしゅう》するの？

ていうか人間離れしてるの、全然隠してないじゃんクラスの全員知ってるよ。天狗がハッキングしてるからネットに流れないだけだよ。

「……いっちゃんって魔法少女じゃなかったの？　改造人間なの？」

「両方だ。魔術を究めるのに常人ではいけない。……改造人間というのは何だか。どちらかと言えばデザイナーズチャイルドだ」

何それ格好《かっこ》いい。ガンダムとか乗れそう。

通学路は他の生徒もたくさん歩いているので変な

話をして注目されないかと思ったが、用語がアニメっぽいせいか誰も私たちを気にしてはいなかった。

登校した後、市子は昨日のように取り乱して泣き喚いたりはせず、授業もきちんと受け、普段と違うことといえば弁当を食べた後に私も知っているイブプロフェンの鎮痛剤と鉄分サプリメントを飲んだくらいだった。

おかしかったのは、市子以外の意外な人物だった。

「出屋敷市子、いるか」

終礼が終わってカバンにノートを詰めているとき、教室に入ってきた男子がいた。同学年だろうか、眼鏡で刈り上げは見たことがあるようなないような。

市子よりも私よりも楓が一番早く反応した。

「まさか今月二件目の愛の告白か、何でイッチーばっかり」

「ちげーよ！　決闘を申し込む！」

彼は、折り畳んだ半紙を差し出した。ばっちり毛筆で〝果たし状〟と書いてある。……愛の告白よりそっちの方がよっぽど恥ずかしいと思ったが、彼の中には違う見解があるようだった。

「オレは！　これでもちゃんとした師匠について修行をしてるんだ！　お前みたいなわけのわからん奴の跳梁跋扈《ちょうりょうばっこ》を許すわけにはいかん！」

「はあ」

跳梁跋扈――悪者などが勢力をふるい、好き勝手にふるまうこと（デジタル大辞泉）。悪者呼ばわりされたわりに市子のテンションはものすごく低く、彼女は相槌《あいづち》は打つものの目線もくれずに教科書と筆箱をカバンにしまい込んでいた。果たし状すら受け取ろうとしない。普段の市子なら魔法バトルとなると緑の目をきらきらさせてお経だの呪文だのを唱え始めて人目も憚《はばか》らずサイキックパワーでバキバキ物を壊すので、やはり今日は体調が優れないのだろう。

だのに彼は、市子のカバンに果たし状を無理矢理ねじ込んだ。……仕方なく市子は、それを広げて一《いち》瞥《べつ》した。

「……私の名を知るお前は誰だ？」

「二組の甲斐田尚暉《かいたなおき》だ！」

それで私もやっと思い至った。――こっくりさんを浄化したり、学校の七不思議を解明したり、誰だかの家の物置から出てきた決して開けてはいけない小箱をうっかり開けたら先祖の作った凶悪な呪いが出てきて取り憑《つ》かれてわけのわからないことを口走って泡を吹いて倒れた人を治して呪いも破壊したという伝説を持つ、きらぼし小学校一の霊感少年としてその名を馳せた甲斐田尚暉君。しかし星ヶ丘《ほしがおか》中学に入学した途端、魔法少女・出屋敷市子の登場により全てをかっさらわれて霊感キャラを忘れ去られてしまった甲斐田尚暉君。彼だったのか。

なるほど、市子に勝負を挑《いど》む大義名分はわかったが、私にわかっても本人に伝わっていない。「結局誰だ」と首を傾《かし》げていた。

「いいから来いよ、ここじゃ皆《みんな》が見てる」

と甲斐田は市子ではなく、市子のカバンを摑《つか》んで教室から出ていってしまった。仕方なく市子は立ち上がって後を追った。私は楓を見、楓がうなずいたので二人でついて行くことにした。――何だか今日もライブのチケットを渡せないような気がする。

「何でお前らまで来るんだよ」

甲斐田は舌打ちしたが、楓が即座に反論した。

「男が女連れ出して、変なとこ行ったり一対一と見せかけて物陰からお前のツレとか手下がぞろぞろ出てきたりするかもしれねーだろ」

「しねえよそんなこと！」

と甲斐田は言うが私の意見は楓とは少し違う。

――市子は甲斐田が多少おかしなことをしても神使たちに守られているので無事だが、甲斐田の方が無事に済まない可能性が。何せ市子は自称〝実験段階の技術で誕生した謎の生体霊能兵器〟なのだ。まさか全部が本当だとも思わないが、〝ご近所で評判の霊感少年〟とは存在の格が違う。甲斐田の方から挑んだとはいえ傷害や器物損壊という結末はいかがなものか。

それに市子も授業中は平気そうだったが、本調子とも思えないので何かの拍子で昨日のように突然泣き出したりするかもしれない。目が見えないとか言い出されるとヤバい。うっかり目が見えないのと過剰防衛がコンボしてしまったら甲斐田の命が危ういではないか。人の命は地球より重い。

「殴《なぐ》り合うとかじゃねえよ、霊能勝負なんだから」

「霊能勝負?」

「悪霊を浄化した方が勝ちだ」

そっちの方が遥《はる》かに危ない、という私の訴えは通じなかった。

甲斐田が私たちを連れてやって来たのは、学校の近くを流れる川の橋の上。歩道があり、その横を車が通っているので言葉通りここで殴り合うということはなさそうだ。河原《かわら》に降りるのでなければ。

橋の下の川は歩いても渡れる程度に浅くて、春の雑草が生え放題で川面《かわも》が見えない。白くコンクリートで護岸《ごがん》した堤防《ていぼう》があり、スプレーでアートとは呼びづらい落書きがしてある。今はそうでもないが夜中は怖い人たちがたむろしていたりするのだろう。

「ここ、わかるか?」

「何が?」

どう見ても普通の河川敷《かせんじき》。わかるか? なんて言われても。

だが市子には〝わかった〟ようだ。

「小動物の霊がたくさんいる。自然現象ではないな。空気が澱《よど》んでいる。不逞《ふてい》の輩《やから》の仕業《しわざ》か」

――えっ、どこに。私は一生懸命周囲を見回したが、車が通るばかりで幽霊の気配《けはい》なんてまるでわからない。甲斐田がふんと鼻を鳴らした。

「目はそこそこだな。これ知ってるか」

と甲斐田がポケットから取り出したのは、新聞の切り抜きだった。〝某区内公園に猫の惨殺死体〟〝ネットに動画投稿も〟。

「オレこれの犯人捜してるんだけどさ。どうもここでやってるんじゃないかって思うんだ」

「……霊能者ってそんなこともするの？」

「いや、これは正義を愛する者としての志《こころざし》って奴だ」

「警察に任せた方がいいんじゃないかな」

「動物愛護法違反？　しょっぱい！　こいつはそのうち人間に手を出すぞ！　というわけで出屋敷市子！」

甲斐田は市子の鼻先に指をつきつけた。

「犯人を見つけてここの動物霊を先にどっちが祓《はら》うか、勝負だ！」

「……勝負？」

「とっ捕まえて除霊した方が勝ちだ」

「……つまりお前は、その者が殺した動物霊の悪影響や、人間に被害が出るのを恐れている——わけではなく、私と勝負するのにそいつをダシにする、と？」

市子の口調には侮蔑《ぶべつ》がこもっていた。黒縁の眼鏡を指で押し上げる。

「くだらん。私は勝負などしない。お前と霊能力を比べる理由がない。私が劣っていようがお前が劣っていようがどうでもいい」

「どうでもいいだと？」

「どうでもいいだろうが。私は市井《しせい》の能力者と〝勝負〟するために神々から護法《ごほう》を授かったわけではない。過分な辱《はずかし》めを受けるつもりはないが、俗世の名誉を求めることもない」

それは市子はどうでもいいだろう、勝つ方なのだから。——神々も学校に忘れ物を届けたり、いじめっ子の足を引っかけて転ばせるために手を貸してるわけじゃないと思うけど。じゃあ何のためにあんなにくっついているんだと思わなくもないけど。

「大体、警察がすべき仕事は警察に任せておけばいいだろう。お前や私が犯人を見つけたとして、警察に引き渡すときどう説明するつもりだ。〝霊感でわかった〟では裁判ができないから関係者に迷惑だぞ。

警察は子供の正義感を満たすためにいるのではない。社会正義とはそれほど簡単なものではないのだ」

――ものすごい正論だ。本当に警察に迷惑をかけたことがある人しか言えなそうな。流石《さすが》に甲斐田が絶句すると市子はやる気なげに手を振った。

「お前が勝ったと吹聴《ふいちょう》していいぞ、許す。芹香と楓にもそう言ってもらう。それでよくないか？」

「よくない！　オレは禁野《きんや》流陰陽道《おんみょうどう》第十五代宗家《そうけ》、禁野いかが様の弟子《でし》だぞ！」

「はあ」

えっ。私はその名前で思考が止まるくらいにはびっくりした。

――禁野いかがってテレビに出てるよ？　番組改編期の心霊番組には必ず来るよ？　人形や心霊写真や廃墟のお祓いしてるよ？　まさか甲斐田がそんな有名人と知り合いなんて。〝近所の霊感少年〟より少し格が上がった。楓だって驚いたらしく甲斐田に詰め寄った。

「マジか甲斐田、お前イカちゃんの弟子なの？　女子大生陰陽師のイカちゃんだよな？」

「『めざましトゥディ』の陰陽占いだよね？　こないだ二時間スペシャルあったヤツ」

「イカちゃん、家とか来んの？　お前も急急如律令《きゅうきゅうにょりつりょう》とかやってんの？　サイン持ってる？」

「あんまり言いふらすなよ、いかが様に迷惑だからな」

一方で市子は女子大生陰陽師の名前には大した感動がなかったようだ。きっとあまりテレビを見ていないから。

「そうか。私は天津神《あまつかみ》のミツエシロ、オトタチバナの三の姫だ」

と私たちによくわからない名乗りを上げた。ここでやっと甲斐田の手から自分のカバンをもぎ取り、軽く左手を振った。

「ではこれで」

「ではじゃねえ！」

「お前が名乗ったから名乗り返しただけだ、それ以上に何か？　この街の平和はお前が守ればいい。師匠によろしく伝えておいてくれ」

「てーかどう考えても甲斐田とイカちゃんでやれよ、てかイカちゃんがやれよあたしそれ番組で見たいぞ」

「師匠はプロだから金にならない仕事はしねえよ！」

「私だってしないぞ。無料奉仕はプロに迷惑だと大雅さんに釘を刺されている。プロの縄張《なわば》りなら私の領分ではない」

「だからオレはまだプロじゃないからいいんだよ！」

その理屈もどうなのか。市子に太刀打ちできないだけで甲斐田も十分変な奴なので安心してほしい。

いい加減鬱陶《うっとう》しくなったか、楓が二人の間に割り込んだ。

「てーか甲斐田、てめーしつこいんだよ。イッチーがやりたくないって言ってんだろ」

「オレは出屋敷に話をしてるんだよ、田口に関係ねえだろ」

ここで楓の爆弾発言。

「イッチー生理三日目だからそういうのしねーんだよ、来週にしろ」

「……は？」

甲斐田は呆気《あっけ》に取られ、市子は一瞬で耳まで真っ赤になった。彼女は咄嗟《とっさ》にローファーで欄干《らんかん》を三回蹴《け》りつけ、その後で言葉を発したが呂律《ろれつ》が回っていなかった。

「か、楓、お前、何という……何という！」

「私もずっと思ってたけどそれ言っちゃダメだよカエちゃん……」

私も抗議したのだが、当の楓は平然としている。

「だって甲斐田、鈍いんだもん察しろっつっても無理じゃね？　男子だからルナルナとか知らねーし。――おい甲斐田、お前これ他の男子に言いふらしたりしたら霊感とか関係なく女子全員でフルボッコにして学校来れなくするからな覚悟しとけよ」

「い、言わない、約束する。……わ、悪かったな」

途端に甲斐田はそれまでの話を全部忘れたようにおどおどと頭を下げて、そそくさと早足で橋を渡って去っていった。なぜか心なしか背中を丸めて。呆気ない幕切れに、肩すかしを喰らったほどだった。

「解決！」

「何がだ！」

勝手に楓がまとめてしまった。――確かにものすごく早く話は終わったが。市子の言う〝言霊〟というものなのかもしれない。あんなに物分かりの悪かった甲斐田があっさりと。

市子は、立っている気力を失ったのかずるずるとアスファルトにへたり込んでしまった。地べたでそういうことはしない方がいいと思う。つぶやく声が震えていた。

「こんなことを男に知られてしまって……もう私はあれの嫁になるしかない……」

「お前、仮面の女聖闘士《セイント》か」

――その後、市子は唐突に私たちの前から姿を消した。これはレトリックではなく、例によって瞬間移動でいなくなったのだ。

やっぱり私は今日もライブのチケットの話ができなかった。

＊＊＊

市子は、鼠《ねずみ》色の瓦屋根《かわらやね》の上で膝《ひざ》を抱えていた。正確には寺の鐘《かね》撞《つ》き堂の上で。本来人が座るためのところではないので、スカートの中が見えないよう史郎坊《しろうぼう》と雀《すずめ》が仁王《におう》立ちでガードしている。無論、二人とも男なので市子に背を向けて。

とはいえ西日がうまくビルを避《さ》けて背後から射し込んでいるので市子の方を見ても逆光で真っ暗なだけだ。背中に当たる日差しが意外と熱い。史郎坊は洋服でいいだろうが、童水干《わらべすいかん》はやたら重ね着しているので雀は暑くてたまらない。袖《そで》を一枚まくれたらどうだというのだ。そのくせ脚は丸出しで、昔の人の考えることはわからない。

「……宮、もうお帰りになったらどうですか。芹香《せりか》嬢からたくさんメールが来ておりますぞ」

iPhoneを見て史郎坊はため息をついたが、市子は暗い声でぼそぼそつぶやくだけだ。

「私のことは放っておいてくれ……尼になる。剃髪《ていはつ》して仏門に入る」

「若い身空で何ということをおっしゃるのですか、宮。お気持ちはわかりますが一時の恥というものでございます。あの年頃の男は阿呆《あほ》ですから三日も経てば忘れまする、ここは耐えてくだされ」

「男のお前にわかるものか。——耐えたところでどんな人生が待っていると言うのだ」

市子の声に自嘲《じちょう》が混じる。

「伏は嫁に行って子を産めとしか言わない。よき殿方よき殿方と、どこにそんなものがいる。私に釣り合う男なら同級生男子なのではないのか。そんな立派な男がいるものか」

「男というのは阿呆で子供っぽく見えるものでございます、聡明な宮には二つ三つ年上の男が丁度よいやもしれません」

「いいや。私はきっと男を愛することも子を愛することもできないのだ。母に愛されたこともないのだから」

「母のない子などどこの世に珍しくありませぬ、きっと温かい家庭が築けましょう」

「ジジイ適当なこと言ってんな」

市子と史郎坊がいつまでもぐだぐだ言っているので、雀は大あくびをした。別に眠くはないし人間をやめて妖怪になった身には酸素もいらないはずだが、なぜかあくびは出る。ときどきくしゃみも出る。

「女子中学生がぐだぐだ愚痴《ぐち》こぼしたいだけなのにいちいち理屈こねて反論してんじゃねえよジジイ、大人気ねえんだよジジイ、そうですねーかわいそうですねー宮は世界で一番かわいいですよって言っとけよクソジジイ」

「何じゃ、雀、その態度は」

「横で聞いてっとイライラすんだよ、中学生の逃げ道を塞《ふさ》ぐなジジイ!」

雀はもうずっと前から史郎坊と会話するのをやめていた。口を利《き》かないのではない、目を見て話をしないことにした。人間をやめて妖怪になったのはどちらも二十代なのに、史郎坊は髪が白いだけでほとんどそのままで、雀は子供にされて腹が立つのもあるが——かつては天狗仲間、大先輩と思って仲よくせねばならないような気になっていたが、ある日ふとそんな義理は何もないと悟った。顔を見ると理屈で丸め込まれてしまう。

だが悲しいかな、幼い市子はまだまだ真面目なので史郎坊の話を最後まで聞き、一から十まで真に受けてしまうのだ。弁が立つから深い人生訓みたいに聞こえるだけで実は場当たり的に喋《しゃべ》っているものとは気づいていない。

「宮、このジジイに愚痴ったって無駄ですぜ、帰ってみずちかみずはにお話しなさい。その方がずっとマシです。あいつらなら宮おいたわしやーって一緒に泣いて頭も撫《な》でてくれるでしょうぜ」

「あ、あの二人は駄目だ。同級生……ではないが同じ学校の生徒が喰われてしまう。別に憎いわけではない、死ねばいいとまでは思っていない」

市子の声音《こわね》がさっきまでの悲嘆と自嘲から、少し戸惑うようなものになった。——これでよし。

「まあ俺も男だから宮の苦悩がわかるわけじゃねえですけども」

「そうだ、男にわかるものか。お前たち、どうせいやらしいことばかり考えているんだろう。人の気も知らないで。男なんか嫌いだ」

「やれやれ、かわいらしいことで」

そんなにすけべだとは自分では思わないが、胸を張れるほどの聖人君子でもないので思春期の少女に嫌悪されるのは致し方ないだろう。——普通、父親の役割ではないか? なぜ人間をやめてまで女子中学生の子守りをしなければならないのか、こっちが愚痴りたい。

「なるほど、宮はおかわいらしい。まだまだ悪い虫の心配はせんでええのかな」

父性の権化《ごんげ》たる史郎坊がここでへらっと笑い、自分のペースを取り戻した。ちょっとむっとしたがスルーだ。

市子は少しの間黙り込んでいたが、やがてぽつりとつぶやいた。

「……私は、なぜ男ではないのだろう」

「それは天照大御神《あまてらすおおみかみ》が女性《にょしょう》じゃからでしょう。男では務《つと》まりませぬ」

「そうだろうか。清くあれと言うのなら最初から男でも女でもないものを作ればよかったのだ」

「〝天使たちはなぜ人間とあやまちを犯すような身体に作られていたのか〟ですな。あちらの神は嫉妬《しっと》深いおなごのように自分以外の何でもかんでもを試したがるのですが」

「この身体には生きるのに必要のない器官が多すぎる。内宮《ないくう》がほしいところだけさっさと切り取って液体窒素に漬ければいい、倭《やまと》の一の姫のように。活きのいい卵細胞を採取するのに、若いうちに切った方がいいのだろう?」

「宮はお美しい姫御前《ひめごぜ》であられるのに勿体ないことを」

「美しくなければどうでもいいのか。どうして女ばかり面倒なことが多い、不公平だ。かたつむりやなめくじは性別などなくつがいの両方が卵を産むと聞いた。なぜ人間はそのようにならなかった」

「なかなかセンスオブワンダーなことをおっしゃる。まあそうであればあらゆる男女の不平等も同性愛差別も夫婦別姓も全て解決しますわな」

「私はどうせ普通の生まれでないなら性別などない新人類として誕生してもよかった」

「性別のない新人類が我が子として訪ねてきたら大雅は大層戸惑ったでしょうな。麗しい姫御前でよかったと思いますぞ」

「ジジイ、不細工な男は親探ししちゃいけねえみたいな言い方すんなよ」

「そんなことは言うとらん。無理に揚《あ》げ足を取るな」

そこまではスムーズに会話が進んでいたのに突然、市子は不自然に口ごもった。

「……大雅さんは悪い人ではないと思う」

「何かご不満が？」

「不満などない。よくしていただいている。親切な方だ」

……そう長いやり取りではないのに〝悪い人ではない〟から〝親切な方だ〟までグレードアップした。何か聞いてほしいことがあるのではないか。

しかし史郎坊も雀も女子としてのプライベート時間以外、四六時中市子にくっついているからには、この父子の新生活がたどたどしいながらもほどほどの滑り出しをしたことは知っている。親子の情があるかどうかはともかく、大雅は三十六歳の独身男なのに偏食の市子のためにせっせと三食、野菜を煮て弁当も持たせている。なかなかできることではない。

「……大雅さんはいい人だ」

沈黙の後、市子は同じようなことを繰《く》り返した。ここに大雅の悪口を言って眉《まゆ》をひそめる者などいない。むしろ市子が言いにくいことを史郎坊か雀が間に入って伝えるという手もある――雀が市子を振り返ろうとしたとき。

「もしや、宮は」

史郎坊が先に声を発した。

「出屋敷の家の戸を叩いたとき、辰子《たつこ》が現れるのを期待しておられた？」

市子の答えはすぐではなかった。

茜《あかね》色の空が下から群青《ぐんじょう》に染まり、紺《こん》色になり、星が一つ二つ見えた。恐らく遥か背後では、弦月《げんげつ》が地平線に沈んでゆく。背中を刺す西日の感触はとっくになくなった。

雀は待てなかった。長い沈黙に耐えられなかった。

「——捜しましょうよ。母親同然なんでしょう？何でもできるでしょう。宮のお力なら簡単なもんじゃないですか。何ならそこのクソジジイが個人情報抜いてくりゃいいだけで、何か一つ二つデータくらいあるでしょう」

「捜してどうする。代理母は母ではない」

こちらの答えはすぐだった。

この少女は、自分よりも余程小鳥の名前が相応《ふさわ》しいと雀は思う。教えられた通りに踊り、教えられた言葉を教えられた通りに歌う。かつては自称役人や神職といううさんくさい連中が彼女にマニュアルと命令書を押しつけていた。

今は高尾の天狗のそれらしい理屈。

そのうち、全部が父親の言いつけになるのかもしれない。小鳥は聞いたことのある歌しか歌えないものだ。

人間の言葉しか聞かされなければ、人間のように喋り始める。意味などわからなくとも。

「私にはお前たちがいて、大雅さんがいて、友人もできて、学校に通って、家があって、食べるものにも不自由していない。それらに事欠く者は珍しくないという話だ。母親がいないくらい何だ」

教科書から丸写ししたような素晴らしいお言葉だ。道徳の授業かこれは。〝市子より不幸な者〟とは一体どこの誰だ、今すぐ屏風《びょうぶ》から引きずり出してみせろ。

彼女のオリジナリティに溢《あふ》れた言葉はその後だった。

「——大体あの人だって、私が辰子に似ていなくてがっかりしたのに違いない」

誰も幸せにならない結論が一つ。

3

甲斐田尚暉は出屋敷市子が寄り道をしていたことなど知らなかった。彼の真の冒険が始まったのはその七時間ほど後、自宅でのことだった。

「——で、今少しで釣り上げるというときに糸が切れちまった」

「そちの釣りの話はいつも同じでおじゃるなあ」

「ほんに、たまには釣って帰ってこい」

「ほんにほんに」

部屋は六畳しかない。蛍光灯は消している。真っ暗な闇の中に、巨大な牛と馬と二本角の赤い鬼、それに口だけで目鼻のない大きな顔が浮かび上がっていた。

四人と言うべきなのか、四頭と言うべきなのか、四匹と言うべきなのか。皆、肩幅だけで二メートルはある巨漢で、筋骨隆々とした体躯《たいく》にぼろ布のような着物を着て胡座《あぐら》をかいていた。

……そんなに大きなものが四匹もいたら、狭い部屋はぎゅうぎゅうのはずだ。ハンガーラックや箪笥《たんす》やカラーボックスや勉強机につっかえてしまうだろうに。

四匹は尚暉の枕許《まくらもと》で大きな徳利《とっくり》と杯《さかずき》で酒を酌《く》み交わし、益体《やくたい》もない話でげらげら笑っては時折顔を覗き込んできた。どいつもこいつも呼気が生臭くて吐きそうだ。

が、身体は全然動かない。動けても何もできそうにないが、痛いほどの金縛りは久しぶりだった。

「九尾《きゅうび》様はまだおいでじゃねえのか」

と牛。

「お忙しいお方でおじゃる。そちは気が短い」

と馬。

「うむ、九尾様に呼ばれるのは久しぶりだ。今日は何を馳走《ちそう》してくれるのだろう」

とのっぺらぼう。

「馳走、馳走」

二本角の鬼は、どうやら誰かが言った言葉を繰り返すことしかできない。

「やっぱり、この餓鬼《がき》を喰わせてもらえんのか？　なかなかうまそうじゃねえか」

「小僧というには育ちすぎでおじゃる。昔なら元服《げんぷく》していう頃におじゃる」

「煮込めばよい。昨今は便利な鍋がある。半刻とかからず骨まで柔らかくなる」

「なる、なる」

鬼どもは代わる代わる尚暉の顔を覗き込む。全身に脂汗が滲《にじ》み、そのくせ骨まで震えるほど寒い。人ならぬものを目にするのは初めてではないが、こんなに古い妖怪がこんなに近くに。

身体が強張《こわば》りすぎて自分の頭の中の骨の音、関節の音まで聞こえる。部屋が狭いからって畳に布団を敷いて寝るんじゃなかった。ベッドを買ってもらっていたらきっとこんな目に遭っていない。

「しかし九尾様ともあろうお方が、なぜわざわざこんな餓鬼に。面白くもねえ小僧っ子じゃねえか」

ふん、と牛鬼が笑う。

「九尾様がご執心《しゅうしん》の姫の名誉を損ねたと伺《うかが》っておじゃる」

……姫の名誉を損ねた？

女の名誉についての心当たりは一つしかない――ちょっと待てよ。あの話をしたのは田口楓だろう。どうして尚暉がこんな目に。とばっちりじゃないか。謝ったし、誰にも言わないって約束したのに。頭痛までし始めた。

「それがしも聞いた。昨今、足しげくその姫の許にお通いだとか。九尾様は元々高貴の美姫に目がない」

「ビキ、ビキ」

「美姫って、人の子か？」

「うむ、高貴の血筋は勿論《もちろん》のことこれまでの寵姫《ちょうき》の中で最も美しく弦楽《げんがく》や書画に通じ、聡明でおじゃるとか。何よりも気高く、九尾様の恐ろしい本性を知ってなお物怖《ものお》じせぬ態度が好ましいそうでおじゃる」

耳を疑う言葉だ。……高貴の血筋は知らないが、美しく弦楽や書画に通じ聡明で気高いって誰だ。まさかあの〝怖い日本人形〟のことか。確かに眼鏡を取ると意外に美形だったがそこまで絶賛するほどか？　妖怪は美的センスが古いんじゃないのか。江戸時代の化け物ならそりゃあ今どきの付け睫毛《まつげ》をつけた目力バリバリなアイドルよりも〝怖い日本人形〟の方がいいんだろうが。弦楽や書画ってあいつ三味線でも弾けるのか。

「ご正室にとお望みでおじゃるが、まだ幼いゆえに待っておいでで」

ここで鬼たちはどよめいた。

「あの九尾様がご正室だと！」

「だとだと！」

「まことか!?　そりゃあ年貢《ねんぐ》の納めどきって奴か！」

「既に姫君のために新たに屋敷を建て、打ち掛けを仕立てるため五羽の鶴《つる》に見事な錦綾《にしきあや》を織らせたと聞いておじゃる」

「それほどまでに！」

「までにまでに！」

「妾《めかけ》ならともかくご正室、それもお屋敷までご用意されるとはこれまでにない。鬼や魔にも勝るほどの美女だろうか」

「そいつぁぜひお目もじしてえなあ、あの九尾様がそこまで入れ込んでおられるたぁ」

「見目麗しき姫君などそちが見たら喰ってしまうでおじゃろう」

大きな笑い声。

――〝正室〟って嫁のことだよな？　〝九尾様〟というのは名前からして高位の化け狐？　それもこんなおぞましい連中に〝様〟づけで呼ばれているような？　その嫁になるのが確定だなんて、どうなってるんだ出屋敷市子。一体何なんだ。本当に人間か？　あいつが言っていた〝天津神のミツエシロ〟ってどういう意味だ？

「ではこの小僧はやっぱり喰っちまっていいんだな？」

獣の目がぎろりと尚暉を見た。ガラス玉のようではなく、ぬめった水晶体の向こうに虹彩が動き、奇妙な光を帯びている。口から覗くのは黄色がかった乱杭歯《らんぐいば》。吐息が部屋の温度と湿度を上げる。

「拙《せっ》は脚を喰いてえぞ。肉がついてるからな」

「それがしは目をもらう。近頃目が遠くて手許がぼやける。滋養が必要だ」

「そちは目よりも脳味噌をいただいた方がよいでおじゃろう」

「脳味噌、脳味噌」

再び笑い声。

「生き肝もいいな。酒を飲んでねえ小僧の生き肝は、たっぷり脂が乗って薄桃色《うすももいろ》で甘《あめ》え。刺身にするのにうってつけよ」

「胃の腑や腸《はらわた》など煮込んで鍋にするのもよい。近頃の人間はよいものを食っているからな。肉が柔らかくサシが入るようになった。骨もしっかりしているからよい出汁《だし》が出る」

「それを麿《まろ》たちがいただく、食物連鎖でおじゃる」

腹の内側で内臓がぎゅっと縮んだ。食物連鎖。心臓の鼓動が速くなる。――鳴るな。聞かれるとまずい気がする。

まずいって何だよ。逃げようなんかないのに。

いや、待て。手がなくもない。そうだ。落ち着け。息をしろ。呼吸を整えるんだ。眠っているように自然に。

いつも、教わっている通りに。

「おお、九尾様がおいでにおじゃる」

と、鬼たちが一斉にぐるりと後ろを向いた。

「九尾様」

「九尾様、お久しゅうござる」

「九尾様、九尾様」

わずかにそちらから青白い燐光《りんこう》が射していた。目を動かしても足許しか見えなかった。橙《だいだい》の袴《はかま》と足袋《たび》。紫《むらさき》の袍《ほう》は裾《すそ》だけ。布地の表面がきらきら光っていて、安いサテンのコスプレ衣装と違って厚みがあり動くたびに擦《こす》れて高い音が鳴る。垂れ下がった金の尻尾は先が白い。九尾と言うが一本だけだ。

「盛り上がっているようだな」

〝九尾様〟の声は他の鬼どものいがらっぽい胴間声《どうまごえ》とは違う。低いが涼やかでよく響く、いかにも女に好かれそうな――

鬼たちは再び軽口を叩き始めた。

「九尾様、祝言《しゅうげん》はいつ頃で？」

「拙らにも花嫁御寮《ごりょう》を拝ませてくだせえ。九尾様の北の方様となりゃあお目通りしねえわけにゃ」

「気が早いぞお前たち。そうか、それほど気になるか」

足袋がすり足で畳の上を這《は》う。足音よりも衣擦《きぬず》れの音の方が大きい。

「囲うのではなく屋敷にお迎えすると聞けばそれはもう」

「もう、もう」

「さぞかし美味《うま》そうな姫なのでしょうなあ。考えただけで涎《よだれ》が出ちまう」

「この馬鹿、九尾様の嫁御を喰らう気におじゃるか」

鬼どもはまた大声で笑い出した。

「北の方をお迎えするからには、九尾様も身辺を整理なさらねば」

「身辺か」

「整理、整理」

「側女《そばめ》などは今のうちに始末してしまわねば、悋気《りんき》の元におじゃりますぞ。金などやって縁を切っておくのが一番におじゃります」

「何なら拙らがお手伝いしますぜ。九尾様のお下がりなら側女でも美味《うめ》えでしょう」

「そちはおなごが喰えれば何でもよいのだろう」

「一理ある。祝言までに身綺麗にしておくべきとは余も思っていた。今のままでは障《さわ》りがある」

ぱしん、と小さく高い音が鳴った。鬼たちの笑い声が消えた。〝九尾様〟の涼やかな声だけが響く。

「いつまでもお前たちのような卑《いや》しきものとつるんでいては、宮の御名《みな》を穢《けが》すことにもなりかねない。この辺りで消えてもらおう」

ぱしん、ともう一度。途端、視界が闇に閉ざされた。それまでも蛍光灯は消えていて部屋の中は真っ暗だったはずなのに。そもそも尚暉はずっと目をつむっている。

「お前たちが宮に目通り叶うわけがない。宮の神気の前に消し飛ぶのがせいぜいだろうが、一つお手間を減らして差し上げるのも臣たるものの務め」

ぱしん。ぬるく濁っていたような空気から熱が消え、とげとげしいほどの冷たさを帯びる。

「余とて悲しいのだ、長いつき合いのお前たちとこんな別れ方をするのは。しかし戯《ざ》れ言《ごと》とはいえ、我が主を喰らうなどと言われては捨て置くわけにいかぬ」

ぱしん。四度目。

闇の中に沈黙が降りた。空気が再び湿り、血なまぐささが鼻についた。

ずるずる、ぴちゃぴちゃと何かを啜《すす》るような音。ごりごりと硬いものを嚙《か》み砕《くだ》く音。荒い鼻息。爪《つめ》が畳を引っ搔《か》く。

這いずり回るような気配は一匹だけだ。ただし、大きい。足音がいちいち重そうだ。熊ほどの獣が歩き回っているような。

それは、尚暉に無関心だった。食欲に満ちた六つの目に見つめられたときとは違う。巨大な気配がただすぐそばにあるだけ。

さっきは、動けなかった。今は動くのが怖い。

「……オン・クロダヤ・ウン・ジャク・ソワカ」

口の中で小さくつぶやく。何も聞くな。何も見るな。何も考えるな。心を平らかに持て。

「オン・クロダヤ・ウン・ジャク・ソワカ。オン・クロダヤ・ウン・ジャク・ソワカ。オン・クロダヤ・ウン・ジャク・ソワカ」

真言《しんごん》を繰り返し、精神を集中する。できる。できる。何とかなる。

「オン・クロダヤ・ウン・ジャク・ソワカ！」

気合いを入れた瞬間、ぱっと目が開いた。

髪の長い男が尚暉に覆いかぶさっていた。三角に尖《とが》った獣の耳、金の髪に金の瞳、白い肌。女のような優男《やさおとこ》の顔をしていた。

だが鼻から下は血まみれで、大きな口に赤黒い腸の切れ端をくわえていた。頭を振って腸を放り出し、凄絶《せいぜつ》な笑みを浮かべる。口許から肉食獣そのものの鋭い牙が覗いた。

「ほう、子供の戯れ言かと思ったが陰陽師の修行とやらは真面目にやっているようだな。面白い」

白い手が尚暉ののどを押さえつけた。長く尖った爪が肌に食い込む。

「何か術を見せてみろ。我が主とどちらが優れているか、余が採点してやろう。——そうだな、早九字がいい。早九字を切ってみろ、見習い陰陽師」

——ナメやがって。

剣印《けんいん》で手を振り払う。〝九尾様〟は後ろに飛び、四つん這いで着地した。舌を伸ばして口許を汚す血を舐め、そのまま腰を下ろす。先の白い尻尾が畳にとぐろを巻いた。

尚暉は起き上がり、まず息を吸った。腹式呼吸は全ての基本だ。

落ち着け。教わったようにするんだ。単純なことこそ慎重に。集中して。

二本の指で空を切る。縦、横、縦。

「臨《りん》、兵《びょう》、闘《とう》、者《しゃ》、皆《かい》、陣《じん》、列《れつ》、在《ざい》、前《ぜん》！」

縦に五回、横に四回。網の目のように力が広がる。力は確かに〝九尾様〟を捕らえた。その心臓を摑んで、ねじり——

長い、棘《とげ》のようなものが顔をかすめた。急に手応えがなくなった。釣《つ》り竿《ざお》を引き上げている最中に糸が切れてしまったように、ぷつんと。

「——ふふ、痛いな、悪くない。嬲《なぶ》って喰ってやろうかと思うほどには痛かった。腹が満ちているのが残念だ」

音もなく、白く秀麗な顔がまた目の前にあった。指先を濡《ぬ》らす血をねぶり、吊《つ》り上がった目を細める。

「宮の敵ではない。だが才能がないわけではない、まあせいぜい立派な陰陽師になるがよい」

額《ひたい》を指先で弾かれた。そこで、意識が真っ暗になった。

4

その日の出屋敷家の朝食は丸干しと味噌汁と夕食の残りの筑前煮《ちくぜんに》、と助六の淹《い》れた煎茶《せんちゃ》。親として完全にはなれなくても、栄養状態だけは人一倍充実させなければならないというのが大雅の信念だった。

「宮、お早くなさいませんと間に合いませんよ」

「え、ああ」

紫の前掛けをした金の狐に促《うなが》されて、市子は急いで丸干しを囓《かじ》り、ご飯茶碗を口許に近づけた――頑張っているようだがかっ込むわけではなく、相変わらず一口ずつご飯を口に運んでいるので食べる速度はあまり変わらない。それでも彼女には珍しい様子に大雅は眉をひそめた。

「早くって朝練か何かあるの？　部活入った？」

「いえ、テレビが」

「テレビ？」

ますます珍しい。

市子は食事を終えると居間に向かった。既に液晶テレビの前にはみずちが正座して『今日のニャニャ曲署《まがりしょ》』を見ていたが、市子が来ると座布団を譲った。史郎坊と助六もその隣に陣取る。画面には思わせぶりにブラインドの向こうを眺《なが》めるキジ虎の仔猫が映っていたが、ブルーベリーサプリメントのＣＭに変わり、次いで朝の収録スタジオに戻った。

画面では烏帽子《えぼし》、白い狩衣《かりぎぬ》、大きな白いリボンを結わえたポニーテールの少女が笏《しゃく》を手に謎のポーズを取った。

『イカちゃんの陰陽占い！　禁野流陰陽道第十五代宗家、禁野いかがハタチです♥』

テンションの高い甘い声。

「おいおい」

「イカちゃん、もう四年ほど〝ハタチ〟ですね」

市子の横から見ている史郎坊や助六の方がつっこみを入れる始末。テレビの中では女子アナウンサーがハガキを読んでいる。

『今日は東京都の匿名希望《とくめいきぼう》さん三十四歳からお便りが来ています。〝イカちゃん！　四年つき合った彼女にプロポーズしようと思います。何かアドバイスをください！〟』

『はーい！　四年かあ。彼女さんもきっと楽しみに待ってると思いますよー。というわけでイカちゃんからのアドバイスは、情熱の赤いアイテム！　ハンカチやネクタイ、何でもいいので赤いものを身に着けてください！　赤は風水で元気をくれる色！　頑張りたい人は赤ですよ！　急急如律令！』

右の人差し指でリズムよく五芒星《ごぼうせい》を描く。

『ではイカちゃんの今日の占いです！　まず牡牛《おうし》座《ざ》！　忘れ物に注意！』

ついに大雅もテレビの前に座った。

「……陰陽道なのに黄道十二宮《こうどうじゅうにきゅう》で占うんだ、イカちゃん」

「中国にも十二宮はあるし、いちいち四柱推命《しちゅうすいめい》で言えば火星の貴方、と言われてもピンと来ぬからじゃろう。血液型よりマシじゃ」

「どのみち術者と客が一対一で対話し手相や人相や星辰《せいしん》を読むならともかく、テレビや雑誌の一言占いなど九割九分世迷《よま》い言《ごと》です」

とは助六。

「まあ、こういうのはいいとこバーナム効果だけどね」

しかし狐の方が中学生よりテレビに詳しいとはどういうことか。

こうして五分ほど毒にも薬にもならない雑なアドバイスを聞きながら禁野いかがの顔を見た後、大雅が当然の問いを発した。

「どうしてイカちゃんの占い見てるの？　流行《はや》って

るの？」

「いえ、彼女の弟子なる者に戦いを挑まれました。同学年の男子です」

途端、大雅の表情が渋くなった。眼鏡をかけた大雅は童顔で、市子とは親子というより歳の離れた兄と妹のようだが、いっぱしに親らしいことは言う。

「……戦わないでね」

「当たり前です」

市子は平然と返した。

「陰陽道は安倍晴明《あべのせいめい》と智徳法師《ちとくほうし》、蘆屋道満《あしやどうまん》など法力勝負が盛んだったのでしょうが、天津神のミツエシロは誰かと技を競うものではありません。技でも力でもなく卜筮《ぼくぜい》が示したミツエシロであることに意味があるのです。私は晴明のような役人でもなければ役小角《えんのおづぬ》のような修行者でもありません」

「そりゃそうだ」

「私が何者かに敗北したら天津の神々の顔に泥を塗ることになります。私の許には他にも数多《あまた》の神々の神使が集っておりますが、神使の役目は神の声を伝えることと、己の仕える神の威厳を守ることとです。神の威厳を私が損なうわけにはいきません」

「ああ、素晴らしいプライド……それを大事に生きてほしい。でも二十三のイカちゃんが？　市子さんと同い年の男子中学生を弟子にしてるの？」

「多分あれは依童《よりわら》ですね。霊的感受性が強くて便利なのでそばに置いているのでしょう」

助六の言葉で、緩《ゆる》みかけた大雅の表情がまた渋くなったが、

「あのう、宮、お願いがあります」

意外な者が割り込んできた。市子が振り返ると、いつもは居間にいない伏が三つ指をついて頭を下げていた。

――彼女が喋っている間、市子も大雅も他の神使たちも一言も発しなかった。神使たちは珍しいものを見るように扇《おうぎ》や袖で口許を隠していたが。話が終わると、市子は大雅を見上げた。

「大雅さんの言いたいことはわかります」

父親が何か言うより早くに先制攻撃。

「しかし伏は争いを好むたちではなく、このような願いをするのは初めてです。神使は神の声を伝えるのが務め、神使の声は神の声、伏の願いは水天宮の願いです。聞き入れてやりたいのです」

大雅は戸惑った様子だったが、少し考えてから市子の耳許にささやいた。

「何か、みずはとえらく扱いが違うね」

もし血の気の多いみずはがこんなことを言い出したら「しょうもない喧嘩《けんか》に首を突っ込むな」の一言で終わる。

「みずはのことは姉妹のように思っていますが、どちらが姉かとも思います」

市子の答えは真面目くさった声音だったが、大雅は少し吹き出した。

「君、体調はいいの？」

「大分」

「自信ある？　どれくらい？」

「私になくても雀にあるでしょう」

「雀って、銃撃たせるのはそれはそれでどうかと思うけど……まあいいや。伏には毎月お世話になってるし、いいよ。ただし」

「危なければ逃げます」

「じゃなくて、イカちゃんの弟子にバレないように」

「そっちですか」

「そっちだよ。拝《おが》み屋商売の人とかかわってほしくないんだよ」

「まだ商売ではないようですが」

「師匠がいるなら同じだよ」

「その件ならばご心配には及びません、私が因果《いんが》を含めておきました」

父子の会話を遮《さえぎ》られ、市子は訝《いぶか》しげに助六を見た。助六は涼しい顔でひげを整えていた。右の前肢《まえあし》に絆《ばん》創膏《そうこう》を貼っている。

「何かしたのか、お前」

「さほどのことは。宮の名誉をお守りするための最低限です」

ぴんとひげが左右に張る。

「ありがとうございます」

市子が何か言う前に伏が微笑《ほほえ》み、もう一度深く頭を下げた。ひとまずは、話がまとまったかのように見えた。

そこに冷や水をかけるような言葉を投げつけたのは、

「わざわざお願いするんだぁ？　毛野《けの》なら黙って自分でやっちゃうかなぁ」

厳島《いつくしま》神社の毛野だ。

白拍子《しらびょうし》の格好をしているが、男だ。とはいえ基本的に神使は神の意向で容姿端麗か貫禄《かんろく》があるか逆に近寄りたくないほどみすぼらしいか、何らかの意味ある姿形をしている。毛野も本物の女性と比較して遜色《そんしょく》のない美貌《びぼう》、見た目にはやや垂れ目の美女のようだ。白拍子は〝男装の麗人〟なので女装なのか男装なのか実にややこしいが。

今朝は水干の懸緒《かけお》をちゃんと結んでおらず、足も崩して気怠《けだる》げに脇息《きょうそく》にもたれかかっている。赤い単衣《ひとえ》も乱れていて、はだけた胸許の白さと長い髪の黒さの蠱惑《こわく》的なこと。

伏は今日も地味な銀ねずの着物の上に割烹着、朝からちゃんと髪を結っているが化粧っ気は少ない。同じく平家と海の神に仕えながら何一つ同じところのない二人。

「今の私の主は宮にあられます」

伏は振り返りもせず短く答えたが、

「宮のご心痛の種となるようなことは、あらかじめ各々で処理するのも我々のお役目ではぁ？」

真っ赤な紅を差し、てらてら光る唇から毒のある言葉を飛ばす。毛野は声も高くて甘い。

「おい毛野、絡むでない」

「水天宮の願いは伏の願い、ねえ。撫で犬風情《ふぜい》が偉くなったものですねぇ。いるんですよねぇ、かわいそうだからお情けで社に祀《まつ》ってあげただけなのに、偉くなったと勘違いして図に乗っちゃうのがぁ」

史郎坊の制止も聞かず、毛野はくつくつと笑って扇を手の中で弄《もてあそ》んだ。

「この毛野は代々厳島の本殿を守護してきた獅子《しし》の中の獅子、狛犬《こまいぬ》の中の狛犬、その辺の犬っころと一緒にしないでほしいですぅ。犬っころは腹でも撫でられてぃればいいのですぅ。水天宮の願いぃ？　何様ですぅ？」

「――毛野、不快である。忠臣である伏への讒言《ざんげん》、延《ひ》いては私への非難と見なすぞ」

「あっ宮に叱《しか》られちゃいましたぁ。いけないいいけない反省しまぁす☆」

市子に遮られてもなお声は笑ったまま。

「ごめんなさいねワンちゃーん、頑張ってねワンちゃーん」

水干の袖に顔を埋め、手だけ振ってみせた。伏はそちらを見もせず、そそくさと立ち上がって台所へと去った。つい気圧《けお》された大雅が史郎坊の袖を引っ張る。

「え、何あれ、怖いんだけど」

「毛野はいつもあんなもんだよ、感じ悪いの」

みずちがあっけらかんと答え、

「〝毛野はぁ、蛇や鹿や鴉《からす》と仲よくつるむためにここにいるのではないのですぅ〜〟」

声真似をして身体をくねらせた。みずちに声をひそめるなどという発想はないので毛野にも聞こえているはずだが、ぼんやり扇の飾り紐《ひも》をいじっているのが逆に薄寒い。

「毛野はアレがないんだよ、えーっと、キョウ……調教師！」

「協調性じゃろ」

「そう、それ！」

「あれは狛犬だから神域の外で生まれた妾《わらわ》たちを見下しているのですわ」

カジュアルにからかっているみずちと異なり、みずはは本格的に毛野が嫌いらしい。扇で口許を隠し、そちらを見ようともしない。

「妾たちや伏のような俗世に生まれて白羽の矢が立ち、神の御許に召された者が気に喰わないのです」

「確かに狛犬は生まれつきの神獣、神饌《しんせん》とお神酒《みき》だけを口にして厠《かわや》にも行ったことがないんじゃろう」

「大体、伏の方が先に来たのに後から同じ犬でかぶっているくせに、図々しいのですわ！　自分は獅子だからとかつまらない言いわけをして」

「え、君ら、同じ動物でかぶっちゃ駄目なんて掟《おきて》あったの？」

「それこそ蛇と鹿と鴉と狐ばっかり宮の御許に集ってもしょうもないからな。といいながら天狗は三柱《はしら》おるんじゃが。――そうか、あれはマウンティングじゃな。系列の水天宮を下に見ておるんじゃろう。厳島は平家の栄耀栄華《えいようえいが》を知っておるが水天宮は没落した後の社ゆえに。伏がまだ若いのもあるが。あれはまだ二十代じゃったか」

ここで大雅は何より驚いて台所の方を振り返ったが、もう伏の姿は影も形もなかった。

「伏ってぼくより若いの!?」

「バブルの頃の生まれだそうじゃぞ」

「さっきの身の上話自体、わりと最近の風潮ですし」

史郎坊と助六はさらっと流す。

「神は定期的に俗世のものを神使として召し抱えることで流行を取り入れるのです。半年ほどで廃《すた》れるような情報を追いかけたりはしませんが、五十年に一度くらいは世俗のことを学ばないと。昔は五十年あれば三回は元号が変わり、都の場所から変わっておりました」

「毛野は百五十くらいか？　――俗世に生まれようと神域に生まれようと犬は犬、出る杭は打つしボスには腹を見せる」

「あのような奸臣《かんしん》は妾たちの和を乱します、討伐《とうばつ》をお命じくださいませ！　大体あれは前から気に入らなかったのです。男だか女だかわからない格好で、武勲もないのにへらへらと歌って踊ってばかりで大きな顔をして！」

「いや、毛野はそこまで悪い奴では……」

みずはにせっつかれて市子は言いよどむ。唯一意見が違うのは助六だ。

「あれはあれで気を遣《つか》っておりますよ。伏の願いが叶えられるのなら我もと、厚かましく便乗する者が現れぬよう牽制《けんせい》しているのです」

「それはちと買いかぶりすぎじゃ」

「あれが嫌われているから無用のトラブルが避けられている側面もありますよ。憎まれ役、汚れ役を買って出るのも忠臣というものです」

「しかし雀がこの家の中に滅多に顔を出さんのは、あれに絡まれるのを恐れてのことじゃぞ。雀はまださしたる神通力もないのに隠形《おんぎょう》ばかり得意になって憐れじゃ」

市子は戸惑ったように一同の顔を見回した後で、大雅に向き直った。

「……このように、たくさん手下がいたらいたで気を遣うばかりで便利なわけではないのです」

大雅も生ぬるい笑みを浮かべた。

「うん、何かそうだね。溝越さんもみずはも協調性ある方なんだって今思った」

「儂《わし》はとても人の和を大事にしておるぞ!?」と史郎坊は大雅に食い下がった。

＊＊＊

禁野いかがは、ものすごくキャラを作っている。テレビに出るときはポニーテールで白の狩衣を着ているが、普段は髪は適当に後ろでまとめてユニクロのシャツとデニムで歩き回っている。化粧も薄い。

やはり狩衣の印象は強いらしく、洋服を着ているとまず誰にも芸能人だとは思われない。一つだけ厄介《やっかい》なのは、禁野いかがというのが親からもらった本名だということだ。飲食店の予約には適当な偽名を使うが、病院やレンタルビデオ店ではかなり目立つ。

甲斐田尚暉の家に来るのはお手軽なものだ。大学は自主休講。〝女子大生陰陽師〟の売り文句のために留年しているような大学だ。永遠に芸能界で食っていくつもりはないが学歴がなければ仕事ができないわけでもない。

「……すごいな。二週間は使えないぞ、この部屋。百鬼夜行《ひゃっきやこう》でも通りかかったのか？」

尚暉の六畳の寝室を見て、第一声がそれだった。尚暉は正座のままがっくりと肩を落とした。

「洒落になってないっす……」

十も年下の弟子は青いジャージ姿。なぜかおでこに絆創膏を貼っていた。

「一体何があったんだ？」

「それが……何かすごいことがあったような気はするんですけど、全然覚えてなくて」

勉強机があって、箪笥があって、カラーボックスがあって、布団が敷きっ放しで。

ごく普通の少年の部屋だが、おぞましいほどの血の匂いが漂っていた。血などどこにもこぼれてはいないのに。——瘴気《しょうき》だ。

たった一つ、壁に刺さったものが。一見すると鳥の肋骨《ろっこつ》のようでもある。五センチほどもあり、カーブを描いている。いかがはそれを白布で包んで抜き、ためつすがめつ眺める。

「これは……かなり古い狐の爪だな。これ自体に力が宿っている。宗家様にお預かりいただこう」

テレビではああ言っているものの禁野流の宗家は現時点でいかがの祖父だ。七十代だが現役で、テレビ出演も祖父の指示だ。

「オレって狐に化かされたんですか？」

「その可能性が高いが、ちょっとした野狐《やこ》や呪詛《じゅそ》という次元じゃないな。しばらく本家の道場で寝泊まりするといい。ここはボクが浄化しておくが、許可を出すまで使うな」

「親に何て言おう……」

尚暉はうなだれているが、本当なら即引っ越しを勧めるレベルだ。

しかしやるだけのことはしなければ。爪を布ごとハンドバッグにしまう。部屋は塩と符で結界を張って浄化するとして。鬼門の方角に瘴気を逃がし——

ふと。いかがはゴミ箱に目をやった。青いプラスチック製で、スーパーのビニール袋に半紙が丸めて突っ込んである。筆でたどたどしい文字がいくつか。読み取れたのは〝果たし状〟。

「何だこれは？」

一枚、つまみ上げて広げてみた。相手は〝出屋敷市子殿〟——

その名を見た瞬間、胸の中で心臓が跳ね上がった。出屋敷。もう見ることはないかとも思っていたのに。

「……何でしょう？　わかんないです」

「〝果たし状〟とあるからには誰かと何かの勝負をするつもりだったと思うが」

「オレがですか？」

尚暉は首を傾げたが、どう見ても彼の字だ。

——尚暉の母によれば、昨晩就寝するまでは彼の様子に変わったところはなかったという。今朝、時間通りに起きてこず、寝床で泡を吹いていて、意識を取り戻すとすぐに嘔吐《おうと》し頭痛と眩暈《めまい》を訴えた。

一応病院に連れて行ったがさしたる病変はなく、〝彼にはよくある霊障《れいしょう》の類《たぐい》〟と判断していかがを呼んだ——

恐らく尚暉は就寝後から、朝になって母親が様子を見に行くまでの間に何らかの怪異に出くわしたのだろう。そうしたことを覚えていないのはさほど珍しくはない。

——が、この〝果たし状〟はそれより前に書いたはず。書くのに使ったらしい書道セットはきちんとカラーボックスにしまわれている。何より、書き損じばかりで完成品らしきものがない。その記憶がないのは怪しい。

「デヤシキイチコ、と読むのかな、この名前は」

「変な名前ですよね、出屋敷市子」

禁野いかがほどではないと思う。とはいえ出屋敷という苗字《みょうじ》もそう多くないはずだ。

「クラスメイトか？」

「一組の変人です。〝カッパーフィールド〟」

「カッパ？」

「超魔術的な。瞬間移動だとか物質転送だとかスプーン曲げだとか、家を吹っ飛ばしたとか、時間を巻き戻したとか、わけわかんねえ噂がいっぱいあるんです。——中学生が言ってるだけなんで、デマだと思うんすけど」

「それはぜひお目にかかりたいな」

いかがは書き損じをねじり、ゴミ箱に投げ戻した。

5

〝保健所の仔猫、飼ってください！　●日に殺処分されちゃいます！　それまでに！〟

〝××市で多頭飼い崩壊！　六十五匹の犬を助けてください！〟

——インターネットで探れば、ざくざくそんなのが出てくる。毎日、毎日、毎日。呆れるほど毎日。きりがない。

一体、本当にそんなにたくさんの犬猫が全部助かると信じてやっているのだろうか。六十五匹も犬を飼う方が馬鹿じゃないのか。そんな馬鹿の尻拭《しりぬぐ》いをする方もする方だ。そうまでして善人ぶりたいか。

おかげで保健所に行けば、檻《おり》に閉じ込められたたくさんの犬や猫が。大体、五千円くらいで買える。今日は仔猫を二匹買ってきた。「兄弟を離ればなれにするのはかわいそうだ」とか何とかテキトーなことを言って。

キャリーケースから引っ張り出して速攻、肢《あし》を二本ずつガムテープでぐるぐる巻きにした。茶虎の猫たちはにゃーにゃー鳴いていたが、まだ歯も爪も生え揃っていない身では何ができるわけもない。

軍用ナイフはよく研《と》いである。今回は皮を剝《は》いでみようか？　ぬいぐるみのようにして、中に綿を詰めようか。動画を撮ってネットにアップしたり。針金で縛ったり、首を切って写真に撮ったり。流行ったじゃないか。

仔猫、かわいい仔猫。それだけでインターネットでは大人気だ。——くだらない。こいつらは保健所にいくらでもいる。殺されるために。それが事実だ。かわいいなんて思っても一瞬だけだ。

誰にも必要とされていない。

だから彼が殺してもいい。

そして見せつけてやるんだ。猫を見てかわいいとしか言わない能天気な連中に、これがただの生ゴミであることを。毛皮の上っ面がかわいいだけで、中身はただの汚物であることを。

特別な彼が、見せてやらなければ、

「他人がしないのは品性があるからだ」

光るナイフをどう毛皮に突き立てるか考えていたとき、女の声がした。

振り返ると、セーラー服の少女。おかっぱ頭で日本人形みたいな。無表情な顔に不思議な緑の瞳が光っていた。傍《かたわ》らには、不似合いな茶色い立派なゴールデンレトリバー。首輪はない。

少女はレトリバーの頭を撫でる。少女が小柄で犬が大きいので屈《かが》まなくても頭に手が届く。

「この久留米水天宮の伏は、現世で百九十九頭の仔犬を産んだが一頭も育て上げることができず、狭い檻に閉じ込められたまま火事に巻き込まれて死んだ。その怨念《おんねん》が凄《すさ》まじく魔性となるところを、高倉《たかくら》平《たいらの》中宮《ちゅうぐう》の慈悲に救われ、仕えることとなった」

——何だこのガキ、いきなりわけのわからないことをべらべらと。大きい犬がいるからってこっちがビビるとでも思ってるのか。

「高倉平中宮はまたの名を建礼門院徳子《けんれいもんいんとくこ》。位人臣を極めた平清盛《たいらのきよもり》の姫に産まれ蝶《ちょう》よ花よと育てられ、高倉帝の妃となって安徳《あんとく》帝を産み、女としての栄華を誇った。だが源氏に都を追われ、親兄弟も愛《いと》し子も全て壇《だん》ノ浦《うら》の海中に没する中、一人死に切れず生き残り、その後は尼として一族の菩提《ぼだい》を弔《とむら》い続けた。今は天之御中主神《あめのみなかぬしのかみ》と親子三代ともに水天宮に祀られ、子授けと安産の神となった」

ナイフで脅《おど》しつけてやろうか。犬は鼻面を蹴ってやればビビるだろう、バスケットシューズは底が厚いからちょっとやそっと咬《か》まれても牙が通らないはずだ——

だが不思議と身体は動かなかった。声も出ない。金縛りにでも遭っているようだ。

「パピーミルというのを知っているか。血統書付きの雌犬や雌猫を動けないほど狭い檻の中に閉じ込めて散歩にも出さず餌だけ与え、同じく血統書付きの犬猫の種を付けて仔を産ませてはペットショップに並べる商売だ。雌は汚物を垂れ流す状態で生きている間ずっと妊娠させられ、出産の苦痛を味わわされるのに仔にろくに乳も与えられないうちに引き離される。犬の寿命は十二、三年？　チワワなどは骨盤が脆《もろ》く帝王切開しなければ出産できないものも多い。——そうまでしてこの世に産まれてきた子供たちの、行き着く果てがこの河原というのはあんまりではないか。売りに出された仔の多くが持て余され保健所に持ち込まれると。この種の犬は大きくて猟犬で強い力と狩猟の本能を持っていて特に扱いづらいとか？　人間はすり潰すためだけに犬猫に仔を産ませているのか？　情けない話だな？　人間として産まれただけで尊重してもらえるのはありがたいな？」

「どうせ保健所で死ぬ運命だったんだ。オレが殺して何が悪い」

一言だけ反論ができた。

緑の目がすっと細まって、軽蔑《けいべつ》するように彼を見た。細い手がゴールデンレトリバーの頭を撫でる。

「伏よ。お前の記憶を少しばかりこいつに分けてやれ。産みの苦しみがいかなるものか」

ゴールデンレトリバーは、彼に襲いかかったりなどしなかった。牙を剝いたりもしない。ただ一歩前に出て、彼の腹に額を当てた。

途端、激痛が走った。腹を引き裂かれ、骨盤を外され、はらわたを引きずり出される痛みが。声も出ないほどの。息もできないほどの。

「この伏はお前などよりずっと高貴で特別で選ばれた血筋だぞ。仔犬が一頭五十万で売れたのだから。お前の命の値段はいくらだ?」

——激痛で意識が途切れる瞬間。

緑と金の目が彼を見下ろしていた——

＊＊＊

「終わった」

市子が手を上げた。私はコンクリートから腰を上げ、おそるおそる近づく。

「大丈夫?」

「のびてしまった」

市子の足許には、草むらに仰向けに倒れて痙攣《けいれん》する少年の姿が。学ランではあるが前がボタン留めではなくファスナーで、うちの制服とは違った。高校生なのかもしれない。ものすごく悪そうな顔には見えなかったが、手にはいかついミリタリーナイフが。見た目ではわからないものだ。

「勝負は受けないが趣味で犬猫を殺すような変態は社会のために死なない程度に成敗しよう」と市子が言い出したとき、私は止めなかった——五分で終わりそうだと思ったから。二組の友人に聞いてみたら、なぜか甲斐田も学校を休んでいたみたいだったし。

そして実際、五分で終わった。市子は霊感だか占いだか天狗の仕業だかで即座に相手が例の河原にいることを察知した。私は念のために警察を呼んだりできるよう携帯電話を握《にぎ》り締めて待っていたが全く必要なかった。

「雀を使うかと思ったが特にいらなかったな」

「泡吹いてるけど、救急車とか呼ばなくていいの?」

「頭を打ってはいないから、痛いだけで健康被害はない。——伏は十年耐えたのに、根性のない奴だ。まあこれに懲りてしばらく動物には近づけないだろう。ＰＴＳＤくらいで帳尻は合う。救われぬ霊魂たちも回収したから今後影響はない。神社は普通死者を受け容れないがこのような度を超えた穢れを浄化し、世間の霊的エネルギーを循環させる機能がある」

市子はもう興味もないらしく、屈んで仔猫を抱き上げた。ガムテープが手足に絡んでいるのを剝がしている。

もう一匹の仔猫もガムテープでぐるぐるだったので私も剝がしたが、くっついた毛が痛そうで少しハサミで切ることにした。ノートを切り貼りするためのものだが持ち歩いていてよかった。仔猫は嫌がって暴れたが、咬まれても全然痛くなかった。まだ赤ちゃんだった。

ガムテープを全部剝がすと、ハサミで毛を切ったところは薄いピンク色の肌が露《あら》わになって、いかにも寒そうな姿だ。まだらハゲ。

どうしようと思っていたら、目の前に優しい目をしたゴールデンレトリバーが現れ、地面に座った。仔猫の首を優しく嚙んで自分の腹の長い毛に埋める。二匹とも。

せっせと身体を舐めてやる。仔猫たちは少しの間震えていたが、舐められると落ち着いたか毛皮に埋もれて寝ぼけ眼になった。やっとかわいい仔猫に相応しい、微笑ましいシチュエーションになった。

犬は市子の知り合いらしく、大人しく彼女に頭を撫でられていた。——ということはこれも心霊現象で、撮影しても写真には仔猫しか写らないのだろうか。それはそれでアリなのか？　しかしまだらハゲが。私がしゃがんで携帯電話を出したもののの迷っていると、市子がつぶやいた。

「それは猫だぞ、お前の仔ではないだろう」

「母性本能なんでしょ？」

私は何気なくその言葉を使った。

「本当の仔を捜せばよいだろうに」

犬は市子の言葉にうなずくように頭を振り、小さく声を上げた。再び仔猫たちをぺろぺろ舐め始めた。しばらく夢中で眺め、携帯電話で撮影していたが、ふと私は市子が静かすぎるのに気づいた。

振り返ると彼女は拳で目をこすっていた。何度も。──涙がこぼれるのをごまかそうとしている。鼻も詰まっているようでぐずぐず音を立てる。

「こすっちゃ駄目だよ、腫《は》れちゃうよ。目も悪くなるよ」

私が立ち上がってハンカチを手渡すと、ずっとそれで両目を押さえている。種族を越えた愛の光景に感極まって、なんて市子らしくもない。まだ情緒不安定なのだろうか。今頃怖くなった、なんてこともないだろうに。

何が何だかわからないがとりあえず背中を撫でてやった。市子は手が冷たいのに背中は温かくて不思議だ。


ここは車の走る音が大きく響く。

河原は最近まで菜の花がたくさん咲いていたのが散って、その後も葉や茎《くき》は残って緑の実が膨《ふく》らんでいた。理科で習ったアブラナの受粉、モンシロチョウの生と死。細長い実はそれ自体が芋虫みたいだった。

市子はしばらく嗚咽《おえつ》もなく泣いていたが、洟《はな》をすすってぽつりとつぶやいた。

「真面目に勤めていれば、いつか報われると思っていた。そんな日は来ないのに。今わかった。私はもう大人になってしまった、誰も迎えになど来ない」

「お仕事の話？」

「──いいや。母の話だ」

「ハハ？」

「芹香は、両親の愛の結晶か？」

──突然にそんなことを尋ねられた私の心境を述べよ。言葉が耳から脳に伝わるのに少し時間がかかった。日本人は愛という言葉に馴染《なじ》みがない。答えるのに声がうわずった。

「か、考えたことないけど、多分……」

「私もそうならよかった。生まれてきたのに理由などなければ」

市子は短く言って、ふらふらと歩き出した。私のハンカチを握り締め、仔猫たちや犬を背にして。

蛇足

「いや、立ち去っちゃダメだよいっちゃん。悪い奴ブッ飛ばして泣いてスカッとしちゃダメだよいっちゃん」


その日の夕方、私は再び出屋敷家に赴《おもむ》くことに。今度は市子の部屋ではなく一階の座敷で、市子と二人で座卓を挟んで大雅と対峙《たいじ》していた。

私たちの隣にはスーパーでもらった野菜の段ボール。中には二匹の仔猫が古いタオルにくるまって眠っている。

仕事帰りで背広姿の大雅は苦虫を嚙み潰したような顔でぼそぼそと言った。

「……あのね、確かにうちは持ち家でペットはアリだけど、もうミカドヤモリのミカちゃんがいます」

〝ミカちゃん〟は二十センチ足らずの黄色っぽい爬虫類。座卓の上にビニールの蔦《つた》で飾ったケージがあり、その中を這い回っている。かなり好き嫌いの分かれる生き物だ。サイズ的に猫の獲物で同居はできないだろう。が、「そんなかわいくない生き物は捨ててかわいい仔猫を飼おう！」なんて主張をしたら人でなしになることは私にもわかる。

「大体市子さんにはもう、みずちと助六とアルジャーノンと摂津一の宮の猫がいるじゃないか」

「摂津一の宮の兎もいます」

――ああ、耳が痛い。

「毎朝タエさんとシロさんと少佐がご飯を食べに来るけど、あのひとたちは地域猫と言ってだね。庭でご飯食べて、家には上がらないだろ？　耳に切り込みがあるのは生まれつきじゃなくて目印なんだよ」

「……地域猫、いるんですか」

「ご近所で避妊手術代を出し合ったらしいんだ」

市子が、ここで首を傾げた。

「……ヒニン手術、とは？」

「いっちゃんはそこからなの⁉」

この後私には市子に猫の避妊手術の必要性について説明しつつ、大雅には避妊手術費用を折半《せっぱん》することと、ついでに動物系の神使の皆さんに仔猫の世話ときめ細やかな教育を頼み、何とか地域猫の仲間入りができるよう交渉するという難問が課せられた。

——はっきり言ってムリゲー極まりない。どう考えても市子より私の方が大変だ。

結局、今日もライブのチケットは渡せそうにない。

文京区の休日

市子《いちこ》にも読書以外の趣味がある。琴《こと》だ。といっても一般的に現代日本で琴と呼ばれているのは箏《そう》、市子が得意とするのは和琴《わごん》。どちらも六弦《げん》で弦は絹糸だが箏は爪《つめ》をはめて弾《ひ》き、和琴は琴軋《ことさぎ》というへらのようなものを持って弾く。箏は象牙やプラスチックの琴柱《ことじ》で弦を支えて音程を調整し、和琴は楓《かえで》の枝を使う。

和琴は神楽《かぐら》や神事に用いられることが多い。術の修行のために小さな頃から師匠について教わっていた。今は師匠とは縁が切れたが、桐《きり》の木でできた古い和琴は出屋敷家まで持ってきた。和琴の音は古き神々の使いたちの好むところであり、じっと聞き入る者、琵琶《びわ》や横笛で伴奏する者、様々だ。師匠に代わって稽古《けいこ》を付けてくれる者もいる。やはり週に二、三度は弾かなければ弦が緩《ゆる》む。

今日、弾いていたのは『ソウフレン』。『相府蓮』と書けば大昔、中国で大臣が庭の蓮《はす》を愛でながら口ずさんだ歌、『想夫恋』と書けば夫を慕う女の恋心を語る曲、ということになっている。旋律《せんりつ》は同じだ。

市子の演奏は師匠が呆《あき》れるほどハイテンポだ。神《しん》使《し》たちが「昔はもっと速かった」とそそのかした結果、こうなった。実際和楽器のリズムはゆっくりすぎて演奏している方も眠くなるので、指が追いつく限り速く弾くのが市子の流儀だった。

今日は神使の誰も食いついてこない——と不思議に思っていたのも束《つか》の間《ま》。すぐに音階を押さえ、鼈《べっ》甲《こう》の琴軋を振るうのに夢中になる。手癖《てぐせ》で弾けるような曲ではない。

——大輪の蓮の花から、蜜蜂《みつばち》が飛び出す。羽音《はおと》を立て、次の花を探して飛び回る。蓮は夏の花だ。日差しは強い。照りつけるような日光の下、ぬるい池

の上を、蜜蜂が、
思い描く情景は一瞬にしてかき消えた。背中に重たいものが覆いかぶさる感触。

「宮《みや》」

細いがしっかりした男の腕に背後から抱きすくめられ、市子は息が止まるほど驚いた。弦を一気に払ってしまい、乱れた音を立てた。腕に痛みが走ったのは筋が攣《つ》りそうになったのだろう。琴軋が手から滑って琴にぶつかり、床まで落ちる。驚いたときに悲鳴を上げるタイプならとっくに上げていたが、声を出す前に気づいた。

「……何だ、助六《すけろく》か」

金の髪がほおに当たった。伸びた髪の間から尖《とが》った耳が覗《のぞ》く。

助六は市子の前でしか人間の姿に化けない。高価な厚みのある錦《にしき》の袍《ほう》に嫌というほど香を焚《た》きしめていて息が詰《つ》まりそうだ。

「びっくりするだろうが、後ろから近づくな」

大人の男の顔をしているくせに、助六は市子の首筋に顔を埋めてほおずりする。多分尻尾も犬のようにぱたぱた振っているのに違いない。狐《きつね》の格好《かっこう》なら頭でも耳の後ろでも撫《な》でてやるのだが人間の姿だと市子自身溢《あふ》れるほどの違和感が。冬の夜にふかふかの狐を抱っこするのは実に心が安らぐが、初夏と言っていい頃合いに男に抱きつかれてもぞっとするだけだ。

「暑苦しいぞ。琴を弾けないだろうが」

「日曜ですし私とどこかにお出かけしませんか」

「どういう意味だ」

「デートです」

助六は腕を解くと、畳の上を這って正面に回り込んだ。市子が琴軋をつまみ上げた、その手を握り締めて何やら熱っぽい目つきでささやく。

「男と茶を飲むくらいなら私とデートしてください」

「意味がよくわからない」

「あのようにくだらない小僧っ子が人間というだけ

で宮を茶席にお招き奉《たてまつ》る光栄に浴するのに、私のような卑しき野狐《やこ》には何もお与えくださらないと」

……茶席っていつの話だ。ファーストフード店で、三十分も会話していなかったぞ。というか、助六は真横にいた。他に客も店員もいた。異性とはいえ同じ学校の生徒に百八十円のオレンジジュースをおごられるのはそこまで大層なことなのか。そもそも、天狗《てんぐ》にこれも人生の勉強だと言われて行ったのに。

市子が抗弁する前に、助六はかぶりを振って何やら大袈裟《おおげさ》にのたまう。

「私はいずれの神にも仕えず、ただ宮にだけ忠誠を捧げているのに、あまりに冷たい仕打ちではありませんか」

「勝手に押しかけてきて仕えたいとほざいたのはそっちのくせに、何を」

「俸給《ほうきゅう》も求めず、日々身を挺《てい》して宮にお仕えしているのです。私は未だまともな名前すら賜《たまわ》っていないというのに」

「みずちの餌《えさ》にしてやろうか」

「ご無体な。それは下賤《げせん》の狐に過ぎぬ身で畏《おそ》れ多くも宮に懸想《けそう》するなど不敬の極み、今生《こんじょう》でこの想いを遂《と》げることなど叶いますまい。宮は神となられるお方ですから来世でも添い遂げることあたわず。

——ですからせめてデートくらいは。逢い引きなどといういかがわしいものではありません。宮とともに季節の花々を愛で、思い出を作りたかっただけでございますのに、そのようなささやかな願いも叶わぬのでしょうか……」

袍の袖で目許《めもと》を押さえるのは、泣き真似のつもりなのか？　男のくせに。ため息が漏《も》れる。

「お前、面倒くさい奴だな……私は狐の嫁になどならないぞ」

「存じております。ただ少し出かけるだけです」

——本当だろうか。

このところ、助六は図々しくなった。二人きりのとき人間に化けることが多くなり、花に和歌を書いた紙を結んだり、やたら顔を近づけてきざな言葉を吐き、冷たくはねつけるとめそめそ泣いて「いっそ殺してくれ」などとほざくようになった。夜中にふと目が覚めたとき、じっと顔を覗き込まれていたこともあった。妖怪《ようかい》もうつ病になったりするのかどうか、真剣に本やネットで調べてみたり神使たちにそれとなく尋ねてみたりしたがどうやら違うようだ。

「好きだ何だと言われても困るぞ」

と釘を刺すと

「無論です」

と神妙に答えるものの――ならなぜ手を握って離さない。

いっそ本気でみずちの餌にしてやろうか。あれでも助六の尻尾三本くらいはむしることができるはず。が、毎回思いとどまったのは助六の使い勝手がいいせいだった。何せ数ある護法《ごほう》の中で、家事を手伝うのがこれしかいない。掃除《そうじ》、洗濯《せんたく》、台所の洗い物、ゴミの分別、クーラーのフィルタ洗浄まできめ細やかに。

先日など揚《あ》げ物の油を華麗に始末し、大雅《たいが》に絶賛されていた。まさか妖怪が固めるテンプルを使うとは思わなかったとか。食器洗い機もドラム式洗濯乾燥機も使いこなし、タグを読んで下着は洗濯ネットに入れ、重曹《じゅうそう》とクエン酸とメラミンスポンジで何でもピカピカに磨く。

……市子よりもその父親が助六を気に入ってよく使っている。何せ出屋敷家は父子家庭で家事をこなすのは主に大雅だ。護法は皆、荒事に長《た》けた者ばかりで大雅の役に立っているのが助六だけと言っても過言ではない。

そもそも、八十八柱の護法というのは皆、神使である。名のある神社から派遣されて来ている（一部寺だが）。その中で名前もない野良《のら》妖怪が一匹、何年も生き延びているのはありえない事態だった。まさか稲荷《いなり》の方が気づかないとは思わなかったし、「そのうちバレるだろうな」くらいの気持ちだったのに。

――市子が自ら調伏《ちょうぶく》し、従えた護法はこの助六ともう一柱くらいしかいない。神使たちは仕える神と市子の意志が相反するときには神の意志を優先するかもしれない。絶対に逆らわないのは助六と響《ひびき》音《ね》ユラだけだ。

そういう意味では貴重な財産。それも助六は齢《よわい》五百歳の古狐だ。きちんと名前をつけて、正式な契約で縛れば強力な武器になる――が、霊能者で食っていくつもりもないのに〝強力な武器〟などどうする。一生つきまとわれるのもぞっとする。

……が、もう少しは生かしておくか。大雅の役に立つことだし。大きな手で腕を揉《も》んでくるのが気色悪いが。

「どうして出かけたいのだ。家で遊んでやっているじゃないか」

――ちなみに市子が考案した助六の遊びとは。

尻尾に鼠《ねずみ》の人形をくくりつけた助六が走って逃げ、みずちが追いかける。

「みずちの遊びではありませんか！　私は大人ですから獲物を追いかけたりしません」

「そんなものなのか？」

「そうです！　あれは幼いのです！」

市子からすれば助六が喜んでやっているものとばかり思っていた。いい運動になる。

「大人の遊びとは、花見に行くことなのか？　花などテレビで見ればいいだろうが。花屋でも売っている」

「寂しいことをおっしゃる。花が見たいのではないのです。自然の清々《すがすが》しい空気の中で、美しい花々に囲まれて心身をリラックスさせるのです」

「日頃特別緊張しているわけでもないがそんなものなのか？　で、どこに行くと」

「小石川後楽園《こいしかわこうらくえん》はどうでしょう。花菖蒲《はなしょうぶ》の季節です。花が咲いているのは確認しております」

「……自然ではないではないか」

「自然とは荒々しいもの。人間向けに手入れした公園くらいのものがよいのです。日本庭園にいらっしゃる宮のお姿はまことに神々しく、天女すら雲の狭間から身を投げることでしょう」

「大丈夫か、頭でも打ったのか。……花が咲いているのを確認したということはお前、見に行ったのか」

「宮に無駄足を踏ませるわけにはいきませんから」

会話は弾むのに、何だか意思疎通がうまくいっていない。

「もう好きなようにしろ。……二人きりで出かけたいなら他の連中がついてこないように、お前が説得するんだぞ」

「勿論《もちろん》です。折角《せっかく》ですから宮はこちらの振《ふ》り袖《そで》をお召しになってください」

と助六は衣桁《いこう》にかかった赤い晴れ着を指し示す。薄桃色《うすももいろ》の牡丹《ぼたん》が描かれたものだ。

「振り袖を？　もう六月だぞ、暑くないか？」

「涼しげになるようこちらで調整します。美しい花を愛でるのです。宮はそれ以上にお美しく、花々の精が嫉妬《しっと》するほどでなければ」

「意味がよくわからない」

「晴れ着も飾られているだけでは虚《むな》しゅうございます、たまには袖をお通しになりませんと」

晴れ着とは初詣《はつもうで》のときだけ着るものだと思っていたが。ともあれ一人では着られない。みずはに着付けてもらわなければ。

同じ家に住んでいるくせになぜか助六は駅前での待ち合わせを提案した。市子は一応振り袖に銀の帯を締め、上に珊瑚《さんご》色の道行《みちゆき》コートを着、紅玉髄《べにぎょくずい》のかんざしを差してパールのバッグを持った。

玄関を出るとき、いつもはどこへ行くにもやかましい神使たちが皆揃《そろ》いも揃って素直に「行ってらっしゃいませ」と送り出したのにびっくりした。一体どんな特殊な交渉術を使ったのやら。

駅前は大時計の前で、もう助六が待っていた。てっきり狐の姿でいると思っていたら人間の格好で、市子を見ると手を振ったのでつい回れ右して帰ろうかと思った。

「やはり宮は和装が一番です。とても可憐ですよ。思った通り、かんざしの玉髄もよい色で。選んだ甲《か》斐《い》がありました。被布《ひふ》はよくお似合いですが少々堅苦しいですね。東京の電車は混み合いますから道中はお召しになって、着いてからお脱ぎになった方が」

などとのたまう当人は——三角の耳と尻尾こそ隠しているものの紫の錦の紋付き、藤色《ふじいろ》の袴《はかま》、そして金の狐の尾を襟《えり》巻きのように首に巻いている。目がちかちかする。

「……お前はその格好で行くのか？」

「宮が振り袖をお召しなのです、私も馬子《まご》にも衣装なれど格好くらいは華やかに装わなければ。つまらぬ男を連れているなどと思われては宮を辱《はずかし》めることにもなりかねません」

助六は得意げだったが、しかしこの姿は目立ちすぎて道行く人に振り返られ、写メられ（写らなかっただろうが）、「すごい殺生丸《せっしょうまる》様がいた」とささやかれていた。そもそも助六が地味な格好をして市子が恥をかくなんてことがあるのだろうか。

中央線に乗り換えて少し。駅から歩くこと数分。衆目《しゅうもく》を集めるだけ集めながら大都会のオアシスへ。緑の木々がまぶしい庭園はどこへ行っても人間だらけの東京としては比較的穏やかで落ち着いている。一体どこで小遣いを稼いでいるのか、助六は袂《たもと》から小銭を出してささっと入園料を払った。

「さ、宮、被布をこちらに」

とプレゼントを開けるようにやけに嬉しげに道行コートのボタンを外して振り袖を露《あら》わにする。コートを小脇に抱えて、助六は右に回り込んだり後ろからしゃがみ込んだり、四方から市子を眺めて何やら満足そうに微笑《ほほえ》むのだった。カメラで撮影しないのが不思議なくらいだ。

「やはり小柄な宮にはこの明るく鮮やかな色使いがお似合いですよ。素晴らしい。星々すら流れ落ちてしまいそうです。今宵の空はさぞ暗いことでしょう」

「何を言ってるんだ、お前。寝言は寝て言え。東京の空は元から暗い」

「その頑《かたく》ななところが一層男心をかき立てる。罪なお方です」

「あのな。私はまだ十三歳だぞ」

「平安時代なら結婚適齢期です」

「まさか私を紫の上にするつもりか」

「まさか。平成にもなってそんな平安京で流行《はや》ったような話では申しわけが立ちません。どこかの天狗ほどではありませんが私も多少はポストモダンというものを聞き齧《かじ》っております。うら若き娘御と語らうのに今どきの話がわからないでは無粋も甚《はなは》だしい」

涼しい顔でうそぶくのをどこまで信じてよいのやら。

花菖蒲の田は庭園の中ほど、そこまで更に歩く。とはいえ庭園はここまでのコンクリートジャングルとは違い木々が生い茂り、初夏の日差しを和《やわ》らげてくれる。小川が流れて優しい音を奏《かな》で、足許の地面も固すぎず柔らかすぎず草履《ぞうり》でも歩きやすい。灌木《かんぼく》の枝なども決して小道の中までは伸びていない。なるほど、自然と違う人間向けに手入れした公園とはこういうことなのだろう。

助六は右手にコートを引っかけ、左手で市子の手を引いて歩く。身長差もあってまるで大人と子供だ。五百歳と十三歳では当然だが——

「ほら、宮」

助六が立ち止まった。指し示す方に紫の野が広がっている。田んぼのように四角く仕切ってあるが水が満たしてあるわけではない、少々ぬかるんでいる程度だ。

そこにまっすぐに伸びた青い葉と、豪奢《ごうしゃ》に開いた大輪の青紫の花が。ここまで草木は大いに茂っていたが花と言えば紫詰草《むらさきつめくさ》とつつじの枯れかけが少し残っていた程度だったので、あでやかさに目を奪われた。

よく見ると紫の花の中央は黄色い。おしべが伸びているのではなく花弁の根元だけ黄色い。——花見といえば桜だろうになぜ花菖蒲、と思ったが季節的なものではなくこの色彩のせいなのかもしれない。

「あちらにベンチがございますから、茶席を設けましょう。今日の天気なら冷たい煎茶《せんちゃ》がよいでしょう。葛餅《くずもち》を買ってございます」

助六が手を引っ張ったが、市子は田のほとりにしゃがみ込んだ。疲れたわけではない。

花菖蒲には様々な品種があり、少しずつ花弁の形や色味が違い、白や黄色の花もある。噴水のようなほっそりとした花、太った貴婦人がドレスを広げているような花。もう茶色く枯れ始めている花。ぬかるんだ地面にそれぞれ名札が刺さっており、詩的な名がいくつも並んでいる。

全然違うような気もするし、どれも同じようにも見える。

「——わからないな。なぜ私などかまうのだ。これからまだ千年も二千年も生きるお前からすれば、私などこの花のように儚《はかな》いものだろう」

助六も隣にしゃがみ込んだ。市子の肩にそっと手を置く。

「儚いからといって愛さないわけではありません」

「と言いながら、実際私の霊能が消え失せて醜く年老いたらどうするつもりだ。私は明日死ぬかもしれないぞ。元々私は遺伝的に無理をしているから大人になるまで生きられないと言われていた」

「若い娘は皆、そうです。明日死ぬかもしれない、明後日死ぬかもしれない。——瑞々《みずみず》しく美しいのに頭の中は死でいっぱい」

くすくすと小さく笑う。——真剣に悩んでいるのに笑うとはどういう了見だ。

「そうですね、私の力で貴方《あなた》様を永遠に若く美しいまま留め置くこともやろうと思えば叶いますが——」

「これ以上化け物になってたまるか」

「ではもうひと味違う味付けはどうでしょう」

「味付け？」

「貴方様が亡くなるときは私も殉《じゅん》ずるのです。貴方様が老いるならば私も相応《ふさわ》しい姿に。醜い姿を見られたくないとおっしゃるのでしたら目を潰《つぶ》してもかまいませんよ。そういう小説がありましたね」

「お前、ものすごい反則行為で私を生き返らせたりするのではないか？」

「もうそれは飽きました。——いえ、かつての私には貴方様とともに生き、貴方様とともに死ぬ覚悟が足りなかったのです。今の私なら受け容れることができます」

「お前の言葉は何一つ信用できないな」

「ならば目を見てください。私の瞳の中にまことがあります」

——真に受けたわけでもないのに、市子はその目を見つめていた。まずい、捕まった、と思った。

金色の目は輝いていた。その光は本物の黄金よりも妖しく揺らめいて。

——名前さえつけていれば、「やめろ」と命じるだけで済んだ。

「もしかして私に名をお授けになっていないのを後悔しておいでですか？　ふふ。貴方様は少うし、詰めが甘いところがおありで。かわいげがあるとも言います。おかわいらしい」

男のくせに赤すぎる唇が吊り上がった。

「生憎《あいにく》、この名なしの狐は貴方様に縛られることはないのですよ」

鋭い牙《きば》が白く輝いて見える。

「アヤメサユラ——」

それは市子自身も知らない、使われることのないはずの。

胸に直接手を突っ込まれて心臓を握られるような寒気。

魂の緒を、摑まれた——

そのとき黄色い蝶《ちょう》が一頭、ひらひらと緑の葉の間から舞い出た。揚羽蝶《あげはちょう》だ。

特に珍しいものでもないが右に左に、上に下に、裳裾《もすそ》を引きずって踊るような動きが目を引いた。

蝶が助六の顔の近くを舞う。蝶の髪飾り。金髪に黄色い蝶は映えないが、縁取りが黒いので意匠としては端整だ――

市子が思わず見とれた、次の瞬間。

助六の唇から黒い縁取りの大きな翅《はね》がはみ出していた。それも口許が動くにつれみるみる中へと消えていく。市子は、さっきまでとは違う意味でじっと見つめてしまった。

「……おいしいのか？」

完全に蝶の翅が消え失せてから尋ねると、助六は首を傾げた。

「何がです？」

「今、食べただろう、蝶々を」

助六は口を手で押さえた。無意識だったらしい。


ばつが悪そうに答える。

「……そんなにおいしいものでもないです」

「虫を喰うのか、お前。知らなかった」

「昔のくせでつい。別に食べなくても生きられます」

市子はもう助六の話を聞いていなかった。花菖蒲の葉に手を伸ばす。

「これは食べないのか」

つまみ上げたのは、かたつむりだ。なかなか大ぶりで殻の直径は三センチほど。助六は唇を歪《ゆが》めた。

「……え」

「食べないのか？」

身をくねらせ、殻の中に引っ込もうとするかたつむりを、市子は助六の口許に突きつける。

「あーん」

半ば冗談だったが、助六が本当に口を開けたのでかたつむりを放り込んだ。ぱりぱりと殻を噛み砕く音。

「おいしい？」

「……貝類は滋味《じみ》があります」

助六が袂で口許を隠して顔を背けたのは、貝殻の破片を吐いたのだろう。みずちがよく生卵を丸ごと食べて殻だけ吐いている。

その後、ベンチで茶を飲んだ後も、

「助六、蛙《かえる》がいるぞ。狐も蛇《へび》も鳶《とんび》も梟《ふくろう》も、蛙を食べるだろう。ご馳走《ちそう》じゃないのか」

市子は親切のつもりで、

「おい助六、とかげがいるぞ、食べないのか。よく太っているぞ」

いろいろと指さして、

「助六、こがね虫は食べないのか」

そのたびに教えてやったのだが、

「助六」

「お腹が空いているわけではないんです！」

なぜか助六は顔を真っ赤にして声を荒らげた。


――助六がデート中に蝶々を食べたのでからかい続けたらすねてしまった件については、夕方には出《で》屋敷《やしき》家に住む全員の知るところとなった。市子としては一向に機嫌が直らないので相談したつもりだったのだが、大雅も史郎坊《しろうぼう》もみずちもみずはもげらげら笑うばかりでまともに取り合おうとしない。

「デ、デート中に、蝶々食べて」

大雅は笑いすぎて涙がにじんだらしく眼鏡を上げて目許を擦《こす》っていた。曲がりなりにも父親にこういうことを言うのはためらわれると思っていたが、彼の方に気まずげな気配はまるでない。

「私はその。迂闊《うかつ》な反応をしたら傷つけてしまうと思って、そう、フォローのつもりだったのです」

「確かにドン引きされんかっただけマシじゃぞ、助六」

史郎坊も半笑いだ。助六は狐の姿でずっと勝手口のそばにうずくまっているので、みずちが缶詰を手に声を掛けた。

「助六ー、元気出しなよ。ぼくのとっておきの猫缶半分あげるから」

「いりません！」

助六はといえばなぜかみずちに対して牙を剝《む》いて威嚇《いかく》する。双頭の白蛇《はくじゃ》の化身であるみずちは助六と食べるものの趣味が合うはずなのに。

「みずち猫缶好きだけど、やっぱり高い方がおいしいの？」

大雅が尋ねるとみずちは屈託なくうなずいた。

「うん、これすっごくいい匂いなんだ！　カリカリは味気ないっていうか、これだと肉食べてるって感じがするんだよね」

「助六も食べなよ、猫缶。狐って肉食でしょ？　肉食動物用に栄養バランスが調整されてるからきっと身体にいいよ。毛玉も出るし」

「私は食べなくても生きられます！」

「食わんでも生きられるのに飯なぞ食うからそうなるんじゃ。物の怪の自覚を持って生きとったときのことなど忘れ、生臭物を断つがよい」

という上から目線の意見は、天狗にして〝食事をしない派〟筆頭の史郎坊。しかし彼の場合食欲がどうこうよりも〝食事の時間を取るのが面倒くさい〟のだが。

「霊体が食事をするなんて不純ですわ」

同じ身体を共有しているみずちが食べたいだけ食べるので、自分は食べないみずはも〝食事をしない派〟だ。

〝食事をしない派〟がもう一人——神獣として生を享《う》けた毛野《けの》は、居間で一人で投扇興《とうせんきょう》の練習をしていた。正座の姿勢から扇を投げて的に当てる遊びだが、今日は少しも当たらず、的の周りに開いた扇が三本、四本と散らばるばかり。的に当たらなくても点数は入るのだが彼らしくもなく不調なようだ。それでも真剣にやっているのか台所での会話に加わろうとしない。

「虫喰うってやっぱ動物なんだな。俺は人間の飯しか食わねえからな」

史郎坊と同じく天狗だが〝食事をする派〟の雀《すずめ》――言葉はぶっきらぼうだが万が一にも毛野と目が合ったりしないようこそこそ襖《ふすま》の陰に隠れている。

「それ言っちゃ駄目でしょ。生まれが動物で食生活が動物でも、人間の言葉が話せるんだからそれなりの扱いってものをしてあげなきゃ。ドン引きするのはよくない、人間を食べたわけじゃないんだからさ」

大雅のフォローの直後。毛野の投げた扇が奇蹟的なバランスでするりと的と台の間に滑り込んだ。的はちりんと鈴を鳴らしたが、倒れなかった。

助六はますます意固地《いこじ》になってその日はずっと勝手口にうずくまったままだった。

彼はその後、一月ほど人間に化けることがなかった。

私の不幸はあなたのそれではない

1

出屋敷市子《でやしきいちこ》はあまり音楽を聞かない。音楽というか、Ｊ－ＰＯＰを聞かないだけなのだが、iPhoneを持っていて今どきそれはない。YouTubeでいくらでも無料の公式動画が配信されているのだから見ない・聞かない理由がない。

私はガラケーだから彼女に動画を再生してもらうしかなく、〝True Crimson〟新曲のＰＶは休み時間に教室でイヤホンを片方ずつ差して二人で一緒に見た。

「……結局この歌詞はどういう意味だ」

「〝殺したいほど愛してる〟ってことだよ。釣栗《つるくり》はいつも大体そう」

「いつも同じとわかっているならなぜそれほど騒ぐ。〝殺したいほど〟というのはもののたとえにしてもあまり感心しない」

と腑《ふ》に落ちない顔をしていたが、三回リピートしたら帰る頃には鼻歌で歌うほどになっていたので気に入ったのだと思う。

別に私は無理矢理市子に釣栗信者になってほしいわけではない。

「釣栗のシークレットライブ、行く？」

「……人生経験として必要だろうか」

「必要だよ！」

こうして苦節半月、やっとチケットを渡すことができた。

シークレットライブは抽選で当たったものだが、二人一枚のペアチケットなのに私には行く相手がいなかった。――そもそもこのチケット、私自身の幸運で当たったものではない。説明しづらいが市子の能力を借りてしまった。こうなるとこのチケットで片思いの男子に必殺の一撃を喰《く》らわせるなんて厚かましいことはできない。市子に返すのが人の道というものだ。本人はあまり乗り気でないようだが。

「十九時開始、二十二時終了は遅くはないか？　夜の十時と言えば普通は寝ている時間だ」

「いや、その時間に寝てるのいっちゃんだけだし」

「しかし横須賀《よこすか》は遠い。十時に会場を出て、すぐ終電になってしまうと溝越《みぞごえ》が」

「……いっちゃんって夜中の方がパワーアップしたりしないの？　妖怪《ようかい》って普通、夜中に出るものじゃない？　夜遅いからって何か関係ある？」

「私の能力は日の出ている間の方が強いが……確かに私自身の力が弱まる夜中の方が、守護の力は強い」

——何を寝言を言っているんだ、と思わないではほしい。市子は最先端の生命科学で誕生した人工魔法少女でその能力を見込んで、神社だのお寺だのから数々のありがたい妖怪が派遣されていて、常に彼らに護衛されているので強引なナンパや変質者に出会ったくらいではびくともしない。夜の十時までライブに行った程度で逆にどんな悪いことがあるのか聞いてみたい。

「しかし中学生が夜遅くに出歩くのは公序良俗《こうじょりょうぞく》に反している。常識に照らし合わせて、大雅《たいが》さんの判断を仰ぐべきだろう」

「まあ、フツーそーなりますよねー」

なぜか敬語になった。市子は父親を名前にさん付けで呼ぶ。——友達の親というのは何となく近寄りがたい存在だが、出屋敷大雅は取り分け苦手だった。市子も大分おかしいが、同世代女子なのでまあまあ許せる。青春の一ページとしてはこういう〝キャラ〟の友達も悪くない。

問題は、立派な大人の男の人がそれよりずっとおかしいということだ。かなり引く。

しかし、あろうことか。翌日の夕方に、その出屋敷大雅が市子を連れて菓子折を持って我が家に押しかけてきた。まずいことにうちの母は居間に通してソファーに座らせ、紅茶まで出してしまった。市子はおかっぱで眼鏡《めがね》でスカートが長くてとにかく真面目《まじめ》そうにだけは見える。大雅は彼女には全然似ていないが、眼鏡でへらへらしていて頼りなさそうで悪人っぽくない。

「この子、こういうのを友達に誘ってもらうの初めてで。親馬鹿《おやばか》にもしゃしゃり出てきてしまって」

大雅は眼鏡を上げてハンカチで目許《めもと》を拭《ぬぐ》いさえした。

「とてもありがたいんですが、この歳の女の子だけで終電というのはちょっと。──そこで考えたのですが、後ノリというのはどうでしょうか。横須賀に宿を取ってライブ後一泊するんです。ぼくが付き添います」

え、ちょっと待って。私は激しくつっこみたかったが、母も市子も何一つ言わない。そのまま話が進んでしまった。

「お嬢さんとうちの娘が同じ部屋で、ぼくは別に一室取って。ライブの間、ぼくは適当に時間を潰して終わる頃に迎えに行って、一緒に宿に帰って。次の日は適当に横須賀をぶらついて帰るとかそんな感じでどうでしょう？」

──まさかまさか。承諾《しょうだく》したりしないよね？

私は祈るような気分で母の表情を窺《うかが》ったが──

「お父様が一緒ならうちとしても安心ですね」

母は、何とあっさりうなずいてしまった。出屋敷大雅の差し出した名刺に〝東京都監察医務院〟という何やらいかめしい機関名が書いてあったせいか、大雅の見た目が〝年齢不詳のとっぽい眼鏡〟で詐欺《さぎ》師《し》よりも詐欺被害者になりそうな印象のせいか、菓子折が母の大好物のシュガーバターの木だったからか。あるいは市子に憑《つ》いているありがたい妖怪の誰かが母に催眠術でもかけたのか。実はその全部なのか。私は悪夢のような事態だと思ったのだが。

『すまない、この話受けてはくれないか』

更に意外なことに、家に帰った後に市子から電話がかかってきた。まさか彼女がこんな文明の利器に頼ることがあるとは思っていなかったので、二重三重の驚きである。——ならなぜ彼女はiPhoneを持っているのかとは聞かないでほしい。

「どうしたの」

という言葉には「電話なんか使えたのか」と「一体そこまで何に追い詰められているのか」の二重の意味を込めた。

『実は今私は大雅さんと気まずい。どうしていいのかよくわからない』

「何があったの？」

『……先週のことだ』

——市子の供述によると。

出屋敷大雅は二十時頃に入浴を始めた。市子は居間で愉快《ゆかい》な妖怪仲間たちとともにテレビの音楽番組を見ていた。

三十分ほど経った頃。大雅は全裸のまま風呂場《ふろば》から出て居間を突っ切り、台所へ。冷蔵庫から缶ビールを出して飲み始めた。

ぷはーっと気持ちよく息をついたところで、彼は娘の視線に気がついた——

『大雅さんは一人暮らしが長かったのだし、私がお世話になってからまだ間がない。うっかり服を着るのを忘れても仕方がない。不幸な事故だと思う』

「ああ、まあ、お父さんって世間的にお風呂上がりに裸のまま歩き回る生き物だし……うちのお父さんもやるし、あるあるだよ。ヤだけど仕方ないっていうか。逆よりマシだよ」

『私も別に、男性の裸を見たことがないわけではないので』

「え、誰の見たことがあるの？　狐《きつね》はノーカンだよ？」

『助六《すけろく》の裸なんか見たことはない！』

……何でそこで大声を出す。狐、ほぼ全裸じゃん。人間に化けてるわけでもない、動物丸出しの狐がパンツ穿《は》いてたらかえっておかしいじゃん。プーさんとか上着しか着てないじゃん。

『──毛野《けの》が酔うとすぐ裸になって踊る。毛野というのは厳島《いつくしま》の神使《しんし》で』

「知らんがな」

『とにかく大雅さんが気に病んでいるのか、あれ以来私のことを避《さ》けるのだ』

「向こうが!?」

『私は特に気にしていないのに。それはたびたびでは困るが、避けられる方が傷つく。テレビはお前が見ろと言うから見ていた、責任を取れ』

「ううーん……」

市子と大雅は二人暮らし（人間じゃない同居人はたくさんいるものの）。しかも同居を始めたのがつい最近で、あまり打ち解けているとは言えない──つまり、大雅が苦手なのは私だけではなかったのだ。ライブに誘った手前、「そんなの知らない」とはねつけるほど薄情《はくじょう》にはなれなかった。

かくて、出屋敷父子と私の奇妙な三人旅が幕を開けた。横須賀まで一時間と少し電車に揺られている間、私たちは空いた席に二人で座って大雅は立ったまま何かの本を読んでいたので交流しなくて済んだが、ずっとこういうわけにはいくまい。

それは、電車を乗り換えて十分ほど経ったところで起こった。私たちは海沿いの駅で下車し、ホテルに向かうはずだったのだが、電車を降りた途端市子が不審げに大雅の顔を見上げた。

「……大雅さん、大丈夫《だいじょうぶ》ですか？」

親とはいえ市子が他人を気遣《きづか》うなんて。私も彼を見上げた。

鼻から口へと赤い筋が伸び、それはジャケットの下の黄色いポロシャツの胸許に滴《したた》った。生命力ある黒みを帯びた赤い色。

大雅は指先で鼻血に触れて血の色を確認すると、小声で呂律《ろれつ》の回らない謎の宇宙語を発し、柱に向かって突進して額《ひたい》をぶつけて引っ繰り返った。目は開いているが焦点が定まっておらずうつろだ。

「だ、大丈夫ですか？」

駅員までやって来た。大雅はいいのか悪いのかよくわからないうめき声を上げ、起き上がりもしない。これは救急車を呼ぶしかないのでは、となったとき。

「私に任せてください」

突然に、市子が彼の頭に角形ペットボトルの水を注《そそ》ぎ始めた。二リットルサイズだがどこにそんなものを持っていたのだろう。鼻血が水で滲《にじ》んでシャツの胸許を濡《ぬ》らした。

次いで、彼女は細長い紙の帯がいっぱいついた白木の棒を差し出した。神主《かんぬし》さんがよく持っているあれ。マジカルステッキこと、大麻《おおぬさ》。……これも小さなボディバッグに入れたらはみ出すと思うんだけど？

大雅の頭の上で左、右、左と鋭角的な動きで振る。

「吐普加美依身多女《とほかみえみため》。祓《はら》ひ給《たま》ひ清め給ふ。出屋敷大雅！」

市子が気合いを入れると、大雅の目に力が戻り、濡れた前髪を払いながら起き上がった。

「……あれ？　あ、どうも」

駅員たちに頭を下げるが、何が「どうも」なのか。

「気分はどうですか、大雅さん」

尋ねる市子の手にはもう大麻はなかった。

「ああ、うん、何かすっきりした。え、君、若水《わかみず》なんか持ってるの？」

と大雅もうなずいて、スラックスのポケットからパチンコ屋のティッシュを引っ張り出して眼鏡と鼻血を拭い始めた。

「何があるかわかりませんから。穢《けが》れを祓うには若水が一番です」

「確かにすごい、いつもならああなったら三日くらいは寝込むのに今何ともない」

「念のため、護符《ごふ》を飲んでください。ここはとても瘴気《しょうき》が強いです」

何やら、墨と朱で呪文らしきものが書かれたお札《ふだ》を差し出す。大雅は疑いもなくその護符を受け取ると、くしゃくしゃに丸めて小さくしてミニペットボトルのお茶で飲み込んだ。

「うわっすごい効く！　ぼくの書いたのと全然違うね!?」

　この事態、私だってドン引きなのに、駅員たちは更にドン引きして「……救急車、必要ありませんね」とそそくさとホームの端に散ってしまった。駅って救護室とかあるんじゃあ？　市子の大麻を見て寄ってきた野次馬《やじうま》の皆さんも、見てはならないものを見てしまった体《てい》で目を逸らして足早に階段に向かう始末。現場にはティッシュで鼻血を押さえる大雅と市子と私だけが残った。日本人は宗教に寛容《かんよう》だと言うけど、寛容ってこういう意味なの？

「芹香《せりか》も飲んでおけ、ここは瘴気が強い」

　と市子は私にも護符を差し出した。……私、別に来なくてよかったんじゃ。どこが気まずい父子関係だって？　息ぴったりじゃないか。他にどんな親がほしいんだ。断りきれず低カロリー微炭酸飲料で護符を飲み下した。

　途端、市子の足許に金色の狐が座っているのが見えた。紫《むらさき》の前掛けをして、知性ある金の目で私を見上げる。

「お疲れ様でございます」

　そういう仕組みになっているのか。駅構内に野鳥と盲導犬と猫駅長以外の動物がいたら普通は大騒ぎでキャリーに入れろということになるが、助六《すけろく》は心霊現象なので問題ない。

「大雅は瘴気にあてられたのです。これは憑霊《ひょうれい》体質で、影響を受けやすいのです」

「つまり？」

「オバケや幽霊や妖怪に取り憑かれやすい、ということです。少し悪いことがあるとすぐこのように」

「オバケに取り憑かれて鼻血出したの？」

「そうです。この辺りは大物の縄張りですね、何やら不穏な気配《けはい》がいたします」

「……いっちゃんがいれば大丈夫なんだよね？」

「勿論《もちろん》ですとも」

　狐は誇らしげにしゃんと背を伸ばしている。

「とはいえ、尋常な状況とも思えない。助六、お前様子を見てこい。相手によっては交渉してもよい」

「かしこまりました」

市子に命じられ、助六は頭を下げて姿を消した。瞬間移動したらしい。

「……交渉って？」

「瘴気の元が強力で名のある妖怪なら米や酒をやって機嫌《きげん》を取った方が早いこともある」

「妖怪のご機嫌取るの!?　退治しないの？」

「妖怪退治は私の仕事ではない。妖怪といえども限りある日本の資源だ、無闇と乱獲していいものではない」

……正気の沙汰《さた》とは思えなかったが市子は平然としていた。妖怪が日本の資源って。ゴジラが海外で人気みたいな？　世界に誇るジャパニーズ・オバケ？

とりあえず大雅は鼻血が止まるまでホームの長椅《ながい》子《す》に横になって、ティッシュで鼻を押さえて休んでいた。一体これからどうしようか、親に報告した方がいいのかと思ったが、私が携帯電話を握《にぎ》り締めて五分ほど悩んでいると身体を起こした。

「そろそろ行こうか」

「大丈夫ですか」

「ていうか、早くホテルに行って休もう。その方がいい」

それもそうだ。鼻血程度で病院に行っても仕方がない。

「助六、行っちゃってるのに移動していいの？」

「奴は私のいる場所に戻ってくる」

まあ、妖怪だから。行く先を把握《はあく》してるなんてストーカーみたいだ。

「溝越さん、タクシー呼べる？」

「命じてみます」

〝溝越さん〟とは天狗《てんぐ》の史郎坊《しろうぼう》のことだ。なぜ名前が二つあるのかは知らない。――いや、ここ駅なんだしタクシー呼ぶのにいちいち天狗に頼む必要はないだろう、私が走ってもそれくらいできるだろうに。この親子、全然普通に生きるつもりがないのでは？

横須賀シーサイドパークホテルまではタクシーで五分。海水浴場のド真ん前で今は潮干狩《しおひが》りシーズン。オーシャンビュー。車寄せが植え込みで囲まれ、ロビーからもう広くて喫茶スペースもあり、なかなか張り込んでくれた、と思ったものの。

大雅は一人、フロントでチェックイン手続きをしていたが、「えっ」とか「あれっ」とか何やら不穏な声を上げ、鼻に丸めたティッシュを突っ込んだまま ボストンバッグを抱えて私たちの方へ戻ってきた。

「ええと……何かついさっきスプリンクラーが故障して、ぼくらの泊まるはずだった部屋が水浸しになっちゃったとか……携帯電話に連絡来てたらしいけど、丁度鼻血出してる頃で気づかなかった」

などと頭を掻《か》きながら寝言をほざく。

「まさか私たちが泊まるところ、ないんですか？」

「いや、代わりに別館の部屋を用意してるって。ちゃんと二部屋だし割引してくれるし、晩ご飯に舟盛りもつくって」

割引は私の知ったことではないし舟盛りよりもデザートか何かつけてほしかったが、まあそれなら——しかしこういう別館って本館よりショボいのでは、などと考えつつホテルを出て歩くこと三分。

意外や意外。横須賀シーサイドパークホテル別館は、十階建てで赤レンガ風の外装がなかなかお洒落で勿論海沿い。ロビーに入ると芝生《しばふ》の敷き詰められた中庭には池があり、松の木と庭石で和風に整えられていた。何に使うかは不明だが黒ずんだ風合いの和箪笥《わだんす》と囲炉裏《いろり》風の大テーブル、Ｗｉ－Ｆｉの看板もある。「えっこっちの方がいいじゃん」と思わず声が出るほど。

……芝生の真ん中に、用途不明の灰色の柱が立ってるのが気になるけど。高さ五十センチくらいだから、杭？　石かコンクリートなのだろうが、一瞬卒《そ》塔婆《とば》かと思った。多分何かの記念碑なのだろう。植樹、建物の竣工《しゅんこう》年月日、「世界人類が平和でありますように」と書いてあるとか。

だが大雅と市子の表情は芳《かんば》しくなかった。

「……五千円だよ。一人あたま一泊五千円で晩ご飯と朝ご飯と舟盛りつきでこれはない」

「こういうところ、初めて来ました。——帰りますか？」

「いや、ここは君の人生経験と思って」

二人は目鼻立ちはそれほど似ていないが、このときは陰鬱《いんうつ》そうな緑の目がそっくりに見えた。

今度こそチェックインを終え、通されたのは八畳の和室。私と市子の部屋で、大雅の部屋は隣。二人では広すぎるほど。行灯《あんどん》風の間接照明が目に優しい暖色系の光を放ち、広い床の間には掛《か》け軸《じく》と年代物の香炉《こうろ》。違い棚には素焼きの龍《りゅう》の置物。さりげなく薄型テレビとBlu-rayプレイヤー。鏡台には女子向けアメニティとして化粧水と乳液の試供品セットがあり、壁には何だかよくわからない抽象画がかかっている。座卓は年代物らしく品よく茶色に光って、窓側は障子《しょうじ》で仕切られているが、開けると籐《とう》の椅子とガラスのテーブルが。洋室でないのが残念だが、市子が「ベッドは高くて落ちそうで怖い」と言うので仕方ない。

風呂トイレ別でウォシュレットだし、携帯電話はアンテナが三本立っているし、座卓の菓子盆のクリームを挟んだ甘いクッキー風の煎餅《せんべい》もおいしい。

私はとてもはしゃいでいたが、出屋敷父子は仲居が煎茶《せんちゃ》を淹《い》れている間、むっつりと押し黙っていた。大雅は仲居の質問に「晩ご飯は五時半から宴会場で食べ、布団《ふとん》は自分たちで敷《し》く」とだけ答えた。そして仲居が部屋を出た途端。

市子が立ち上がり、壁にかかった抽象画の額縁を裏返した。

そこに今、私が世界で一番見たくなかったものが。茶色く変色した和紙で、墨ももう色が大分薄くなってしまっているが——お札だ。市子が私や大雅に飲ませたものとは違う、と思う。

私がリアクションするより前に、大雅がそれをむしり取って丸めてゴミ箱に捨てた。

「……え、それって捨てちゃっていいんですか？」

「とっくに賞味期限切れてる！」

市子は掛け軸もめくった。隠すように壁に五枚ばかりおどろおどろしい札が貼《は》られていたが、大雅はそれも全部剝《は》がしてゴミ箱に捨てた。腕時計と外の景色とを見比べている。

「ええっと、艮《うしとら》の方角がそっち……」

ボストンバッグから新しいお札を出して、両面テープでべたべた壁に貼り始めた。市子もボストンバッグに手を突っ込み、新聞紙の塊《かたまり》を取り出した。開くと、白い小皿が包まれている。――ちょっと待って何入ってるのそのカバン。

並べた小皿にビニール袋から白い結晶粉末をさらさらと盛る。よく見ると袋に〝粗塩〟と書いてある。円錐《えんすい》形の山を作って部屋の隅に配置。部屋の壁や襖《ふすま》や窓がお札まみれになって盛り塩が四方に置かれるのにものの数分もかからなかった。

「この部屋はこんなもんかな！」

「大雅さんのお部屋は」

「自分で何とかするよ」

……どの辺が気まずい親子だって？　息ぴったりじゃないか。

呆《あき》れて見ているのは私だけではなかった。大雅の立った後の座椅子に勝手に座り、煙の出ない長い煙管《きせる》を手にした男。顔が若いのに髪の毛が真っ白なところを除けば、普通の男の人に見える。やたら色あせたシャツもかえって「服装に気遣わない人ってこんなものなのかも」と。

しかし、彼こそは市子を守護する高尾《たかお》の天狗、史郎坊。

「――まあこうなったら言わんでも何となくわかるじゃろうが」

彼は空っぽの煙管を一回転させた。煙管がタブレットPCに変わる。

「ここは、出るぞ。国内でも五本の指に入る本格派の幽霊ホテルじゃ」

タブレットPCの画面が点灯し、ブログの記事らしいものが浮かび上がった。

2

かつて、ホテル横須賀シーライオンといえば有名だった。——大火災で客だけで八名もの犠牲者を出したとして。それが昭和五十九年のこと。

しばらくは空き地だったが、海水浴場の目の前を遊ばせておくのは勿体ない。何年もしないうちにマリナーズホテル横須賀が建設される。在日米軍の慰安旅行も当て込んで、殊更《ことさら》和風に仕立てて。が、度《たび》重《かさ》なる霊障で苦情が続出。有名心霊スポットになってしまい、マリナーズホテル横須賀は倒産。

何をどうしたかその後、横須賀シーサイドパークホテルが買い取って別館にしたが、今のメイン客層は肝試しの大学生。何でも海水浴場の方も四十年だか五十年だか前に臨海学校でやって来た中学生が集団で溺《おぼ》れて七人も死んだとか。

という話を語ってくれたのはいいが。

「オカ板まとめサイトなの?」

「最もあてになる筋じゃぞ。よくまとまっておった」

情報ソースがインターネットの掲示板というのはどうなのだろう。いくら今どきといっても天狗ともあろう者がそこまで現代に毒されなくても。史郎坊はタブレットPCでサイトを開いてみせる。

「ほれ、Wikipediaにも項目が作られておるぞ。何と去年の三月にイカちゃんが『実ホラ』二時間SPで来て除霊しておる!」

「えっマジで、イカちゃん全然除霊できてないよ! 大したことないのかイカちゃん!」

大雅が大声を上げてタブレットPCを覗《のぞ》き込んだ。

「てか横須賀シーライオン火災って災害事例で聞い

たことあるよ！　あのシーライオンだって知ってたら絶対来なかったよ！」

「と言うもののおぬし、これまでの人生でどれくらい、事前情報を得て心霊スポットを避けられたんじゃや。実録系ホラーマンガ家は大抵霊感があっても〝出る〟ホテルを避けられておらんようじゃが」

「そりゃ実録系ホラーマンガ家はそういう商売だから」

……もしかして中庭の謎の杭は、慰霊碑《いれいひ》だったりするのだろうか？　いやいや。慰霊碑ってもっと高さも横幅もあってそれなりにお墓みたいな見た目のはず。あまりいい気分はしないが。

「イカちゃんならずとも、市井《しせい》の術者がどうにかできる段階を超えていると思います」

市子は真面目くさった顔ですっかり冷めた煎茶をすする。そこにひらりと助六が空中から姿を現し、市子の隣に座った。

「戻りました、宮」

「首尾は？」

「それがこの近辺、小物ばかりがたむろっていて頭領と呼べるようなものはおりません。最近、妙に瘴気が強くなって大物や性根のよい者は居着かなくなったそうです。歳の若いごろつきばかりで、それなりに話の通じる者を探すのに鎌倉《かまくら》辺りまで行かねばならないほどで」

報告を聞いて市子は不満げに顔をしかめ、髪の毛を指に巻きつけていじり始めた。

「鎌倉といえばサブレの地元ではないか、そんな話はしていなかったぞ。ますますきな臭いな」

「サブレって何」

「鶴岡八幡宮《つるがおかはちまんぐう》の鳩《はと》だ。鎌倉で鳩といえばサブレだろう。——神使の名は神から授かったものでそれ自体が呪文になっている、迂闊《うかつ》に呼ぶと障《さわ》りがある。普段は適当なあだ名で呼んでいるのだ」

理屈はわからなくもないが、何で他の妖怪の皆さんに比べてあだ名が雑なんだろう。

「今日明日、護符でしのげそう？」

「私は何とでもなりますが、大雅さんはどうでしょうか」

「ぼくは多分平気。葛葉《くずのは》さんは？　どう？」

いきなり話を振られてぎくっとした。……どうって言われても。

「や、私は全然幽霊とかわかんないので……」

実際壁の絵や掛け軸の裏にお札を発見したときは戦慄《せんりつ》が走ったが、それで実害があるわけでなし。正直新たなお札を貼りまくり塩を撒《ま》きまくったこの親子の方がよっぽど恐ろしいくらいだ。

「ええと……いっちゃんは除霊できないの？」

「……君、家族旅行の旅先で草むしりとか掃除とかするの？」

なぜか大雅が疑問形で返してきた。……草むしりはしません。しかし、この部屋をお札まみれにする行為と除霊はどう違うんですか。聞きたいけどちょっと怖くて言い出せなかった。本当に違いを説明されても困る。市子は軽く首を傾げた。

「これは大規模になるから精進潔斎《しょうじんけっさい》しなければならない。助六にわからないくらいだ。生臭物を断ち、身を清めて塩湯《えんとう》と新しい大麻を用意しないと」

「はい今晩は舟盛りが出るからちゃんと生臭物食べてください。身を清めないで何とかクリムゾンのライブで歌って踊ってください」

——お父さんにこんなことを言われる娘って何。

市子は不満なのか少し目を細めた。

「大雅さんはどうも私に術を使わせたくないようですね」

「あのね、観光地の幽霊って勝手に浄化しちゃいけないの。オバケ目当てで来るお客さんがいなくなっちゃうから。オバケがいなくなったらお客さんが増えるかっていうとそうでもないから。頼まれてもないことして恨みを買ってもつまんないよ。神使の皆さんにはわからないだろうけど、人間には人間のルールがあるの」

「そういうものなのでしょうか。大雅さんは毎回、私が術を使うのに反対しますが」

……そうなの？

「こないだは反対しなかったじゃん」

「こないだは、私ではなくほとんど伏《ふせ》の力でした。大雅さんはよく〝人の恨みを買う〟とおっしゃいますがそもそも人はそれほど人を恨むものでしょうか」

国内でも五本の指に入るオバケホテルにいて〝人が人を恨むなんて信じられない〟とは。

「特に何もしてないのにイカちゃんの弟子《でし》に目をつけられたのは立派な恨みだよ」

この場合の〝特に何もしてない〟というのは〝市子が特に何もしていない〟ではなくて〝イカちゃんの弟子に何もしていない〟だと思う。

「神使が勝手にやる分には反対しないよ。彼らが何かしても〝神様の思し召《おぼめ》し〟ってものだけど、人間が何かする分には責任があるからね」

「責任ですか」

「〝大いなる力には大いなる責任が伴う〟ってよく言うじゃん。誰の言葉だっけ？」

「アメイジングのつかない映画『スパイダーマン』一作目、ベンおじさんの台詞じゃな。MJが死ぬほどウザい奴じゃ」

史郎坊がすらすらと答えたが、出典がアメコミ映画だと何だか締《し》まらない。

「はっきり言ってぼくは、君の能力は君の判断能力を超えていると思う。無制限に使いたいだけ使っていたら、そのうち死んだ人を生き返らせろとか大災害をなかったことにしろとか無茶を言い出す人が現れるに決まってる」

大雅は大真面目だったが、フヒッと変な音がした。

——助六がうつむいてぷるぷる耳を震わしている。どうやら笑っているらしい。

「失礼、大雅はなかなかの予言者だと思いまして」

市子が助六の後頭部をひっぱたき、咳《せき》払いする。

「——言わんとすることはわからなくもないです。

私の能力を利用したり、人格を無視して能力ばかり崇《あが》め奉《たてまつ》るような輩《やから》が現れるかもしれないということですね？」

「まあそんな感じ」

「気をつけます」

……何に？

奇妙なタイミングで奇妙な沈黙が部屋に満ちた。大雅がそれ以上何も言わない。仕方がないので、

「……ちなみに〝霊障〟って何が起こるの？」

と史郎坊に尋ねてみたら、

「そうじゃなあ。まとめによるとラップ音に原因不明の体調不良、家電製品の誤作動、主にテレビが勝手について火事を思わせる怖い映像が映る、子供の客はおらんのに廊下《ろうか》を一晩中子供が走り回る、火事の夢を見る、窓の外のありえない場所に人影が見える、各種のおぞましい心霊写真などなど。一度憑かれると帰ってからもしばらく具合が悪いらしい。なぜか祟《たた》られるのは観光客ばかりで、従業員や近所に住む者はさほどの影響はないそうじゃ。テレビが勝手についたり子供の足音がしたら儂《わし》が一緒になって驚いてやろう」

それはフォローなのか。全然安心できない。

「芹香嬢は宮と御同室なのですから、我々がまとめて守護しますよ。それより大雅こそ自力で何とかなさい」

と助六は言ってくれるが市子がいい顔をしなかった。

「大雅さんも守護しろ。一部屋も二部屋も変わるまい。ここはみずちとみずはと雀《すずめ》がいれば十分だから助六は大雅さんの方に行け」

彼女は史郎坊が役に立つとは思っていないらしい。一緒に驚いてくれるだけじゃあね。

「それはご無体《むたい》にございます、蛇どもを大雅に回して私に宮を守護させてくださいませ」

「あれらは手を抜くのに決まっている、お前がやれ」

「手が足りんなら誰ぞ呼んでまいりましょうか？」

「来るならサブレかな、地元だ」

……そこまでいろいろしても、除霊はしないというのもおかしな話だ。そんなに大変なことなのか。大いなる責任って結局何？

それでもライブにはしっかり行くため、まずひとっ風呂浴びて軽く夕食を摂らねばならない。当初の予定ではそうだった。

「やっぱり折角《せっかく》なら大浴場だよね。いっちゃん、大浴場大丈夫？　こういうとこ初めてだって言ってたよね？」

「大丈夫、とは？」

「他の人も一緒に、皆で大きいお風呂に入るの。……他にお客さんがいたらだけど」

「女性か？」

「勿論、女の人ばっかりだよ。男の人と女の人で分かれてるの」

「女性ばかりならかまわないだろう」

その答えが私には意外だった。テレビでよく、外国人が「日本の公衆浴場が珍しい」って言ってるから。

「他人とお風呂入るの平気なんだ」

「普通、平気ではないのか？」

「でもスーパー銭湯とか行かないでしょ？」

「いつもみずはと一緒に入っている」

——え。何それ。

「……いつもって、昨日も？」

「昨日も」

みずはは、白蛇《はくじゃ》の化身。勿論女の人。私たちより少し年上で白い髪に赤い目、巫女《みこ》服を着ている。今はせっせと市子のためにバスタオルや着替えを用意している。市子は荷物が小さいと思ったらどうやらあまり持ち歩いておらず、必要に応じて妖怪に取り寄せてもらうプランらしい。

「前は髪を長く伸ばしていたので、一人では洗うのが大変で手伝ってもらっていた」

「じゃ、今は別に一緒に入らなくていいんじゃ？」

「ずっと一緒に入っていたのに？　着替えだってみずはに手伝ってもらっていた」

お姫様か。市子は今、Tシャツに花柄のキャミソールワンピースに膝丈《ひざ》のレギンスなのだが、これを着替えるのにどこをどう手伝ってもらわなければならないのか。

と、みずはがちらちらと上目遣《うわめづか》いにこちらを見た。

「……妾《わらわ》が一緒では駄目《だめ》ですか？」

「……いえ、女の人だから大丈夫ですけど」

「よかったなみずは」

さくっと市子が認めたので、みずはは少しばかり口許を緩《ゆる》めた。

「蛇は意外に水浴びが好きなのだ。みずはは冷えやすいから風呂で身体を暖めると丁度いい」

「へえー」

「脱皮前など水でふやかしておくと皮を脱ぎやすいそうだ」

「へ、へえ……」

となると、黙っていないのが、

「みずはが入るならぼくも！」

双子の兄のみずちだ。みずはと同じく白い髪に赤い目、こちらは白衣に浅葱《あさぎ》の袴《はかま》。——こうして人間の姿をしていると忘れそうになるが、この兄妹は身体は一つ、頭が二つある大蛇で一匹と言うべきか二匹と言うべきか、とにかくややこしい。

「お前、男だろうが。男の風呂に入れ。少しくらい離れても大丈夫だろう」

「えー。宮とぼくとの仲じゃない」

「どんな仲だ」

「やめてくださいまし、兄様《あにさま》。いつものように眠っていてくださいまし」

蛇兄妹は感覚共有しているので、市子が着替えるときなどはみずちの方は眠っているのだそうだ。

……頭が二つあるって不便なことの方が多い。

「ぼくも大きいお風呂入りたいのに」

みずちがむくれるので、ついに市子が折れた。

「助六、一緒に行け」

「え、それ、いいの……？」

「どういう意味ですか、芹香嬢」

助六が前肢《まえあし》を上げ、しゃんと背を伸ばしたが……

動物を大浴場に入れていいものだろうか、ホテル自体がペット可でもそれはNGなのでは。狐が温泉に入ってるってかわいいけど。カピバラとか、日本猿《ざる》とか、でもそれはそういうところ限定だと思う。いやいや心霊現象だから。いやいやいやいや。

「えっと、おじさん、みずち君と一緒に入ってあげれば？」

「は」

私が言うと、大雅はぎょっとしたように真顔になり——妙に高い声で言いわけを始めた。

「いやあ、ぼく鼻血出しちゃったしもうちょっと頭冷えてから、後ででいいよ。うん。いろいろやることあるし、隣の部屋にも結界張らなきゃいけないし」

そう言われるとそうだ。鼻血って暑くてのぼせたときに出るものだ。

大雅は視線を動かし、指を差した。

「ええと——溝越さん？」

「ん、儂のことはおかまいなく」

史郎坊は壁際に立て膝でリラックスしまくった姿勢でタブレットを覗いていた。しかも壁のコンセントでタブレットを充電していた。それ、充電必要なんだ。妖気で動いてるわけじゃないんだ。

「いや、そうじゃなくてさ。ぼく、薄々思ってたんだけど」

「何を？」

「溝越さんって、うちに来てから一回もお風呂入ってなくない？　みずちや助六はやたら長く入ってるのに。助六なんかラックススーパーリッチシャインで全身洗ってるのに」

「その前からずーっと溝越はお風呂入ってないよ」

——大雅とみずちによって衝撃の事実が明らかに。

私は思わず顔をしかめたが、史郎坊はタブレットから顔を上げない。

「霊体なのに何で入るんじゃ。飯も食わんし屁《へ》もひらんし汗も垢《あか》も出ん。海兵団の頃に飼ってた水虫も消えて失せた。この身には最早《もはや》顔ダニすらついとらんのだぞ」

「そういうことじゃない、ケガレだ！　ぼくは、市子さんと暮らすようになってから頭を洗う回数を増やしたのに！」

「それは気遣いなのか？　穢れを落として、成仏してしもうたらどうしてくれる」

「雪ダルマか！　風呂に入って消えてしまうような存在なら現世に残ってもらう必要なんかない！　さっさと成仏してしまえ！」

私の言いたいことは大体大雅が言ってくれたが、肝心の市子は、

「……大雅さんがここまで言うのだから風呂くらい入ったらどうだ」

全く興味がないらしく面倒くさそうだった。


馬鹿な男どもは放っておいて。幽霊の妨害もなく、半地下階の女湯にはあっさりたどり着いた。ここは温泉ではないが冷たい鉱泉《こうせん》をガスで沸《わ》かしていて成分的には温泉気分が味わえるそうだ。皮膚病、美顔に効果ありだとか。刺青《いれずみ》の方はご遠慮ください。妊婦は長湯は禁物、などなど。

「おお、広いな。泳げそうだ」

服を脱いで浴室に入ると、市子は十数人も並べる洗い場と三つもある浴槽《よくそう》にテンションが上がったらしく、素っ裸だというのにずかずかと浴室を歩き回って冷水風呂、電気風呂、檜《ひのき》風呂のそれぞれの説明書きを熱心に読んでいた。

「なぜ冷たい風呂がある。禊《みそ》ぎをするのか？」

「身体を暖めた後に冷やしてまた暖めると、血行がよくなって健康にいいんだよ」

「電気風呂とは？」

「……よくわかんないけど多分身体にいいの？　電気流れててちょっとビリビリする」

「鉱石サウナとは何だ？」

「えーと……あっつい部屋の中で十分くらい汗を流して身体の悪いものを出すの。鉱石は謎。トルマリンとかマイナスイオンとか？」

「要は蒸《む》し風呂か」

「サウナの後にも冷水風呂に入ったりするみたい」

「なるほど。……この扉は、外に通じているようだが非常口か？」

「露天風呂だよ、外にもお風呂があるの」

この概念は市子の中になかったらしく、彼女は目を見開いた。

「屋外に!?　なぜ！　裸で外に出るのか!?　女がそんなことをしていいのか!?」

「……アウトドア感覚を楽しみたいから？　柵《さく》とか壁とかあるからよそから見えないよ、大丈夫。男風呂とも分かれてるし」

私が言うと市子は逡巡《しゅんじゅん》もなく磨りガラスの引き戸をがらっと開けた。

「おお！　滝があるぞ！　庭園のようになっている！　風呂なのに！」

「……もしかしてはしゃいでる？」

「とても。このホテル、大層高級なのでは？」

今頃気づいたのか。しかし今どきスーパー銭湯でもこの程度の設備はある。

市子が興味津々で浴場を歩き回っている間、みずはは身体の前面をぴったりタオルで隠したまま、脱衣所への扉を背にして硬直していた。皮膚の色素が薄いので全身赤くなっているのがよくわかる。まだお湯に浸かってもいないのに。

私はてっきり、市子の方がこういう態度を取るものと思っていた。……彼女に隠さなきゃいけないところはあんまりないが。みずはは少し年上に見えるだけあって意外に。冷静に考えたら蛇に必要なんだろうか。普段着物で隠れている部分にところどころ白い鱗《うろこ》が煌《きら》めいているがラインストーンっぽくて不気味という感じではない。

「みずはさん、タオル湯船に入れちゃ駄目だから。お湯に浸かるときは頭に巻くかどっか脇に置いて」

みずはに言うと余計に身体を強張《こわば》らせた。そこにすっかり興奮して目を輝かせた市子が。

「みずは、早く身体《からだ》を洗おう。外に風呂と滝がある！」

「外!?　はしたない！　宮は姫君であられるのに、外で湯浴みなど！」

「囲いがあるから大丈夫だそうだぞ、なあ芹香！」

そんなに嬉しいか。こっちの方がちょっと引く。

今日のメインコンテンツ、もしかしてシークレットライブじゃなくて露天風呂。滝の見えるあずまや風の檜風呂が市子はすっかり気に入ったらしく、軽く十分以上も浸かっていた。

「風呂がこんなに楽しいとは思わなかった」

「……私もいっちゃんがこんなにお風呂を満喫するとは思わなかった。ここ、超絶オバケ出るとかいう話どうなったの？」

「それは私の力と護法の神気をもってすれば多少の雑霊など」

どこまで信じていいんだろうか、と思っていたが、市子たちの霊験あらたかなことは意外な形で実証された。私たちより二つ三つ年上と思しき二人組の女子が露天風呂にやって来たのだが、湯船に浸かった途端
「あっ温泉すげー、お腹痛かったの治ったような気がする、マジで」

と髪の茶色い方が声を上げた。

「晩ご飯食べられそう？」

「いけるいけるー、気分悪かったの冷えてたのかなー。温泉すげーなーマジー」

「効くの早すぎでしょー。リコ何か取り憑いてたんじゃないのー？」

黒髪にタオルを巻いた相方と和《なご》やかに話している。

……温泉のせいじゃなさそうだ。ていうか、ここ温泉じゃないし。沸かしてるし。続いて入ってきた白

髪に赤いメッシュを入れた老年と熟年の親子も、

「腰が痛くなったよ、すごいねえ温泉は」

「母さん、腰痛が出るにはまだ若いわよ」

微笑ましいやり取りを。おばさんの方が私たちに話しかけてきた。

「お嬢さんたち、何階に泊まってるの？」

「あ、八階です」

「あら。じゃあ九階で声を聞いたのは違うのかしら。子供が何人か元気よく廊下を走り回っていたけど」

おばあさんの方が手を振って割り込んだ。

「エツ子ったら、あの子たちはもっと小さい感じだったよ。男の子も混じってたし。お嬢ちゃんたちは中学生？」

「はあ、中学一年です……」

……お札と盛り塩、そして神使の皆さんの守護はメチャメチャ効いてるみたいだった。適当なタイミングで露天風呂を出て脱衣所に入ってから、市子の耳にささやいた。

「本当に出るんだ、子供の幽霊……」

「つまらない幽霊ごときは相手にはならない。――出屋敷の家にも幽霊がいたが、誰かが浄化してしまったらしく話し相手がいなくなったと大雅さんが嘆いていた」

「いたの!?」

「あれは有名な事故物件で大雅さんが特別安く買ったものだ。建てられたのは三十年ほど前だが昔から出屋敷一族が住んでいたわけではないので、まだ仏壇がない。……そういえば私は大雅さんの宗派を知らないな。仏壇がないからか菩提寺《ぼだいじ》の住職も訪ねてこない。神棚には毎日米と水を供《そな》えているから日本的な信仰がないわけではないはずだが。私が死ねば葬式はこうしろああしろと誰かが言うが、大雅さんが亡くなった場合どうすればいいのだ」

と妙なことで首を傾げた。……遊びに行ったことがあるのに全然気がつかなかった。仏壇がないことに、ではなく事故物件の方。いや天狗と二足歩行の狐と双頭の白蛇のオバケとその他諸々が堂々といるんだけど。常勤がその面子《メンツ》ってだけで本当はもっといるらしいけど。それだけいいたら、元々の幽霊とか居心地《いごこち》が悪くて出て行っちゃったんだろう。

「そりゃあここはガチだよ。溝越さんのあれ、脅しとかじゃないから。市子さんいなくなった途端、子供と女の人が見えた。火で亡くなったのは確実だね。てか、そんなにお客さんいたんだ？」

部屋に戻ると、鼻血のついたポロシャツから長袖シャツに着替えた大雅がさらりとそんなことを。史郎坊は六十年ぶりに助六のシャンプーで髪を洗ったら長年の癖毛《くせげ》が気持ち悪いほどのドストレートになったとかどうでもいいことで騒いでいて、助六は持参のイオンの出るドライヤーでみずちにも手伝わせて一生懸命毛皮を乾かしていた。本物の心霊現象の方が平和でほのぼのしている。

「ところで大雅さんの信仰は何ですか。仏教ならば宗派は」

唐突に市子に尋ねられ、大雅は口をへの字にした。

「ぼく？　……あんまりよくわかんないけど真言密《しんごんみっ》教《きょう》かなあ？」

「真言宗、ということは墓は高野山《こうやさん》ですか？」

「いや、あそこは高いからどこでもいいよ、関東から遠いし。……何で墓の話？」

「いえ、出屋敷の家には仏壇がないので菩提寺などはどこなのかと思って」

「うちそういうのないから、ぼくが死んだら知り合いの葬儀屋さんの一番安いプランでテキトーにやっちゃっていいよ。超絶無宗教で罰当《ばち》たりだったって言っといて。親戚もいないし職場の上司の連絡先だけ電話の上のとこに貼ってあるから、誰を呼ぶかはその人に任せちゃって。自力で成仏するし法事とか永代供養《えいたいくよう》とかしなくていいから。——じゃ早い目に自分で墓作っておくかなあ。戒名《かいみょう》って生前につけていいんだっけ？　溝越さん知ってる？」

何でこの親子は幽霊ホテルで仏壇や墓や菩提寺や葬式の話をする。ロケーションが幽霊ホテルでなくても、私は親とそんな話をしたことはない。

ともあれ風呂上がり。髪を乾かしたら宴会場で夕食。

ホテルや旅館のコース料理は多い。前菜、サラダ、刺身、酢の物、煮物、お吸い物、焼き魚、天ぷら、茶碗蒸《ちゃわんむ》し、和牛の陶板焼《とうばんや》き、炊《た》き込みご飯、漬け物、そこにプラス舟盛り。軽食どころか十三歳少女のキャパシティの三倍はある。座卓に並んだ皿の数を数えるだけで胸が一杯になったが、

「芹香、食べきれないのなら前もって取り分けておけ」

と市子は空いた席に前菜や煮物や茶碗蒸しを皿ごと置いていた。サラダに載っていた生ハムも取り皿をもらって取り分けて置く。

「みずちが食べる？」

「いや、雀だ。あれは人間用の料理しか食べないし他人の食べかけは嫌がる」

「舟盛りは皆でつつくもんだから取り分けなくていいと思うよ」

大雅もサラダの半分、前菜の卵豆腐など何品か取り分けている。なぜ牛肉を食べない市子の膳《ぜん》にまで和牛の陶板焼きがあるのか、これで謎が解けた。丸ごと雀にあげるつもりらしい。

「雀さん、どんだけ食べるの？」

「あれは元警官で身体を鍛《きた》えていたから、食えと言えばいくらでも食う」

「えっ、あの人、元人間組なの？　警官って大人なの？」

「元SATの経歴を見込んで助六が連れてきた」

あれ、オバケってご飯食べないんじゃなかったっけ？　でもみずちは食べるし。何だかよくわからなくなってきた。

おかげさまで私はサラダと刺身と陶板焼きと炊き

込みご飯を一膳と、デザートのフロマージュ・ブランの野苺《のいちご》ソース添えだけいただいた。舟盛りはいつの間にかつままで綺麗《きれい》になくなっていて、炊き込みご飯は一人分ずつ小型の釜《かま》に二合はあったはずなのに全部空になっていた。

「……お腹がいっぱいになってしまったな。少し眠い」

などと市子は、まだ六時なのに寝言を言う。私はライブに備えて新品の短いスカートを穿いてちょっと派手なラメ入りのマニキュアを足にも塗ってグロスだって持ってきたのに。

「何しに来たと思ってるの、これからライブなんだから！　そうだ紅茶飲んで。カフェインで目を醒《さ》まして」

私は食後サービスの紅茶を自分の分まで市子に飲ませることにした。ティーバッグを上げるタイミングが遅かったせいか、市子は渋がって顔をしかめていた。

3

結論を言うと、市子は、寝た。スタンディングライブで寝る人がいるなんて思わなかったが、市子は途中からみずちに肩を抱かれてくうくう眠っていた。毎晩九時に寝ているとは聞いていたがまさかあの大音量の中で、きっちり時間通りに。

「楽しかったね！　わんもーあ、わんもあちゃーんす！」

アンコールが終わって、横を見たらみずちが片手を振り上げて踊っていたときのむなしさったら。みずちの姿は他の人に見えるのか謎だったが、コスプレっぽいせいか特に誰も気にはしていなかった。銀髪も赤い目も変な和服もドラマーリスペクトと解釈できる。むしろ一着しかない一張羅《いっちょうら》の甘ロリ風ブラウスの市子よりよっぽど真面目にアーティストの世界観に合わせている。

「……いっちゃん、いつから寝てたの？」

「わかんないけど結構たくさん！」

屈託《くったく》もなく答えられた私のショックたるや。二百人のスタンディングライブ、ハコは小ぶりとはいえその分アーティストとオーディエンスが一体となり息の合った手拍子とダンスでかなり揺さぶられたのに。

ライブハウスを出るのにみずちは市子をおんぶした。大雅は近くのコーヒースタンドにいるとメールにあり、その通り窓際の席でなぜか刺繍《ししゅう》をしていた。みずちに背負われている市子の姿を見ると慌てて針を枠に突き刺し、席に置いたまま飛び出してきた。

「何かあったの!?」

ああ、我がことのように恥ずかしい。

「……いえ、熟睡してるだけです」

「熟睡？　寝てる？　……ライブってクラシックじゃないよね？　今どきの歌なんだよね？」

「それはもう大爆音ステージでした」

「……お、お風呂で湯疲れしたのかな……？」

なぜかお互い気まずい。

大雅は改めて店に戻り、刺繍道具をカバンに突っ込んで出てきた。まだ電車はあったが市子が眠っているし、宿が安くついたのでタクシーで帰ることにした。

みずちは閉まった店の軒先に市子を降ろして自分もシャッターにもたれて座り込み、大雅は駅に近い大通りに空車を探しに行った。

さて、私は——本命の用事が終わったので母に電話でもするか。でも何だか気が乗らない。

まだ通りはネオン看板がちかちか光っている。といってもパチンコ屋の看板のようではなく、ネオン管を曲げて文字にしているところが多い。このコーヒースタンド以外は酒を出す店のようだ。それも居酒屋風ではなく西部劇や『ＣＳＩ：』で見るような〝酒場〟。

どこからか洋楽が流れ、オープンテラスではタンクトップやTシャツからはち切れんばかりの筋肉を見せつけて外国人男性たちが笑い声を上げている。「ミルクは置いてないぜ、お嬢ちゃん」とか言われそう。看板も英語が多く、日本じゃないみたいだ。

その店の途切れた角のところに、私は奇妙なものを見た。

ホテルの中庭にあった灰色の杭だ。飾りタイルからまっすぐ生えている。

一本だけで囲いのようにはなっていない。セメントみたいなものでできていて、私の腰くらいまでの高さしかない。文字は刻まれていなかった。

何となく手を触れたのは、碑のようなものならもっと表面がつるつるしているのではないかと思ったからだ。

触れた瞬間、どこかで何かが壊れる音がした。

目を閉じて開けると、杭ではなく木が生えていた。背は高いのに幹というより茎《くき》という感じでひょろひょろして、上の方にだけ葉っぱがあって白いラッパのような形の花がいくつも咲いていた。朝顔みたいだが真下を向いている。

戸惑って辺りを見回すと、いつの間にか私の横に助六が座っていた。何か言いたげに目を細めている。

「……何、今の？」

「さあ、何でしょう」

金の尻尾が揺れる。先だけ白い。

「ただ匂いがします。血と炎の匂いです」

それきり何も言わない。

「葛葉さーん」

声を掛けたのは大雅だった。

彼はまず、みずちに赤いジュースの缶を投げて寄越した。……甘酒？　どこで売ってたの？　みずちは嬉しそうに開けて飲んでいるから彼的には正しいみたいだ。洋楽と英語のネオンの看板と袴姿で甘酒をすする少年。何というごった煮感。

大雅はにこにこしてこちらに歩み寄った。

「葛葉さん？　何か変わったものある？」

あった。私は無言で、花の方を指さした。

「ああ、珍しいね。スーパー防犯灯」

その言葉で振り返る。

そこにあったのは茶色い街灯。ただの街灯でなく柱の途中が四角くなっていて黄色いパネルがあり、〝警察緊急通報〟〝このボタンをおすとけいさつにつながります〟などという落差の激しい文章が日本語と英語で書いてあった。インターホンとカメラとライトがついているようだ。私は少しぽかんとした。

「……スーパー防犯灯？」

「間抜けだけど、ぼくが決めた名前じゃないから。わかりやすさ優先だから」

いやそういうことでなく。

「少ないからあんまり見かけないけど都内にもあるよ。今どきの人は皆、携帯電話持ってるけど子供とか多いところにはあるって。公衆電話と同じようになってるのかな。緊急時は携帯電話より公衆電話の方が優先的につながるんだ。公衆電話は置いてある場所が決まってるから言わなくても警察や救急に位置がすぐわかって見つけてもらえるし。……すごくいたずらで押されそうだけど」

うん、確かにこれも珍しいし初めて見たけどそうじゃない。……ええと。この少し不思議なおじさんはなぜ肝心なときに超常現象に気づいてくれないのだ。いや待て。さっきまでの花が普通で、今のこのスーパー防犯灯が超常現象なのかもしれない。……それで本当にいいのか？　考えても結論は出そうにない。

ともあれタクシーを長々と待たせているわけにもいかない。みずちが市子をおぶって、皆で大通りに向かった。みずちは乗らず、タクシーが発進すると何だか楽しげに手を振っていた。

タクシーに乗ってホテルに戻るのには三十分ほどかかったが、その間に救急車を四台も見かけた。

みずちは瞬間移動能力を駆使してホテルの車寄せで私たちを待ちかまえていて、タクシーが止まるとすぐ市子を抱えて降ろした。

助手席の大雅が精算している間、私は一足早く降りてロビーをうろついてみた。近くの観光マップ、新聞ラック、観葉植物の鉢、ハーゲンダッツの自動販売機、もう閉まって棚《たな》に網《あみ》のかけてある土産物《みやげもの》売り場。「この顔を見たら一一〇番」の黄色い貼り紙。

大雅はやって来ると、自販機を指さした。

「もう戻るけど何か買う？　アイスとかジュースとか」

「いえ、大丈夫です」

と言ったのに結局オレンジジュースとハーゲンダッツのバニラを押しつけられた。父親という人種はなぜ夜遅くに甘い物を食べさせようとするのだ。

部屋にはもう（多分助六の手で）布団が敷いてあって、大雅は市子を布団に横たえると、手を振った。

「じゃ、また明日。七時にね」

各部屋にトイレがあり、飲み物もあるので私たちは夜中に外に出る理由がなく、部屋の鍵は大雅が持って出ていき、外から閉めた。

彼が去るとみずちと助六も頭を下げて消え、代わりにみずはが現れて市子のワンピースを脱がせ始めた。眼鏡を取って靴下も脱がせてスポーツブラとショーツ一枚にしてから浴衣《ゆかた》を着せ、掛け布団をかけて完成。私がハーゲンダッツを食べている間に終わった。いつも着替えさせているだけあって手早い。

「では、お休みなさいませ」

と言うもののみずはは姿を消さずにそのまま布団のそばに座っている。私はとりあえず携帯電話に充電器を差し、顔を洗い、歯を磨き、浴衣に着替えた。十一時半。

……頭の中はライブの興奮が冷めやらないのに。Seijiの生ギターパフォーマンスや洋楽のカバー、テレビでは流せない危険なMC、あの曲やあの曲のライブ限定アレンジ……語りたいことが山ほどあるのになぜ市子は幸せそうに布団で眠っている。私はどうすればいい。

SNSに書き込む？　普段全然書いてないのに？　こういうのってあらかじめ書いてからコピー&ペーストした方がいい？　充電中で熱を持った携帯電話を握り締め、一心に考えていると。

ドアを叩《たた》く音がした。びくっとしてそっちを見た。大雅？　仲居？　続けて叩く感じは仲居っぽくない。

ドアスコープがついているのでそっと覗いてみた。魚眼レンズの中に映ったのは茶髪と、黒髪に箸《はし》を突き刺してお団子にした二人の女子高生——露天風呂で出会ったリコとユマだ。ライブ会場でも出会ったので同じ宿のよしみ、ちょっと挨拶《あいさつ》をした。二人だけだ。ユマは手にタブレットPCを持っていて何か言っている。

……女の人だし、開けてもいいよね？　みずはを振り返ってみたが特にリアクションはない。

思いきって、開けてみた。

「ちっすちっす！」

リコが笑って手を振った。二人、お揃《そろ》いで色違いのを着ているロゴ入りTシャツは〝True Crimson〟オフィシャル通販グッズ。

「ウチら、九階なんだけど部屋だと何かマジWi−Fi入んなくってさー。八階は何でか入るみたい。廊下で見てっとオバサンに怒られっし、ちょっちお邪魔さしてくんない？　マジ」

「さっきのライブの打ち上げ、ネット配信してるの。一緒に見ない？　お菓子とジュースおごるから」

とユマがタブレットをこちらに向ける。画面の中では釣栗の面々がどこかの居酒屋で談笑しているところだった。

いくら何でも無茶だと思う。遅い時間だし、今日会ったばっかりの人たちだし、ついでに言えば部屋の中は壁にお札がべたべた貼ってあるし。

だが即答。

「見ます！　どうぞ！」

幸いにも布団が敷かれているのは部屋の三分の一ほど。何かあったら隣の部屋の大雅に電話をかけて叩き起こせばいい。——こんなに早く寝る市子が悪いのだ。起こしたらそのときはそのときだ。私は！　今日のSeijiのギターパフォーマンスの感想を！　誰かと分かち合いたい！

「うわっ二人なのに部屋広っ！　マジ広っ！」

リコは一歩踏み入れて声を上げ——布団で眠る市子の様子を遠慮がちに窺《うかが》った。

「友達、寝てんの？」

みずはの姿は見えないらしい。二人とも壁のお札にも言及はなかった。見えたらドン引きの顔をするだろうし、いくらＷｉ－Ｆｉが入らなくても諦《あきら》めて何とか言って逃げると思う。

「あ、彼女毎日九時に寝るらしいので」

「マジ？」

ライブ中もう寝ていた、とは言いたくなかった。

「大丈夫？」

「いいですよ別に、起きちゃったらそのときはそのときで」

むしろ一回くらい起きろよと思うが、市子はぴくりともしなかった。ユマも気にしていたが、座卓にスタンドでタブレットＰＣを置いて生中継を見始めるとあっという間に彼女のことを忘れて盛り上がってしまった。

「アツシのこれマジ私服？　ダッサ！」

「あっくんの私服がダサいのは仕様です！」

「ママに買ってもらったんだよね、アツシ！」

「あっくんをいじめないでください！」

生中継で段取りが悪いのでその間にコメントを書き込んだりこっちはこっちでだべったり。ポテトチップスとポッキーを食べながらぎゃはぎゃは笑い声を上げてしまった。

「Seiji、生の方がイケてるよね！　顔ちっさいし！」

「生Seijiマジヤバかった！　ホントマジ！」

「ギターくるくる回すの格好よかったですよね！　テレビでもやればいいのに！」

ついさっき知り合ったばっかりなのに、あっという間に打ち解けた。共通言語があると心強い。

「セリちゃんってSeiji推《お》しなん？」

「はい！　タクティカルエッジのＰＶ大好きで！」

「友達は？」

「いっちゃんは……タカシ推し？」

適当に答えた。先週から泥縄《どろなわ》で頑張《がんば》って洗脳している、とは言いにくい。

ぐだぐだ喋っているうちに生中継のスタッフが揃ったらしく、画面の中は仕切り直しということになった。ボーカル兼ギターのSeijiが姿勢を正し、声も低めて語り始める。

『えー、では改めて挨拶でっす。本日は〝True Crimson〟結成十周年、メジャーデビュー五周年記念ライブに来てくれた皆さんも、惜しくも来られなかった皆さんも、ありがとうございましたーっ』

「どういたしましてーっ！」

声を上げて返事しつつ、リコとユマはスマホからもコメントを送る。

『横須賀は地元っつーかホームっつーか。ハコは小さいけどアマの頃の気持ちになれるっつーか。ジャズっつったら横須賀だし。これからも記念のときにはちょくちょくライブしたいと思いまっす』

『Seijiとアツシは横須賀なんだよな』

『横須賀、いいとこっすよ海軍カレーうまいし』

『一回何だっけ、横須賀でとんでもない幽霊ホテルにシャレで泊まったことなかったっけ』

画面の中では何気ない話題だったのだろうが、私はぎくりとした。

『あれヤバかったよなーマジ、ラップ音すげかったしアツシは子供が走り回ってんの見たとか言ってパニクるし』

『マジその話やめてください勘弁《かんべん》。オレあれ以来しょっちゅう金縛りなるんすよ』

「アツシマジヘタレキャラーっ」

「幽霊ホテルってどこよー」

リコとユマが笑い転げているのが気まずい。……

バリバリお札貼って盛り塩してあるんですけど、この部屋。蛇の化身の女の人が部屋の端にいるんですけど。そもそもリコは風呂に入る前、霊障で具合が悪かったはず。

『あのときレコーディングした曲、変な声入ってたからデータ捨てちゃったんだよなー』

『もうやめてくださいっすその話、何かオレさっきから寒気がするんすけど』

『あーあー、じゃへタレのあっくんのために何か元気出る曲かけるかなー。去年のライブ音源から、タクティカルエッジ』

「あ、セリちゃんの好きなタクエツだよー」

と言われると。不吉な話は胸の奥に押し込んで、無理矢理にでも盛り上がらなければ。

リズムに乗って身体を揺らしていると、本当に盛り上がってくるのだから我ながら単純だ。

大丈夫だ。大丈夫。市子がいるのだから。

そうだ。市子と愉快な仲間たちがいれば、怖いことなどない――

＊＊＊

夢、なのだと思う。空が真っ赤だった。血みたいに。どこまでも。電線もビルも何もない空が、どこまでも。

綺麗だと思った。夕焼けの色ではない。どことなくオーロラのようですらあった。オレンジから赤、赤から緋《ひ》、緋から深紅《しんく》。グラデーションとなってじわじわと色を変え。雲に反射して、その雲が形を変えているから。色とりどりの赤が雲を照らして。

不意に目の前が翳《かげ》った。耳に暖かい感触。

史郎坊だ。私の両耳を手で塞《ふさ》いでいた。背が高いので色あせたシャツと、あごのシルエットしか見えない。

「美しいか」

耳を塞いでいるのにその声だけが聞こえた。

「それでええ。嬢ちゃんは、この空の色だけ覚えておけ。嬢ちゃんはまだ子供じゃ。真実など今は知らんでええ。いつか思い出せ。いつか、な」

眩暈《めまい》のような感覚。足許が揺らいだ。

「もうちと寝かしておいてやりたいところじゃがそうもいかんようじゃ。これはよい夢ではないしな」

落ちるような感覚。全身が強張り、衝撃に備え、私は畳《たたみ》を叩いて起き上がった。落ちる感覚は偽物だったが全身の緊張は本物で、背中に脂汗が滲《にじ》んだ。

「おはよう」

夢の中と同じように史郎坊がいる。その向こうに見えるのはべたべたお札の貼られた壁。そうだ、横須賀のホテルだ。釣栗のネット中継を見ていて——タブレット画面はとっくに消灯していて真っ黒だった。中継が長すぎて眠ってしまった？　何時なのか、携帯電話を覗こうとすると。

うなり声が聞こえた。猫か子供のような高い声。座卓の向こうにリコが棒立ちになり、真上を向いて何か呻《うめ》いているようだった。茶色い髪が乱れて垂れ下がって。顔は見えないが、異様な姿に寒気がした。

声をかける間もなく、リコは真上を向いたままで突進した。床の間の前、市子が眠っている布団に向かって——

止めなければならないと思った。何だかわからないけど。どうにかして——

リコの身体が傾いだ。水干姿の少年が、細い右足を高く上げていた。

雀はリコの首に片腕を回し、絞めつけたまま彼女の倒れる方向に一緒に屈《かが》み込んだ。ええと、ネックブリーカードロップ？　畳に後頭部を叩きつけるほど凶悪じゃなく、すぐに手を離して立ち上がったが。

それは、ユマも黒髪を振り乱し、うなり声を上げて四つん這《ば》いで突進しようとしていたから。雀は片脚を上げてユマの背中を踏みつけ——その姿が小柄な少年から、突然に紺色《こんいろ》のヘルメットとアサルトスーツ、タクティカルベストを着けた重武装兵士としか呼べないものに変わった。

——第二形態？　アメリカ映画でゾンビと戦う特殊部隊隊員みたい。身体つきまで大きく筋肉質になって、頭のてっぺんが鴨居《かもい》を超えた。踏まれたユマがふぎゃっと声を上げて畳に突っ伏した。

「雀、女学生相手にやりすぎじゃぞ」

「ならてめえがやれクソジジイ！」

声までドスが利いて低くなって。怒鳴られるだけで私はびくっとして身体がすくむのに、リコは気づきもしない様子で起き上がろうとする。雀は太い指でリコの襟首《えりくび》を掴《つか》んで引き戻し、両腕で首を極め、スリーパーホールドの形に。

「じゃからやりすぎだと。女学生にプロレス技をかけて楽しいか」

「好きでやってんじゃねえ、手伝え！」

「な、何してるの」

尋ねる声が震えた。——こんな大騒ぎになっているのに、市子は布団から起き上がる気配がない。傍《かたわ》らに正座するみずはも、微動だにせず赤い瞳をかっと見開いたままで。

ぷつんと音がして液晶テレビの画面まで点灯した。特に何が映るというわけでもなく画面が赤く染まり、スピーカーから異様な音声が漏《も》れた。

——たすけて。

——つらい。にくい。

——たすけて。

——やっつけて。

そんな風に聞こえる。悲鳴？　泣き声？　ノイズが混じって頭の中を引っかかれてるみたい。耳を塞いだが、まだ聞こえる。

——お、ひめ、さま。

「やかましい！」

史郎坊が手を上げ、座卓を叩いた途端、電源が切れて画面はブラックアウトした。音も止んだ。聞いただけで背中が汗だくになっていた。

音だけじゃない。さっきのあの赤い画面。

夢の中で見た、あの空の赤い色——

「おま、だから手伝えって！」

雀の甲高い声。

見ると、雀は大柄な男の体軀《たいく》から急に身体が縮んで普段の華奢《きゃしゃ》な水干姿の少年に戻った。

腕も縮んでスリーパーホールドには足りなくなってしまい、リコがほどいて逃げようとしている。ユマも、背中を踏まれているだけなのでもがく余裕ができてしまった。今の彼の体重はさっきの半分以下、せいぜい三十キロくらいしかないだろう。二人をこれ以上押さえつけてはいられない。でも。

この二人が脱出したら、何が起きるの？

私はどっちの味方をすればいいの？

史郎坊は動かない。座卓に手を置いたまま、考え込むように目を細めている。みずはも。みずちと助六はそもそも姿もない。

私は——

市子の布団は動かない。この位置では彼女の表情すら見えない。呼吸の音も聞こえない。

本当に眠ってるの？

よく見ようと目を細めたとき、市子の頭の上に、壁からにゅっと手が突き出した。

長さ二メートルほどもある朱色《しゅいろ》の弓を摑んで。弓が大きい。鴨居どころじゃない。両端に金色の金具がはまっている。

弓に二本の黒い矢をつがえ、弦《つる》を引き絞《しぼ》る。弓をかまえる腕は金色の鎧《よろい》を着けていた。弦を引く右の手は白いミトンのような手袋をしている。

ひゅっと音がした。矢が放たれた。

一本はリコの胸を、一本はユマの額を貫いた。血は出なかった。

二人とも、矢を受けた途端身体から力が抜けてずるりと畳に這いつくばる。同時に雀も脱力し、畳にへたり込んで肩で息をした。暴れたせいでポニーテールがほどけかかって顔にかかっていた。

「サ、サブレ、お前……俺に当たったらどうしてくれんだよ」

「じゃから、儂は射線を遮《さえぎ》らぬように隅にすっ込んでおったんじゃ」

「てめえクソジジイ、俺一人犠牲にしようとしやがったな⁉」

雀と史郎坊がぎゃんぎゃん怒鳴《どな》り合う。その間に、手の主が隣の部屋から壁をすり抜けてやって来た。

見事な兜《かぶと》をかぶり、面頬《めんぼお》をして全身に紺色の大鎧を着込んだ武者——ただし、小さい。弓が二メートルだから、本人は一メートルくらいしかないのでは？　五月人形が歩いているようにしか見えない。ドワーフ？

「それがし、大雅を守護していたゆえ支度《したく》に時間がかかった。悪く思うな」

これが今回初登場、鶴岡八幡宮の鳩・サブレだった。声もアニメのマスコットみたいに高い。名前と釣り合っているようないないような。

「鳴弦《めいげん》しておくか？」

「いや、宮のお眠りを妨げる。戻ってよいぞ」

「そちに指示される筋合いはないが、非常のときだ、許そう。では御免《ごめん》」

史郎坊が言うと、サブレは頭を下げてまた壁の向こうに戻っていった。

「……結局、何だったの？　矢は？　リコさんとユマさん、死んでない⁉」

やっと私は疑問を口にできるようになった。

「サブレの矢はイメージじゃや、神通力《じんつうりき》の。物理的な矢ではないので肉体にダメージはない。安心せよ」

現に二人の身体に刺さった矢は残っておらず、傷や出血もなかった。二人とも目を閉じてぐったりしているが胸は緩やかに上下している。

「……二人、どうしたの？」

「恐らく外で悪霊に取り憑かれたんじゃろう。霊が女学生どもの身体に潜《ひそ》んでこの部屋の結界内に侵入し、活性化して宮の玉体《ぎょくたい》に入り込もうとしておったのが今の騒動じゃ。嬢ちゃんは護符を飲んでいたから守られたな」

「え、じゃあＷｉ－Ｆｉが入らないとかいうの」

「悪霊が電波を妨害してこの部屋に誘導したんじゃ。——そもそも、本館の部屋に泊まれなかった辺りから奴らの誘導は始まっておったのかもな。じゃから嬢ちゃんのせいではない」

「悪霊がいっちゃんに入り込んだらどうなるの？」

「そう簡単にどうにかなったりはせんが、最悪日本が滅亡する」

「マジで」

「理由もなく女学生の首を絞めるほど雀は変態ではない」

「悪霊は日本を滅ぼしてどうするの？」

「そこまではわからんが、儂らのような常識のある者には想像もつかんようなおぞましいことを考えておる悪党は珍しくない」

答えるのは史郎坊ばかりで、雀は起き上がったもののの話には加わらず、ポットから茶碗に白湯《さゆ》を注いではあおっていた。髪はざんばらのまま、前に垂れるのを手で押さえて。

「雀さんって大きくなったり小さくなったりするの？」

「大きい方が真の姿なんじゃが小さい方がかわいいじゃろ。——儂の趣味ではなく鞍馬《くらま》の偉い人がそう定めたんじゃ。前髪を伸ばして水干を着ろ、と。おなごのような細面のなよやかな美少年は昔からウケがよい」

雀はここで大きく舌打ちの音を立てた。

「自分のことじゃないからって好き勝手言いやがって。俺はガキの頃女にモテたことなんかねえぞ、何で死んでからこんな目に遭わなきゃいけねえんだ。リーチが短いし体重が軽すぎんだよ」

かわいい顔でむくれてそんなことを言われると。

「そ、そうかな。大きいと怖いし小さい方がいいって全然いいって」

私が言うと、雀はじろりとこっちを見た。何も言わず白湯をすするのが妙に居心地悪くて私の方が視線を逸らした。

するとと今度はみずはと目が合った。まだ彼女は正座のまま、微動だにせず市子のそばに控えている。声一つ上げない。相変わらず市子は布団の中で眠ったまま。

「……いっちゃん、こんなことになってるのに何で起きないの？」

「みずちの力であちらにお留《とど》まりなんじゃ。三輪《みわ》は酒の神じゃからあれは牙《きば》に酒毒《しゅどく》を持っておる、多幸感や眠気をある程度コントロールできる。中学生にはあまり勧められんが」

「お酒飲んで無理に寝てるってこと？」

「うむ。——世界が白と黒とに分けられる場合、灰色の部分にいるのが妖物というもの。昼と夜、生と死、夢と現《うつつ》、そうしたものの境界線上では人ならぬものの力は強くなる。中でも人間が眠りから覚める瞬間というのはとてもまずい。眠り込むより起きるときのがまずい。眠くもない者を無理矢理眠らせるのは難しいが、無理矢理起こすのはたやすいからな。日が出ておる朝ならともかくこのような丑三つ時に目を覚ますと宮ほどのお方でも取り憑かれてしまうことがあり得る。女学生たちがこの時間になって暴れ出したのも〝起きるのに失敗して〟潜んでいたものに乗っ取られたんじゃろう」

言われて携帯電話を見てみると、三時。いつもなら熟睡している頃だ。私も寝た方がいいのだろうか。と、その前に。

「……リコさんとユマさん、お布団に寝かせてあげた方がよくない？」

サブレに射抜かれてへたばったままじゃ気の毒だ。押入《おしいれ》を覗くと布団がまだあったので、史郎坊と雀に手伝ってもらって二組敷き、そこに二人を寝かせることにした。

運ぼうと肩に手を掛けたら、何だかリコの身体が熱い。顔も赤くて息が苦しそうだ。

「これ、熱あるんじゃ？」

「サブレの矢の影響やもしれぬな。神通力で肉体を損傷することはないが、一気に悪霊を引きはがした副作用というのはありえる」

とりあえずリコを寝かせて、ユマの額に触るとこちらも熱い。悪い夢にうなされているようで、歯を食い縛ってかすかに声を漏らしている。

「……救急車呼んだ方がいい？」

「どうじゃろう。霊障を診《み》てくれる病院などない、というのは大雅の口癖じゃが。むしろサイレンで他の者を起こしてしまうのがまずいな。救急隊員がこの部屋に入るのに結界を開けて、そこに寝起きで悪霊に憑かれた者が突進したら地獄絵図じゃぞ」

「溝越さんはこの二人よりいっちゃんが大事なの？」

史郎坊はすぐには答えず、代わりに雀が吹き出してせせら笑った。

「言われてやがる、クソジジイ。善人ぶってるからそういうことになるんだ」

「面白がりおって、宮の御身《おんみ》にことあらば最悪日本が滅びるというのに。――そうじゃ、大雅に診せるのはどうじゃ。あれも医者じゃろう。あれが結界内を移動する分には問題はなく、サブレに起こさせればそれほどの危険はあるまい」

「芹香ちゃん、このジジイは口先ばっかりの口だけ大将だぜ、ろくなもんじゃねえぜ、頼るだけ馬鹿をみるぜ」

「さえずるな、雀。儂に嚙みつくときばかり雄弁になりおって」

面倒くさそうに立ち上がって、史郎坊は頭を掻きながら歩いて壁を通り抜けてゆく。私は取り残されてしまったので、仕方なく雀と二人でユマを布団に寝かせる。

……みずはは黙りこくっているし、後の人たちは眠っているし、雀と二人きりと言っていい状況で何も喋らないのも気まずい。

「……そういえば同じ天狗で、史郎坊さんはご飯食べないのに雀さんは食べるんだね」

「え、ああ。……ありゃ食わないジジイが変なんだよ。みずちだっていろいろ喰ってるだろ。食わなくても生きていけるって言われても腹減るんだから仕方ねえだろ」

可能な限り当たり障りのない話を振ったら、普通に受け答えした。よかった。

「雀さん、人間の警察官だったたって？　史郎坊さんは兵隊さんだったし、天狗ってそんな人ばっかりなの？」

「さあ。実は俺、天狗のこと全然知らねえから」

――何その衝撃の告白。

「修行とか全然してねえし。鞍馬ってのは、あれは名義借りてるだけなんだよ。まだ一回しか行ってないし三日で帰ってきた。なのに制服だけ押しつけられるって全然納得いかねえ。ジジイに空の飛び方と身を隠す方法教わっただけで、神通力とかマジにない。ジジイが溝越で俺がそれ以下の雀」

「マジで。名義貸しって、妖怪ってそんなもんなの？」

「俺の取り柄は妖術じゃねえんだよ」

「……〝溝越〟ってあだ名、何か意味あるの？」

「〝空を飛ぶのが下手で溝を越えるのが精一杯〟」

聞いて、思わず吹き出した。昔からある言葉なんだろうか。昔の人、ひどい。

「天狗になって五年くらい、ずーっと宮のおそばにくっついてるだけだからな。スキルが身につくわけじゃねえしたまにメシ食わせてもらうだけで給料出ねえし寝なくても死なないからって不眠不休だし、ブラックってレベルじゃねえぞ」

「ずーっと一緒にいるのに史郎坊さんと仲悪いの？」

「逆に聞きたい。四六時中あの上から目線のお喋りジジイのそばにいて仲よくなると思うか？」

「うん、まあ、キツイけど」

「人間だった年数は俺の方が長いのにあの調子で説教されてみろ、たまんねえぞ」

「え、雀さんっていくつなの？」

「享年《きょうねん》二十九の今三十四」

「うぞっうちのパパと三つしか違わないじゃん、見た目は私とタメくらいなのに」

「マジかよ、うわっせつねえ俺もう中学生のガキぃてもおかしくない歳なのかよせつねえ、あっでも宮と同い年か、うわーっ」

などと言っている頃にノックの音。私たちは途端に我に返り、声をひそめる。

「ええと、お邪魔します……」

ドアが開き、史郎坊と一緒にくたびれた茶色いスウェット姿の出屋敷大雅がカバンを持って入ってきた。頭には寝癖がついていて、寝ていたのは間違いないのに浴衣ではない。わざわざ家から寝間着《ねまき》を持ってきていたのか。

部屋に足を踏み入れて早々、大雅はげんなりした顔をした。

「うわあ……無茶やって剝がしたね。こういうのはじわじわゆっくり祓わないと」

「非常のときゆえな」

「リバウンドだから、アイスノン当てて寝てくださいとしか言えない。……そもそもぼく、生きてる人間は専門外なんだけど」

「その鞄には何が入っておるんじゃ、体温計など持ち合わせておらんのか」

「持ってるけど生きてる人に使うのは気が引ける」

などと突っ立ったままで史郎坊と話しているばかり。その間に助六がひょいひょいと姿を現し、どこから持ってきたのかゴムの氷枕にタオルを巻き、リコとユマの頭の下に差し込んだ。大雅は外野からあれこれ言うだけだ。

「冷たいミニペットボトルとかを脇の下や股に挟むのも効果的だよ」

助六の耳がぴくっと動いた。

「……女子高生の股を開いていいのですか？」

「血管が集中してるから効率的に全身が冷えるんだ

って。これ霊障の後遺症だし、目が覚めたらアスピリンと三倍くらいに薄めたポカリ飲ませといて」

と大雅はカバンからテレビでもCMを流している普通の風邪薬の箱を出して座卓に置き、スリッパを履いてドアに手をかけた。

「じゃあまた朝ご飯の頃に」

「え、ちょ」

私は慌てて大雅の腕を摑んだ。

「それだけですか!?」

「それだけだよ。他に何か?」

「注射とか……」

「持ってない」

それはそうだろうが。部屋にお礼を貼りまくったときと比べて、雑すぎない？　ほとんど何もしていないじゃないか。

大雅は私に向き直ったので、摑んだ腕を離した。

「あのね。葛葉さんも寝なさい。助六と溝越さんに任せておけばいいから」

「でも、大丈夫なんですか？　救急車とかいりませんか？」

「この時間に救急車呼んでも、出てくるの非常勤のバイトだからぼくと大差ない。死にやしないよ、霊障じゃなくて後遺症だから。——それにたとえ大丈夫じゃなかったとしても君は今は眠らなきゃいけないよ。何なら部屋を代わってもいい」

今、耳を疑う言葉を聞いた。

「……大丈夫じゃなかったとしてもってどういうことですか？」

「うーん、何て言うかな。君は中学生で、君の力ではどうにもならないことが世の中には結構ある。そんなときでもご飯を食べて寝る方法を覚えておくべきなんだよ。下手の考え休むに似たり、って言うけど休むのは大事だ。休む方がよっぽどいいときもある。ていうか君もぼくもここでどうしようどうしようって言ってたって無駄だから寝なさい、睡眠不足は身体によくない」

後半が決定的にまずく、私だけでなく史郎坊まで目をむいた。

「おい、大雅。起きとるだけ無駄じゃから寝ろとは何じゃ」

「だってそうじゃないか。無駄なものは無駄だよ、諦めて。大体彼女ら、誰？」

と聞かれると言葉に詰まる。

「……ライブで知り合った人たちで」

「じゃ昨日知り合ったばっかり？　何でそんな相手が部屋で寝てるの？」

まさかこの状況で「ネット中継が」とは言えない。

「——悪霊に操られてこの部屋に入ってきたんです！」

「溝越さん、どうよ」

自分でも無理のある言いわけはあっさり無視された。大雅は史郎坊の方に顔を傾ける。——そっちに聞くのは卑怯《ひきょう》だと思う。史郎坊は頭を掻いて、諦めたように天井を仰いだ。

「Ｗｉ－Ｆｉが入らんとゆうて訪ねてきた女学生を、芹香嬢が部屋に入れた」

「……何で史郎坊さん知ってるの、あのときいなかったのに」

「雀ともども廊下に控えておった。宮は姫君ゆえ儂ら男《おのこ》は火急の折以外は御寝所《ごしんじょ》には入らぬ決まりじゃから……子供の幽霊が走るかと思うて。いや儂もうら若きおなごならええかと思うたんじゃ」

「うら若い女の子の昏睡《こんすい》強盗だったらどうするつもりなんだ！　女子供は犯罪をしないなんてぼくは思わない！　女子供だって悪いことは考えるし、男に頼まれて盗撮カメラを仕掛けたりもする！」

大雅の大声に、私も史郎坊も縮み上がった。雀は丸っきり無視。ただ一人（というか一匹？）、助六だけが
「宮がお休みなのに大声を上げないでください」

と冷静につぶやいた。それで少しだけばつが悪そうに言葉を切ったが、声のトーンだけ低くして、大

雅はねちねちしたお説教を続けた。

「あのね。お酒に悪い薬入れて眠らせて、その間に金品を盗むのを昏睡強盗って言って、かわいい大人しそうな女の子がやるんだよ。そういう手口は最近増えてる」

「……私、お金はそんなに持ってきてな……」

「結果論だ！　相手にそんなことはわからないし五千円のために人を殺す奴もいるし、寝てる間に裸の写真を撮って売ったり脅したりもできる！　子供でも飲みやすくてバレにくいジュースみたいなお酒はいくらでもある！」

言いわけしようとしたが、まくし立てられて二の句も継げない。

「大雅、声が大きいです」

「だって何のためにぼくがついて来てるんだよ！　おばけとかそれ以前の問題だろ！　あんたら、心霊現象の心配しかしてないのか!?」

「悪かった、儂が止めるべきだったんじゃや、だから芹香嬢は寝かせてやろう」

「いいや！　ネットとかでちょっと知り合いになったような気になっただけの相手と、簡単にお茶飲んだり出会ったりしちゃいけないっていうのはむしろ中学生に教えるべきだろう！」

「大雅、声のトーンを下げてください」

——史郎坊と助六が別方向からなだめすかしたものの、結局大雅の説教は四時半まで及んだ。

睡眠不足は身体によくない、とは何だったのか。

4

——また救急車の音。何回目だろう。

だが私に覚醒を促したのは細い手だった。

「おはよう。ゆうべのことは一通り把握している」

市子だ。——はあ、それはどうも。携帯電話を見ると、六時半。

私は四時半まで説教されて、それから布団の中で悶々《もんもん》として、結局昨夜の睡眠時間は悪霊騒ぎまでにちょっとうたた寝したあれだけなんだけど。まあちっとも眠れていないし叩き起こされたという感覚もない。

「……いっちゃん、よく眠れた？」

「おかげさまで。蛇と猿が花を摘もうとしているが、喧嘩しながらなのでうまくいかないという夢を見ていた。——蛇と猿といえば山王権現《さんのうごんげん》、大己貴神《おおなむちのかみ》と大《おお》山咋神《やまくいのかみ》。大己貴神と大物主大神はどちらも大国主《おおくにぬしの》大神《おおかみ》、つまり三輪の系列だからみずちとみずはが知っているはずだがあれとは気配が違う。何せ蛇の神は多いので見当もつかない。猿から絞った方が早いか？　日吉大社でないなら浅間《せんげん》神社、木花之佐久夜《このはなのさくや》毘売命《ひめのみこと》か、猿田彦《さるたひこ》神社の猿田彦大神か」

——何だか知らないが悪夢とも思えない。ゆうべの私の惨状と比べたら微笑ましいものではないか。

リコとユマはというと額に触れてみると熱もなく、私たちが歯を磨いているとのそのそ起き出して呻き声を上げた。

「うー、マジ頭痛いー」

「あたしもー。何これ風邪？」

……何も覚えていないようなので、とりあえず「ゆうべ中継を見ながら寝落ちしたせいで身体が冷えたのかもしれない」と説明した。二人とも、特に疑問を抱いた様子もなくタブレットPCとお菓子の残りを持って自分たちの部屋に帰っていった。リコの首に絞めた痕《あと》やユマの背中に足跡が残っていたりしないことを祈る。

市子はというと、顔を洗い終わった途端、にまにま笑いながら手の関節をぽきぽき鳴らし始めた。

「やられたのだからやり返すべきだな？　わざわざ結界内に侵入して私を害しようとしたのを見逃してやる道理もあるまい。降りかかる火の粉は払うもの。そもそもこれほどの瘴気を何もせずに見すごすのは不本意だった」

「何で嬉しそうなの……」

「闘犬は戦い、猟犬は獲物を狩り、牧羊犬は羊を追い、盲導犬は主を助ける。仕事は楽しいことでなければ続かない。私は国土の穢れを祓い清浄に保つ。それがお勤めだったのだ、任を解かれた今でも楽しいのに変わりはない」

「……それ、おじさんに言うの？」

「無論だ。大がかりな祭祀《さいし》になる」

「あんまり言わない方がいいんじゃないかなー……多分超機嫌悪いよ」

「お前と溝越が勝手に叱られていたのではないか、私は関係ない」

さわやかな笑顔で言い放たれてしまった。……果たして人間心理とはそれほど単純なものだろうか。

除霊は朝食を摂り、部屋風呂で禊ぎを行ってから、ということで浴衣に丹前《たんぜん》姿で宴会場に向かうと、時間通りに大雅がゆうべのスウェットのままで座卓についていた。既に座卓には一通り和朝食が並んでいてご飯も三人分よそってある。

「おはようございます、大雅さん」

「ああ、おはよう」

市子と私は彼の向かいに座り、父子は何でもないように挨拶を交わしたが――

「……市子さん、お酒の匂いしない？」

「そうですか？」

市子が何気なく眼鏡を押し上げた。その左の手首の内側に丸く赤い痕が二つ。吸血鬼に咬まれた傷みたいなので一対《つい》と言うべきか。

大雅は見逃さず、彼女の手首を摑んだ。

「市子さん、何、これ。虫刺されって感じじゃないけど」

慌てもせず市子は答える。

「ゆうべ、中途覚醒しそうだったのでみずちの酒毒の力を借りました」

「酒毒……ってアルコール？」

「はい、三輪は酒の神ですのであれの牙には酒毒があるのです」

「……エタノールの静脈注射？　それで呼気が酒臭いの？　お酒って口から飲まなくても口から匂いするんだよ？」

……みずはが座ったまま微動だにしなかったあのとき、密かに白蛇のもう一個の頭がずっと市子の手首に咬みついて毒牙からアルコールを流し込んでいた？　その絵面を想像して私だってぎょっとしたのに。

もう怖くて大雅の顔が見られない。ひび割れた声だけが聞こえた。

「中学生にアルコール静注して無理くり眠らせてた？」

「いや、あの、火急のときであってな。言わば緊急避難じゃ。宮の玉体にことあらば、日本滅亡の危機も……」

どこで喋っているのかよくわからないが史郎坊の言いわけも弱々しい。私だってまた怒鳴られると思って肩をすくめていた。

が、大雅の雷は落ちなかった。おそるおそる目線だけでそちらを見ると、大雅は眼鏡をずらしておしぼりで目を押さえていた。

……見たことがあるような気がする、これは。横目で市子を見ると、きょとんとした表情から狼狽《ろうばい》に変わっていく様子がありありと。

「た、大雅さん、泣いておられるのですか？」

この親子、そう長く一緒にいるわけではないらしいのに泣き方がそっくりだ。遺伝子の不思議。いっそ感心していると市子に丹前の袖を引っ張られた。

「ど、どうしよう芹香」

珍しく焦《あせ》った様子だ。怒られるよりこの方が効くのかもしれない。彼女にも人間の心があってよかった。

「どうしようって言われても。私だってお父さんに泣かれたことなんかないし」

「私はそれほどの親不孝をしてしまったのか？」

——したんじゃないかな、多分。

こうなってしまうと「とりあえず朝食を食べよう」とも言えず、湯気《ゆげ》を上げるご飯が冷めていくのをただ待つしかない無力感。並んだ朝食はサラダ、アジの干物、卵焼き、根菜の煮物、佃煮が小魚と海苔《のり》の二種類、生卵、汁椀、茶碗蒸し、焼き海苔、白ご飯、漬け物、缶詰フルーツを載せたヨーグルト——汁椀の蓋《ふた》が取れなくなってしまいそうなのだが。他のお客は部屋で朝ご飯を食べているのか、広い宴会場に私たちしかいなくてよかったのかどうなのか。この年齢の男の人が泣いてるのってかなり。

嗚咽《おえつ》もなく何分も泣いた後で、大雅はぼそぼそつぶやいた。

「ぼくは初めて会ったときに君の体重が二十キロちょっとしかなかったから、君に基本的人権と文化的な生活と国連が定めた児童の権利を提供しなきゃいけないと思ったのに……でも君はそんなものいらないのか？　ぼくなんかただの邪魔で小うるさいおっさんなのか？」

「そんなことはありません」

と市子は即答するものの。人権とか国連とか、言葉の意味を正しく把握しているのだろうか？　私にはわからなかった。文化的な生活、は何となく。確かに市子は放っておいたらご飯も食べずに座禅組んでそうでこっちでいろいろしてあげなきゃいけない。

「大雅さんのご飯はいつもとてもおいしいです。えと……フルーツグラノーラとか」

市子は一生懸命言葉を紡《つむ》いだようだが——料理じゃないじゃん。牛乳かけるだけじゃん。……市子、体重が二十キロちょっとって⁉　ヤバくない⁉　昨日お風呂の脱衣所で測ったときは二十九キロでそれでもやせ気味のマークついてたよ⁉

「私は、大雅さんによくしていただいていると思っています」

「でも君の手下どもは、しょーもないおっさんがしょーもないことをぐだぐだ言っていると思っている」

「そんなことはありません」

いや、横で聞いている私にも市子のそれは説得力皆無だ。除霊する気満々ではしゃいでいたときとテンションもボキャブラリーも全然違う。彼女は無口なわけではない。

「あるだろそんなこと」

と、雀が手を伸ばして市子の膳から卵を取った。いつの間にか大雅の隣に座り、茶碗にご飯を盛っている。ご飯の上に生卵を割り、醬油《しょうゆ》を回しかける。

「実際大雅の言うことなんか誰も聞いてねえし。聞く義理もねえ。宮が絶対何としてでも聞けって言ってんならともかく、言ってねえじゃねえか。言ったところでどれだけの奴が聞くかって話もあるし」

箸でざっとかき混ぜてかっ込み始めた。雀は口いっぱいに卵かけご飯を頰張り、よく嚙んで飲み込むと、市子のお膳にまた箸を伸ばした。

「宮、その魚くれ。佃煮と卵焼きも。精進潔斎で生臭物食わねえんだろ」

「あ、ああ」

市子は戸惑いながらも干物の皿に卵焼きと小魚の佃煮を載せて雀に差し出した。……どっちが主人なのやら。雀があまりにも遠慮なく食べているので私も何だか馬鹿馬鹿しくなってサラダに箸を伸ばした。誰も「いただきます」を言わないままなし崩し的に朝食が始まった。

「……精進潔斎って、ここ除霊するの？」

大雅が尋ねたので煮物に箸を伸ばしかけた市子は動きが止まった。

「は、はい。私に害をなそうとしたものを放置しておくわけには、その……」

「それって危険だから？　プライドの問題？　どっち？」

「……両方です」

「だよね、ここサブレの地元だもんね、市子さんだって何とかしたがってたもんね」

「いいんですか？」

「いいも悪いも、やるんでしょ？」

……ご飯がおいしくない。フレンチドレッシングのかかったレタスとベビーリーフのサラダがそんなにまずいわけはないのに。甘めの卵焼きも味付けが悪いわけではないのに。よくこの空気で雀は大雅から海苔と赤だしを奪って二杯目のご飯を食べられるものだ。私の干物と佃煮で三杯目。四杯目には市子の茶碗蒸しをぐちゃぐちゃに掻き回してかけて。小さな身体のどこに入るのか。

「ふむ。愚考いたしましたところ申し上げてよろしいですか」

ふと。助六が市子の横に現れてそう言った。今度は市子は箸を止めず、漬け物でご飯を飲み下してから返事をした。

「許す、何だ」

「浄化に、大雅の力も借りるのはどうでしょう」

「大雅さんの？」

「大雅は大した霊能者ではありませんが霊媒能力は図抜けています。本来、宮のお力は霊媒と対になってこそのもの。大雅と宮とで協力してここを浄化するのです。これが役に立つところを見せれば、神使どもも心を改めましょう」

まるで自分はとっくに改めたような言いぐさだ。これは、ますます大雅の不機嫌を煽《あお》るものではないかと思ったが。

「――そうだね。手伝おう」

干物を箸先でほじりながら、意外にも大雅は素直にうなずいた。

「じゃあぼくも潔斎しておくべきなの？　今、魚食べちゃったよ」

「ええと、禊ぎをしていただければそれで」

「何か形式とかある？　海のそばだけど」

「いえ、部屋風呂で大丈夫です」

――オカルトの話になると円満になる親子。もうずっと永遠にそれだけしていてほしい。やっと卵かけご飯がおいしくなってきた。市子の言葉も途端に滑らかになった。

「恐らく建物自体が悪いわけではないと思います。広範囲に溜まった瘴気のせいなのですが、サブレの話では元々の運気が悪いということもなさそうです。とりあえずここにいる中で一番強い霊を呼び出して話をつけるのはどうでしょうか」

「それがぼくに取り憑く、と。じゃあ宿の人に話しないと」

「除霊の説明をするのですか？」

「まさか。今からじゃチェックアウト時間を過ぎちゃうから、先に延長しておくんだよ。お客や仲居さんを一人一人捕まえて祓うわけじゃないんでしょ？　ここ、イカちゃんみたいな有名人が来て失敗してるんだよ？　〝ぼくらは通りすがりの霊能者ですがここはよくない気配がします、ぜひ除霊させてください。お金なんていりません〟とか言ってみなよ。うさんくささ大爆発だよ。こういうとき〝タダ〟っていうのは逆効果なんだ。ぼくなら塩撒いて追い返すね。横須賀一、いや関東一のオバケホテルなんだからしょっちゅうそんなのが来ては失敗してるはずさ。黙って客室でやらなきゃ。巫女服で廊下歩いたりしちゃ駄目だよ」

……大人は冷静だ。大雅はもう干物をほじるのを諦めて丸ごとかぶりついていた。小骨だけおしぼりに吐き出して、上目遣いに市子を見た。

「まさか除霊したらここの人たちに感謝されるなんて思ってないだろうね？」

「まさか。私たちは人知れずこの国を守護するのがお勤めでした。民草に感謝など求めたことはありません」

「本当かな」

言葉尻は穏やかだがどことなく不穏な気配。

「……感謝されたいって思っちゃ駄目なんですか？」

市子が聞かないので、私が代わりに聞いてみた。

大雅は緑茶をあおって、少し笑ったようだった。

「葛葉さんのお母さん、いい人そうだったなあ。お手伝いとかしたら褒《ほ》めてもらえるの？　君って一人っ子?」

「何ですかそれ」

「いや、褒めてほしいタイミングで褒めてもらえなかったときにがっかりしたこと、ないのかなあって。法で裁けぬ悪党を闇に紛れて成敗いたす、って言えば格好いいけどさ。一生懸命頑張ったのに誰も褒めてくれないのって案外つらいよ?」

何だかちっとも納得できなかった。

食後は二人ともそれぞれの部屋風呂で〝禊ぎ〟とやらをするということで、私は一人で大浴場に行くことに。

一人だと、滝の見える露天風呂もテンションが上がらない。やはり市子はあのときものすごく楽しんでいたのだ。

他にお客もいないしさっさと上がろうと思ったとき、澄んだ湯面に白い影が映った。

顔を上げると——あずまやの屋根の裏から、緑色の蔓《つる》が伸びていた。

建材の木から芽が出るはずがないし、従業員のいるホテルだ。毎日掃除するだろう。見つけたら切るなり引っこ抜くなりするに決まっている。

そういう理屈など通用する相手ではなさそうだった。蔓には白い紡錘形《ぼうすいけい》の蕾《つぼみ》がいくつもついていて、それが生物系ドキュメンタリー番組の早回しのように解けて開く。

朝顔に似たラッパの形の白い花が。

花弁を開ききると、それはまさしくラッパのように鳴った。だが楽器の音ではなく。

耳を塞いだがかえって頭の中に響く。


——おひめさま、たすけて。

——あいつらをやっつけてよ。


こぼれるのは、人間の声——

子供の悲鳴——

金の光が目の前をよぎった。白い花が弾け、花弁も残さず消える。

金色の狐があずまやのそばに降り立った。

「失念しておりました。結界の外は、葛葉さんにも影響が出ます」

助六だ。くるりと私に背を向け、腰を下ろす。先の白い尻尾がぺたんと床の上で丸まる。

「女湯に失礼を。女はみずはしかおりませんが、あれは宮のおそばを離れませんので」

……別にいいよ。話し声が男の人なだけで動物だし。モフモフ系マスコットキャラだし。私もわざわざきゃーエッチとか叫ぶ方が恥ずかしいし面倒くさいし。一応、膝を抱えていろいろ見えないようにだけしておく。

「上がる前に冷水で軽く身を清めてください。斎戒《さいかい》沐浴《もくよく》とはいきませんが、多少はましです」

「あの、ライブハウスの近くで見た花と同じだったけど……追いかけてきたの？」

「いいえ。無関係ではないようですが、同一個体というようなものでもありません。——説明が難しいですね」

「助六はあれ、何かわかるの？」

「わからないからこれから霊媒を使うのです」

答えになっていないような。

長湯する理由は何もないので言われた通り水風呂の冷水を身体にかけてさっさと上がった。水は冷たかったが、身体を拭いて服を着る頃には逆にぽかぽかしてきて何だか変な気分だった。

すぐに部屋に戻るべきなのだろうが風呂で汗をかいたからか、のどが渇《かわ》いた。助六がついていてくれることだし、一階の自動販売機でスポーツドリンクか何か買おうと思い——階段を昇って、そこに私は信じられないものを見た。

ガラス窓の向こうの中庭に、あの木が立っていた。

昨日は間違いなくなかったはずなのに。

めいっぱい枝を広げて、白い花をいくつも垂らして——池の水面にまで白い花の影が落ちて——

「おや、これはまあ立派なもので」

助六は耳を動かし、目を細めただけだ。特に警戒していないらしく尻尾も垂れ下がっている。

「元々、ここにあるのです。ライブハウス横のものとは違います。宮の行幸《ぎょうこう》が刺激になったのか、昨日より力が強くなっておりますが」

「……あれ、ブッ飛ばさないの？　さっきみたいに」

「あれは対症療法ですよ。とりあえず芹香嬢の被害を防いだだけです。私では根本的な解決はできません、そのために宮が祭祀を執《と》り行うのですから」

「あれって何なの？」

この質問は三回目だったが、助六の答えは前の二回とは違った。

「強いて言えば、何でもないものです」

部屋に戻ると、布団が片づけられ、座卓も端に寄せられて畳のど真ん中に太鼓《たいこ》が。お祭りの和太鼓みたいなのでなく全体に黒っぽく金箔《きんぱく》で三《み》つ巴《どもえ》の模様の描いてある雅楽《ががく》の楽太鼓。座布団の代わりに円座が二つ。壁のお札は全部剝がしてあった。……神使の誰かがしつらえたようだが、こんなこと勝手にしていいのかと思う。

座布団は端っこに並んでいて、史郎坊と雀と、一つ空けてサブレが座って待っていた。サブレは甲冑を着ていると正座できないのか、一人だけ折り畳み式の椅子——正式名称は胡床《こしょう》っていうらしい——に座っていて一層の五月人形感が。脱がないんだろうか、それとも脱いだら中身が入ってなかったりするんだろうか。助六が空いた座布団に座るが、そもそも彼は骨格的に正座ができない。

史郎坊が隣の座布団をぽんぽんと叩くので、ちょっとお邪魔してそこに座った。

「……これ、私いていいの？」

「むしろいてもらわねば困る。このような儀式には〝儀式を受ける人間〟が必要なのじゃが、此度《こたび》はホテル従業員も客人もおらぬので芹香嬢が客人代表ということになる」

「わ、私、代表なの」

「適当に儂らの真似をして頭を下げたり柏手を打ったりしておればよい、まあ気楽なものじゃ」

などと喋っていると、ドアが開いて大雅が入ってきた。白い着物と袴で眼鏡はかけていなくて、左側の円座に座った。みずちが彼に白い帯で目隠しをし、大麻を持たせてから太鼓の前に座った。

市子はみずはに伴われて部屋風呂から出てきた。白衣に緋袴、みずはよりもシンプルな格好だ。こちらも眼鏡はかけていないが、珍しく大麻を持っていない。

市子は大雅と向かい合って座る。大雅は目隠しをされているので彼女の姿が見えない。

「では、始めます」

言葉に出して市子が一礼すると大雅も倣った。

途端、みずちが太鼓を叩き、みずはが神楽鈴《かぐらすず》を鳴らし始めた。一定のリズムで、眠くなりそうだ。と、史郎坊にほっぺを軽くつねられた。

「これは霊媒の意識を催眠状態にするためのもの、昨夜のような夢と現のあわいの状態を作るものじゃから、おぬしが寝てはならんぞ」

「う、うん」

市子が手を合わせる。手に水晶の数珠《じゅず》がかかっていてじゃらじゃらと音を立てた。それから声を上げる。といっても呪文のようではなく、一節一節がとても長い歌。歌？　音階が平坦で息継ぎのぎりぎりまで同じ音を出していて、たまに謎のタイミングでこぶしが利くものの、節回しも歌詞もよくわからない。

「アーーウーーボーーウーーバーーギャーーバーーテーー」

この辺で聞き取るのを諦めた。結構彼女は肺活量がある。

「……お経？」

「声明《しょうみょう》じゃ。経典に節回しをつけて歌にしたもの。耳に優しゅうてよう眠れそうじゃろ？」

「私は寝ちゃ駄目なんだよね……」

「気をしっかり持て」

ゆうべ、ほぼ徹夜なのに。絶望的だ。

「――しかし、普通と逆じゃな。霊媒、依童《よりわら》は女子供がやるもんじゃ。大人が術者となり子供が霊媒を務める」

「それって性差別じゃない？」

史郎坊とひそひそささやき合っていたのは眠気覚ましだ。

大雅が身体を揺らし始めたのは、一体何度同じお経を耳にした頃か。手にした大麻だけでなく肩まで前後に揺れている。

「流石、早いのう。八分しか経っとらんぞ」

「は、早いんだ」

「薬を使っとらんから二十分はかかるかと思うとった。あれも睡眠不足なのかな」

「それはおじさんといっちゃんのどっちがすごいの？」

「痛み分けじゃな」

市子の声明が止まった。太鼓と神楽鈴はまだ続いている。彼女はいつも通りの声音で尋《たず》ねた。

「お前は何者か」

「……たなか……ゆりこ……ござい……」

……これは、大雅の声なのだろうか？　昨日もさっきも大人の男性らしい低い声だった。なのに今の名前は甘ったるい女の子の声。唇《くちびる》も動いている。演技でこんな風にできるものだろうか？

「タナカユリコ。お前がこの辺りの悪霊たちの頭領か？」

「そう……だよ……」

「オン・ビシビシ・カラカラ・シバリ・ソワカ」

市子が印を結んで早口で唱えると、大雅の身体がのけぞった。正座のままのけぞって、でも真後ろに倒れまではしない。手はまだ大麻を握ったまま、背骨の力だけで異様な姿勢を保っている。

「う、あああああ！」

悲鳴も甲高い子供の声。……これ、完全にホラー映画の絵面じゃん。

「私に嘘は通じない。お前たち物の怪がいかに言葉を繕《つくろ》い偽《いつわ》りを述べたとしても、必ずわかる。正直に話せ。話せば楽にしてやる」

という市子の台詞も悪役じみている。

「大丈夫なの、これ？」

心配になって史郎坊にささやいたところ、

「宮にしては随分手加減なすっている。大雅ごと胴体をへし折ることもできる」

なぜか感心してうなずいている。……お父さんだから手加減してるの？　このまるっきり『エクソシスト』な構図が？

「オン・バザラドシャコク」

市子が印を解いて親指を鳴らすと大雅は元通り起き上がった。がくんと首が揺れ、筋肉で動いている人間ではなくワイヤーで吊られた人形のようだ。

「おひめさま、こわいよう……ユリちゃんの味方じゃないの？」

亡霊の声だって半泣きだ。

「関東一のオバケホテルに巣くっていながら何を。正直に話せば成仏させてやる。――私が味方とは？」

「おひめさまは日本を守ってくれるんじゃないの？　悪いやつらをやっつけてくれるんじゃないの？」

……悪い奴ら？　火事で死んだんじゃ？　市子も眉《まゆ》をひそめた。

「そのような仕事をしていたこともあるが、悪い奴らとは？」

「あいつらだよ！　ウーウー、ゴーゴー、ドンドン、バンバン！　みんな、みんなあいつらに！」

口調が激しくなり、大雅の口から唾《つば》が飛ぶ。市子は右手を翳《かざ》して顔が近づくのを制した。

「わかった。質問を戻すぞ。ここの悪霊を操《あやつ》っているのは誰か」

大雅も少し顔を離し、訥々《とつとつ》とつぶやく。

「あやつ……一番えらいのはたい……さん……」

「タイ?」

「たい……さん……」

「……嘘ではないが正確な名前でもないな?　あだ名?　役職か?」

「〝大尉〟……軍人ではありませんか?」

と史郎坊が口を挟んだ。

「大中小の大、中尉の上、少佐の下です。旧横須賀鎮守府《ちんじゅふ》は目と鼻の先、軍人の亡霊がうろついておってもおかしくないのでは」

「〝大尉さん〟とは軍人や兵隊の類《たぐい》か」

史郎坊の言葉を市子が言い直した。大雅がこくんとうなずき、大麻も揺れた。

「〝大尉さん〟が……ユリちゃんはここにいろって……」

「その、〝大尉さん〟はどこにいる」

「大尉さんは……ここと……りくぐんびょういん……しゅうかいじょ……」

ここで、鉄仮面のごとく真顔だった市子が目を見開いた。

「……三ヵ所?」

「そう、三つ!」

大雅の顔が口だけで笑った。きっと目隠しをしていなければ目も笑っていたはず。

「大尉さんにやられてみんな死んじゃえばいいんだ!　ユリちゃんみたいにあついあついしていたいいたいして死んじゃえばいいんだ!」

げらげらと幼女の声で笑いながら大麻を振るい――

大麻の柄が市子のこめかみを小突いた。市子は呆気なく倒れた。

大雅は笑いながら市子を押し倒し、その首に大麻の持ち手を押しつけていた。市子は抵抗どころか声も出ない。細い首に棒が食い込む――

太鼓と神楽鈴が止まった。

「待て雀！」

史郎坊が雀を手で制したその向こう。サブレの頭が上に覗いた。

つまり、彼だけ座布団ではなく胡床に座っていた理由だ。正座ができないからではない。

――彼のような小柄な者が二メートルもの弓をかまえるのには台に乗らなければならない。

びんと高い音が鳴った。何かが倒れ、市子が咳き込んだ。じゃらんと鈴の音。みずはが神楽鈴を放り出して彼女を抱き起こし、首筋をさする。咳をしているということは死んではいない。

……では、大雅は？

いや。サブレの矢は神通力のイメージだって言ってたじゃないか。リコとユマは刺さっても血も出なかったし、ちょっと頭が痛いと言っていただけで平然と歩いて帰っていった。悪霊だけを射抜く特別なパワーがある。

だから、きっと――

だが畳にこぼれたのはばらばらになった水晶の珠と、血の色だった。目隠しの布が血に染まり、大雅が畳に転がって年相応の低い呻きを発して顔を手で押さえる。その指の間からも血がこぼれた。紫色のあざのようなものも見えた。

「なぜ大雅が傷を」

「思ったより深くまで憑依《ひょうい》されていたようです。霊も霊媒もゆうべの連中より強かった。深く同調していたのを急に剝がすから、反動ですよ。裏目に出ましたね」

「それがしは宮の御身をお守りせんがため。あの勢いでは息が詰まる前に御首《みぐし》をへし折られていたやもしれん、宮はたおやかな姫御前《ひめごぜ》なるぞ」

――この期《ご》に及んで、横の人たちは言いわけなんかしている。

私はデニムのポケットから携帯電話を引っ張り出した。救急車。一一九番。人間が怪我をしたら普通はそうだ。

だが私の手を払い、携帯電話を弾き飛ばしたのは。市子だった。彼女はまだ咳き込みながら、這いつくばったまま、立てもしない状態だった。

「救急車は、駄目だ」

そんなことを言ってまた咳をする。

「いっちゃんは平気かもしれないけど、おじさん血が出てるんだよ！　オバケにやられたって言えなくても、何か、そう、うっかり箸が刺さったとか言えば！」

これは我ながらいいアイデアだと思ったが、

「大雅さんは病院に行けないんだ！」

市子は叫んで、はらりと一粒涙を落とした。

「身体中、今回みたいな傷がいっぱいある。中でも足の人面瘡《じんめんそう》がひどくて、見世物にされる」

人形みたいな顔が、歪んでくしゃくしゃになった。

──さっき見えた紫色の。大雅のはだけた着物の胸許から覗いた。模様のようだった。

「私は、私ならそんなことにはならないと思ってい た」

──霊媒、憑坐《よりまし》、依童、尸童《よりまし》。いろいろと呼び名はあるが女子供にオバケを取り憑かせるのには理由がある。

暴れたとき、取り押さえやすいようにだ。

＊＊＊

知らなかったのは私だけで、昨日皆が楽しんだ大浴場に彼一人だけが行かなかったのには理由があったのだ。のぼせたからではなく。

〝刺青の方はご遠慮ください〟

その一文が本当は何を言っているのか私は少しも理解していなかった。

〝実は今私は大雅さんと気まずい。どうしていいのかよくわからない〟

二人の間に何が起きたのかも。

――出屋敷大雅はその日、風呂から上がって身体を拭いて、裸のままで脱衣所を出て台所に向かった。火照った身体を冷ますのに、冷蔵庫からビールを出してあおって。

市子が見たのは彼の裸体ではなかった。

胸や肩や背中や腕やすねの傷痕。普通の傷ではなく紫色のあざのような。どれもこれも字や模様になっている。漢字。梵字《ぼんじ》。ドーマン。セーマン。籠目紋《かごめもん》。だが一際《ひときわ》目を引くのは左の腿《もも》。〝三つの点が人の顔のように見える〟という程度のものではなく、長さも向きもまちまちな睫毛《まつげ》の生えたまぶたが二つ、平べったいが鼻孔《びこう》を備えた鼻が一つ、横に結んだ唇が一つ。まぶたと唇は糸で縫《ぬ》って閉じてあるので人相は判然としないが穏やかな顔つきではなく苦悶に満ちて。

それ以来、市子の言葉は大雅に通じなくなった。

5

市子は泣いてみずはの胸に縋《すが》ってそれっきり。それなりに能のある神使は〝ユリコ〟を操っていた〝大尉さん〟を探さねばならない。大事《だいじ》にしないためにこっそり客室の血痕《けっこん》を掃除する仕事もある。

というわけで一番どうでもよく、一番嫌な役回りがよりによって私に回ってきた。コンビニで適当に買ってきたゼリー飲料、パン等の昼食を出屋敷大雅に届けることだ。

大雅の部屋は八畳ほどで、まだお札がべたべた貼られていた。そのど真ん中、座卓の陰で大雅は寝間着代わりのスウェットに着替えて右目にガーゼを貼ったきり、座布団でごろ寝していた。……本当に休みの日のお父さんそのもののリラックスっぷり。〝この世で一番暇だから〟と用事を押しつけられた私以上にこの世で一番暇そうな男がここに。

「……あのう。お昼ご飯食べませんか」

私がおずおずと声を掛けると慌てて起き上がって正座した。

「いや、別によかったのに、気を遣ってくれなくても。いくら？　払うよ」

「いえ、雀さんが買ってきたのでそっちに返してください」

……なら雀が届ければいいのに、「大雅は嫌いだ」の一言ではねつけられた。私だってかけらも好きじゃないのにどうしてこんな目に。大雅は私の気も知らず、コンビニ袋の中を探っている。

「これ、余ったら雀に回るとして、葛葉さんの分はどれくらいあるの？」

「私はジャムパン一個取ってあるので」

「えー、少なすぎない？　まさかダイエットしてるの？　駄目だよ十代のうちは無理しちゃあ。炭水化物だけじゃないか」

私の栄養状態なんかどうでもいいだろうが。

「あの、本当に病院行かないんですか？」

「これ？」

卵サンドの包装を破りかけたのを止めて、何でもないようにガーゼを指さす。

「大丈夫だよ、前頭鱗《ぜんとうりん》のいわゆる眉骨《びこつ》に豪快に当たって滑ったから派手に見えるだけで、眼球や脳は平気だよ。目開けてると引きつれて痛いから、大袈裟にべたっと貼って固定した方が楽なだけ。顔のこの辺は血が出やすいんだ」

「え、そ、そうなんですか」

専門用語で言われるとこっちも怯《ひる》む。

「まあ一応明日仕事帰りにいつも眼鏡作ってる眼科に行くよ。それこそ菜箸でも刺さったことにして。今日は日曜だからバイトに毛の生えたような当直医しかいない、しかも旅先の知らない病院に行くのが嫌なだけだよ。念のためまた来週来てくださいとか言われたら困るじゃん」

「……人面瘡を見られたくないって話は？」

「眼科で足見せるわけないでしょ何言ってんの。百歩譲って頭のMRI撮ったってズボンは穿いてるよ。アラフォーのおっさんの生足見たい人なんかいないよ」

……おい、市子、おい。これは市子が世間知らずなのか、この人が世間ずれしすぎてるのかどっちなんだ。

「え、まさか市子さん、ぼくが本当に矢で目玉えぐれてるのに足のせいで病院に行けないとか思ってるの？　それは全然違うから訂正しといてくれない？　三国志じゃあるまいし」

「自分で言ってくださいお願いします。私、手下のオバケの皆さんじゃないんで。……三国志ってそんな話なんですか？」

「さあ？　ぼく無双4までしかやってないから」

市子は気まずいとか私に言う前に努力をしたのか？　何だか頭が痛い。

もうさっさと市子のところに戻ろうと思ったが、大雅が卵サンドを齧《かじ》りながら意外に話しかけてくる。

「君、この足のこと市子さんからどれくらい聞いた？」

「ええと……結構すごくてネットのアイドルになれるくらい？」

〝見た目から引くほどグロいらしい〟という相手を傷つける表現を避けたらこうなった。

「見る？」

「いえ、それは！」

大雅が太腿をさすったので慌てて声を上げたが、

「冗談だよ」

そういうの、普通にやめてほしい。ハラスメントだと思う。オカルティックハラスメント？

「これねえ。大富豪って言うの？　石油王って言うの？　大金持ちのお嬢様に生えちゃって、切っても治らなかったからぼくが引き受けることになったの、小学五年のとき。五億円で。殺すのに一年かかってその間学校行ってない。それでも年収五億。――子供の足が五億で売れた時代ってすごいね、ぼくの今の死亡保険金が一億だから。こういうことをお金で解決しちゃいけないんだろうけど、お金すらもらわないなんてことしちゃ駄目だよ。誰が感謝してくれるとか関係ないよ。やりがい搾取《さくしゅ》に比べたら金目当ての方がいくらかマシだよ。お金も出ないのにぼくの目えぐるようなことしちゃ駄目だよ普通」

ぐうの音も出ない。……よく考えたら私がやったわけじゃないんだけど。

「これでちょっとは、市子さんも魔法使うのやめてくれるかなあ」

……え？

「……いっちゃんが魔法使うの、嫌なんですか？」

「嫌だよ。君は便利だし減るもんじゃないと思ってるかもしれないけど減ったときどうするんだよ。目が見えなくなったら誰か同情してくれるかもしれないけど、オバケが見えなくなったからって誰がかわいそうに思ってくれるんだ」

その言葉はぐさりと胸に突き刺さった。——市子が、苦しいと泣いていたことがあった。私は少しも本気にしなかった。

それでも、それは。

私は黙ったが、外からサイレンの音が。消防車だ。うなり声のような音はだんだん大きくなっていく。私は落ち着かなくなって窓の外を窺おうとしたが、

「あれはここじゃないよ。近いけど」

と大雅がスポーツドリンクを飲みながらしれっと言った。確かにすぐ前を通って、その後は音程を変えて遠ざかっていった。

「な、何かここ昨日から救急車とかいっぱい通りますね」

「いつもこんなじゃないと思うよ、ゆうべ突然瘴気が濃くなったからね。取り仕切るような大物の妖怪はいないって助六が言ってたし、変なのが吸い寄せられてるんじゃないかな。オバケも生態系が乱れるとよくないんだ」

……昨日からってそれは。

「そ、それって私たちのせいじゃ……」

つい声が震える。

「かもね。別に気にしなくていいよ。どうせ誰にもわかんないし慰謝料払わなきゃいけないようなことしてないし、もっとすごいことしてる人いるし」

「そういう問題なんですか？」

「そういう問題だよ、江戸時代なら占い師がぼくらを生け贄《い にえ》に捧げて神様の機嫌を取れとか言ったかもしれないけど平成だしそんな人いないよ。よかったよかった」

わざと言ってるんだろうか、この人。

——消防車が出動しているということは、どこかで火事が出ている。

——救急車が出動しているということは、誰かが具合を悪くしている。

「やめなよ。君だってあれが聞こえなかったら気づかなかったんだ」

私は口には出していないのに。

「ここで聞こえたから気にするだけで、学校で聞こえたって友達とのお喋りが楽しかったら忘れちゃうんだろ？　ぼくとの話はそんなに盛り上がらないからあっちが気になるだけだろ？　他人を助けたいと思うのは、大抵自分の問題がうまくいってないときさ。現実逃避だよ。試験勉強しなきゃいけないのに鉛筆全部削ったり部屋片づけたりする奴だよ。差別だとか社会問題だとか言って大きな集会を企画する人に限って、夫婦仲がよくなかったり子供がグレてたりするんだ」

そう言われると何も言い返せないけど。

——でも、貴方《あなた》のそれは、違うんじゃ？

「どうせぼくらが困ったって誰も助けてくれやしない。——誰が困ってたって知るもんか。市子さんが助けなきゃ困るって言うなら永遠に困ってればいいし、市子さんが守らなきゃ国が亡びるって言うなら亡びればいいんだ」

――もしかして。

まだ〝タナカユリコ〟に取り憑かれているのではないだろうかと思った。

そのとき彼は笑っていたから。

みんな、ユリちゃんみたいに死んじゃえばいいいんだ。

「でも、怪我したのがぼくでよかったよ。君だったら親御さんに言いわけが立たない。――もう、市子さんの〝オバケ退治〟になんかつき合っちゃ駄目だよ。あの子は強いから、普通だとか弱いとかいうのがどういうことかよくわからないんだ」

市子が何かしようとするといちいち「恨まれるからやめろ」と言う。

恨むのは、彼ではないのか。


部屋に戻ると、市子は姿を消していた。みずはが脱衣所の前に座っていてシャワーらしい音がしているので、また部屋風呂で禊ぎをしているのだろうか。

部屋の方にいたのは助六。バケツを横に置いて畳を雑巾《ぞうきん》で拭いている。もう血痕は全然見えないが、オバケにしかわからない匂いか何かあるのだろうか。

「大雅はなかなか気色の悪い男でしょう」

畳から顔を上げもせず、助六は私の心を読んだように言った。

「ご存知ですか。あれはフロントで延泊の手続きをしました。もう一晩泊まる予定だったのです」

「……え？」

「先ほどの降霊でもっとおぞましい被害が出て、今日中には東京に帰れないと踏んでいたのですよ」

――意味を理解した途端、寒気が降りた。

「おじさん、ああなるのわかってた……？」

「悪霊に取り憑かれて意に染まぬことをしでかしたのは紛れもない事実、あの事態を正確に予測してはいません。ただこれほどの霊障が出るところでは自分で自分をコントロールできなくなるのはある程度察しており、宮を傷つけるほど暴れたら神使の誰かが殴《なぐ》りに来るだろう、と——あれは自傷癖がありますね。傷や痛みをひけらかしてかまってもらいたい。甘えです。痛みや苦しみが本物であるほどはしゃぐのです。距離を取って観察するには面白いですが、一種の変態ですから芹香嬢はあまり近づかない方がいいですよ」

そんなことさらりと言われても。確かにさっきのはそんな感じだったけど。

「私は諸事情であれとはつき合いが長いのです。本人以上に知っています」

「……長いってどれくらい？」

「二百五十三年でしたっけ？」

——いやいやいや、それはない。狐はともかく大雅がそんなに生きているはずが。

危うく真に受けるところだった。よかった、そんな変態はこの世にいなかった。それにしても神使が大雅を軽んじているというのは本当らしい。なぜここまで嫌われているのだろう。確かに全然好きになれないんだけど。

「——宮は父親という生き物に過剰な期待をしておられました。何せ宮は親を知らずにお育ちになられましたから、生き別れの父というものに対して白馬の王子めいた妄想《もうそう》を抱いておられたわけです。不幸な事情で会うことができないが自分には実は優しく立派な家族がいて、いつか迎えに来てくれて今とは違う素晴らしい生活が始まるのだ、というのはハリー・ポッターから玉鬘《たまかずら》まで年頃の少年少女なら誰もが夢に見ること。そこは宮も人並みであられました。これで大雅がもう少し無理解だったり無愛想だったり乱暴だったり醜男《ぶおとこ》だったりすればイメージが破壊されたのですが、何分あの男はどこを取っても中の上の下、中途半端なのです。これといって褒めるようなところもないが幻滅するほどひどくもない。乙女にとっては残酷です。娘の夢を壊して嫌われるのが父親の大切な役目なのです」

「……一緒に住み始めたばっかりなのに嫌いになったら大変なんじゃ」

「そうですね、歴史が浅いのも問題です。ですが霊能があるのが最も問題でしたね」

「霊能力があってよかったんじゃ？　オカルト話してるときは仲よさそうに見えるよ」

助六は手を止め、鼻をひくつかせた。

「いえ、あれがあるばかりに宮は、父と手をつないで二人で日本全国ゴーストバスターの旅、などという埒《らち》もない妄想を抱いてしまったのです」

ギャグのようなフレーズなのに、妙に腑《ふ》に落ちる──魔法バトル大好きな市子。オカルト話のときだけ円満になる親子。ずっとそればっかりやっていれば楽しいだろうとも。助六の言葉は話半分だと思っていたが、ここだけものすごく説得力がある。

「何せ宮はこれまでずっと、霊能力をお使いになれば誰かしらに褒められていたのですから。宮は勉学よりも歌舞音曲よりも家事よりもスポーツよりもゲームよりも、霊能で大雅に褒められたいのです。実に浅はかでおかわいらしい」

「……え、でもおじさんに手伝ってもらえって言ったの助六じゃなかったっけ？」

「宮には早めに現実をご覧になって目を覚ましていただこうと思いまして」

しれっと言って、助六は金の瞳で私を見た。

「芹香嬢はよいご家庭で育ちましたね。人を信じる素直な心、お父上とお母上のお顔が見えるようです。子は親を映す鏡と申します。──鏡は映らなければ役に立ちませんが、宝石なら曇ったり欠けたりしているのも味わいだと思うのです、私は。いびつな真珠もよいものです」

前半はともかく後半は何を言っているのかちょっと首を傾げた。

「大雅にとっては霊能商売も、人助けも、生きていることも、つらいばかりなのでしょう。耐える一方の人生に倦《う》んですっかり根性がひねくれて。いっそ目玉でもえぐれていれば歪《ゆが》んだ性根に相応《ふさわ》しいよい面つきになったのではないですか」

狐は雑巾をバケツに落とした。ちゃぷんと水音。

「宮のことも愛《いと》し子などとは思っておらず、疎ましいばかりなのかもしれません」

＊＊＊

禊ぎは元々は身削ぎと書く。身を切るほどの冷水で身を清める。が、市子は幼い頃から冷たい水に浸かるのに慣れているので身を削ぐとも切るとも思わない。普通の風呂が熱すぎるほどだ。ここの露天風呂とやらは熱くてゆだりそうで長く入っているのに我慢が必要だった。

髪を伝い、肌を濡らす冷水は丁度いい。シャワーというのは風情はないが、この半畳ほどの狭い空間は広い場所よりもいいかもしれない。

流れる清水は余計な感情を押し流してくれる。何も考えず、心を無にする。魔術はいい。頭をからっぽにするほどよい結果が出る。

余計なことなど、何も考えないほどよい。

「鳶《とんび》が鷹《たか》を生むと言い、燕雀《えんじゃく》安《いずく》んぞ鴻鵠《こうこく》の志を知らんやと言う——大雅に宮の御心などわかりませんよ」

聞きたくないことさえ聞こえてこなければ。

男の声は彼女の内側から聞こえてくるのではない。背後から、扉越しに。

「愛とは斯様《かよう》にままならないもの。ありのままの貴方様を愛してくれるものがこの世に一体どれだけ存在するのか。親の望み通りに曲がるのか親を拒んで己を通すか、いかがいたします？」

「——助六。禊ぎの邪魔だ、声をかけるな。そもそも湯殿に入るのを許した覚えはない」

「これは失礼いたしました。どうぞごゆるりとお清めくださいませ」

笑ったような声が不愉快だ。

——外なる声の次は内なる声だ。

それは十歳ほどの少年の姿をしている。目をつむっていても開けていても、彼女にしか見えない。黄色いシャツ、紺の半ズボン。刈り上げた髪。彼女と同じ黒縁の分厚い眼鏡。

かつては夢の中にしか現れなかった。もっと小さく、出会うたび彼女の成長と同じだけ育っていった。初潮を迎えて以来、こうして起きているときにだけ現れるようになった。それから向こうは成長が止まった。

今も背後にいるのに、その姿がありありとわかる。

「普通でないぼくらのことなんか誰もわかってはくれないよ?」

「うるさい」

「普通でないぼくらが不幸になっても、皆は不気味がるばっかりでかわいそうだなんて思わないんだ」

「うるさい」

「頑張って不幸を背負いに行くだけ損だよ。ぼくらは普通になる努力をしなきゃいけない」

「うるさい」

「人間は皆そんなものさ。他人と違う自分を押し隠して墓の中まで持っていくしかない」

「——矛盾《むじゅん》している。人間皆がそんなものならそれは〝普通〟だ」

彼女はつぶやき、振り返った。少年は扉の前に立っていた。

彼女と同じ薄い緑の瞳で。

「お前の求める普通とは、何だ? 渡世のためのただの言いわけではないのか?」

シャワールームの扉が霞《かす》む。

少年の向こうに赤い空が見えた。橙《だいだい》、緋、紅、陽炎《かげろう》のように揺らめいて。

6

……市子がシャワーを浴び始めてから、そろそろ二時間になる。いくら何でも長すぎやしないだろうか。彼女はお昼も食べていないのでは。

しかも何となく、水音に紛れて話し声のようなものが。みずはは相変わらず脱衣所の前に正座していて、他の神使は全員男性。中でこそこそ会話しているとは思いにくい。

「……いっちゃん、何してるの？　シャワー長くない？」

みずはに尋ねてみたが、

「長くはありません。こんなものですわ」

とすげない答え。

「いや、長いよ。半身浴でもこんなに長くないって。のぼせて中で倒れてるんじゃないの？」

「禊ぎでそのようなことはありません」

などと押し問答をしていると、唐突に扉が開いた。

市子が、裸のまま立っていた。身体は水浸しで顔は青ざめ、唇は紫色だ。

「みずは！　支度をしろ！」

声だけは大きく、それでみずはは立ち上がり、バスタオルを市子の身体にかけたが——禊ぎって冷水なの？　二時間ずっと冷水浴びて？　風邪引かない？

「奴が見えた」

市子は緑の目を爛々《らんらん》と輝かせていた。

彼女は巫女服を着ようとしたが、「ホテル内を巫女服でうろついてはいけない」という大雅の言いつけを思い出して、結局Tシャツとショートパンツとレギンスにした。興奮しているのか冷静なのか馬鹿正直なのか。

「溝越、みずち、助六、雀、サブレ。戻れ」

と言い放つと神使たちが一斉に室内に姿を現し、ひざまずいた。

「首尾はどうだ」

「は」

皆を代表して史郎坊が答えた。

「かの亡霊が申していた場所を検《あらた》めましたところ、

全てここと同じようになっておりました。それに宮がおっしゃったところと、後、儂の勘。五ヵ所です」

「――呪詛だな」

「間違いありませぬ」

「手は出していないな？」

「それはもう。この目でしかと確かめましたが目で見ただけにござります。宮のお楽しみは取ってありますとも」

皆笑った。市子も笑った。私一人が落ち着かない気分だった。

「よし、ここのを検めるぞ。溝越と雀だけついて来い。芹香はどうする？」

急に私に振られても。

「〝ここの〟って何？」

「池のそばのあれだ、決まっている」

――そうと聞くと行かないわけにはいくまい。

中庭、池のそばに咲く白い花。ラッパ形の花は甘い芳香を放っている。――何となく、さっきより大きくなっている気がする。枝振りを見上げるほどだ。三階くらいまであるのでは。

前に立つと、どうしてもあのことが頭をよぎった。

「……いっちゃん、あのね。私、この花が棒みたいなものに見えたの……セメントか何かの。昨日、ライブハウスの近くで同じようなのを見て、それは触ると花になって……誰かに言えばよかったかな」

「助六から聞いている。これは最初から花だった。――芹香は見鬼《けんき》の才がないが、今は私の能力で見えるようになっている。修業もせずに突然に身につけたのだから、今の芹香の視界は物の怪が見えない者のそれとも、物の怪が見える者のそれとも違うのではないか。お前は霊能者にも、誰にも見えないものを見てしまったのだろう。私だって私に見えるもの全てをお前に語っているわけではない、気にするな」

「あのう」

話をしていると、髪を撫《な》でつけたホテルマンが声をかけてきた。

「お客様、どうかなさいましたか？」

「綺麗な花だなあ、と思って」

市子は心のこもらない声で言う。ホテルマンの方も似たようなものだ。

「それはどうも。エンジェルトランペットという種です、最近ガーデニングで流行っておりまして」

「天使の喇叭《らっぱ》。——なるほど。もしかして植えたのではなく生えてきた？」

「はあ、実は……どこからか種でも飛んできたのか」

「しかも切っても抜いてもまた生えてくるので諦めて咲くに任せている？」

図星だったらしくホテルマンは明らかに動揺し、視線を泳がせた。

「——どうして」

「和風の庭にそぐわないからそう思ったのです。それに池に近すぎて、花が池に落ちたら掃除が面倒だろうと」

市子がすらすらと言うのに、ホテルマンは奇怪な虫でも見るような顔をしていた。

「もしかしてお客様は、霊能者とかそういう……いえ、この花に目を留める方はその」

市子はレア度の高い営業用スマイルを浮かべる。

「霊能はありますが、このホテルを浄化しに来たのではありません。悪しからず」

「あ、そ、そうですか、失礼しました」

たどたどしくお辞儀して、ホテルマンは逃げるように去っていった。

「……浄化しないの？」

「浄化が必要なのはこのホテルではない。横須賀の街丸ごとだ」

市子はくつくつと声を上げずに笑った。

史郎坊がiPhoneで早速検索する。

「——エンジェルトランペット、ナス科のキダチチョウセンアサガオの一種で少なからぬアルカロイド毒を含んでおるそうです。実際、池に花や枯れ葉が落ちれば鯉《こい》が迷惑するでしょう。外来種で園芸で流行っておるのは今の者の申す通りですが、少々流行りすぎて蔓延《はびこ》っておりますな」

「美しい花と香りで人を惑わし、毒で蝕《むしば》む。天使の喇叭とは、ヨハネの黙示録を気取っているのか？」

市子はつぶやき、しゃがみ込んで芝生に手を埋めた。芝生はまるで水面のように市子の手を飲み込み、市子が手を上げると四角く赤茶けたものが持ち上がった。表面がでこぼこしていてちょっとした菓子折程度の大きさがある。

「これを咲かせているのは種ではない」

それは、ボロボロに錆《さ》びた金属の缶のようだった。進物のクッキーか海苔でも入れるような。どこもかしこも錆びで真っ茶色で穴が空いていないのが不思議なくらい。ラベルやプリントみたいなものは見えなかった。

「何、それ」

「芹香嬢は中を見ん方がよい」

史郎坊の声音が硬かった。

錆びた缶を持って、市子は部屋に戻った。歩くと中身がガラガラ音を立てた。

部屋では、いつの間にか大雅も神使たちに交じっていた。まだスウェット姿でガーゼの上から眼鏡をかけている。

助六が畳に新聞紙を広げ、市子がそこに缶を置く。

「ここの呪物だ。これを抜いても花は枯れなかったな。もうこれ自体からは力が抜けて土地に移っているのか、他の呪物から力を借りて復活するのか」

大雅がきょとんとして、当然の問いを発する。

「呪物って、これ、何？」

「不幸な死に方をした人間と獣の骨の混じったものです」

市子があっさり答え、大雅は座ったままで壁際まで後ずさった。史郎坊が冷ややかにつぶやく。

「芹香嬢ならともかくおぬし医者じゃろう、骸《むくろ》も骨も見慣れておろうに、恐ろしいのか」

「呪詛が怖いんだよ！」

「ここにおる時点で何を今更」

「他にも胞衣《えな》、臍《へそ》の緒《お》、女の髪、欠けた地蔵の首、鴉《からす》の死骸《しがい》、蝦蟇《がま》、百足《むかで》、銀の十字架《じゅうじか》——祟りそうなものは何でも節操なく入っています。それに生きたまま切り落とされた人間の指が一本」

——中を見もしないですらすら言う市子も恐ろしいが、これればかりは中を見なくてよかった。今更「話だけでは信じられないので開けて見せてくれ」なんて到底言いたくない。興味のある人だけ勝手にX線やファイバースコープで確かめてほしい。何やらそうと知れた途端、黒いオーラが滲み出しているような気さえする。

「——指が一ヵ所に一本ずつ、五本だとすれば計算が合う。この指の持ち主が〝大尉さん〟で呪詛の主に相違ありません」

「……五本？　ユリコは三ヵ所って言ってなかった？」

「嘘じゃ、五ヵ所じゃ」

史郎坊の煙管がタブレットPCに姿を変えた。

「幽霊というのは普通一ヵ所にしか存在できん。地縛霊などわかりやすかろう。神ならば分霊し勧請《かんじょう》することによって数百も存在することができる。物の怪も修行を積み、歳経ると分身を持つことができるな。儂も四ヵ所に存在できる。——が、自然に現れた霊が三ヵ所にも四ヵ所にも存在するのはおかしい。それほど強力な怨霊ならば人間世界にも名が知れる、トイレの花子さんのようにな。あれはどこにでもおる代わり名前が知れておる。御霊《ごりょう》として神社に祀られることもある。そうなっておらんということは——呪詛じゃ。呪物に魂を込めれば分霊と同じく、いくつもの分身を持つことができる。サブレが知らなかったのは当然じゃ。貴船《きぶね》以外は基本的に神社は人間が行う呪詛になどかかわらん」

「偉そうに、そちならどうしたと言うのだ」

サブレは不愉快そうに舌打ちした。対照的に、助六はうんうんとうなずく。

「人間の呪詛で瘴気を集めていたならば、この辺りの物の怪どもも力を奪われてさぞ居心地が悪かったでしょう。大物がいなかったのはそのせいですね」

史郎坊がタブレットPCに指を走らせると横須賀の地図が映り、三つの矢印が浮かんだ。

「あれの言うた三ヵ所には確かに同じエンジェルトランペットが咲いておった。そこを地図上で結ぶと何やら薄っぺらい三角形になって収まりが悪い」

「――それに、私が昨夜見た夢。蛇と猿が取ろうとしていた花は間違いなくあのエンジェルトランペットだった。園芸には疎いので朝顔か夕顔かと思っていたが。ともかく猿はこの旅に伴っていないのに夢に見るのは何かあると思い、地元のサブレに尋ねてみたら、この近くに猿と蛇を祀った島があるという」

「は」

サブレがうなずくと甲冑ががちゃりと鳴る。

「人も住まぬ小島にございますが、古代には上総《かずさ》に棲《す》む大蛇《だいじゃ》が海を泳ぎその島に渡っていたと聞き及びます。また日蓮上人《にちれんしょうにん》が小舟で海をさまよっていたとき、舳先《へさき》に猿が現れその島に導いたとも。今は社は市内に勧請されましたが、ここ相模にて蛇と猿といえばかの島のことにございまする。系列としては春日《かすが》神社、建御雷神《たけみかづちのかみ》ということになっておりますが、上総国の蛇が混ざっているということはそう簡単な話ではありませぬ」

「ちなみに浦賀《うらが》に黒船が来航して以降、砲台が置かれて結構な規模の砦《とりで》になっておったそうじゃぞ。今は武装解除されて平和な観光地じゃ」

史郎坊が地図中の小さな島を指すと、矢印が増えた。

「これで四ヵ所、しかし台形でもなくまた中途半端な形になってしもうた。そこできりをよくするために儂の独断と偏見でもう一点アタリをつけてみた」

「お前も天狗ならそこは霊感と言え。私の見立てでも五ヵ所だが」

「念のため真上まで飛んでいって見てまいりました

が、よう咲いておりましたとも」

タブレットPCの画面を切り替える。

映し出されたのは紺色の海原。波が泡立っているのも見える。

その中心に、場違いな白い花をつけた大木が。島や岩などない。海中から生えてきたとしか思えない様子で、唐突に花の群れが海面に盛り上がっていた。この花は下を向いたラッパ形なので、真上からだと緑の茎から白い花弁が丸く垂れ下がっている。

「元《はじめ》ちとせの歌のようですなあ。あれは赤い花じゃったか？」

「よく写真に写ったな」

「〝隠者の紫《ハーミット・パープル》〟の力で。嘘です。デジタル写真は儂の得意分野ですから。目に見えるものを消すのも目に見えぬものを写すのも自由自在にござりまする」

タブレットPCの画面が地図に戻る。

「これがここで」

彼が指したのは、海のど真ん中。矢印が五つになり、それぞれの位置を直線が結び始める。

逆五芒星《ぎゃくごぼうせい》の形に。

その中央の正五角形の中には南から突き出した半島が入った。あちこち出たり引っ込んだりいびつな形の。

「きりがようなった。——この五角形の中は旧横須賀鎮守府、今の横須賀米軍基地じゃ。かわいらしい仕掛けじゃ。大方、必死で地図とにらめっこしたんじゃろう」

「どういうこと？」

「あの花が桜や夾竹桃《きょうちくとう》ならわかりやすかったな」

とは市子。

「い、私たちは〝チェリー・ブロッサム〟と呼んでいた——本土決戦に備えた対人呪術地雷、と言えばわかりやすいか？」

大雅は息を吞んだようだが、私には耳慣れない言葉だ。ホンドケッセン？

「仕掛けられたのは七十年近く前、恐らく第二次大戦末期。呪物で横須賀の地に五芒星を描き呪詛の結界を作って、本土に侵攻する米英の軍を呪いで撃退しようとした。終戦直前には日本全土で似たような呪詛がたくさん行われた。中には元々の住民ごと呪い殺すようなものまで」

「竹槍はB－29を直接突いて墜とすのではなくエンジントラブルなどで運悪く生きて落っこちてきた米パイロットを突き殺す練習じゃったが、神風や神通力で鬼畜米英《きちくべいえい》どもを打ち払おうと考えるくらいやけくそになっとった奴はそらもう掃《は》いて捨てるほどおったとも。ルーズベルト呪殺説は荒俣宏じゃったか」

「大半が切羽詰まった素人術師が見よう見真似で行った稚拙《ちせつ》なものだが、とにかく数が多い。下手な鉄砲も数撃てば当たる、だ。実際に術式として成立し発動するものが三分の一以下としても日本は呪詛だらけだ」

「オカルト板では明治維新以前のわけのわからぬ土着の呪いが大人気じゃが、普通に考えてそのようなもの、大戦末期が一番多いのに決まっとる」

史郎坊は何を考えているのかへらへら笑っていた。

市子は指折り数える。

「東京と大阪、広島《ひろしま》、長崎《ながさき》、沖縄《おきなわ》はかなり撤去《てっきょ》したのだが、関東にこんな大物がまだ残っているとはな。術式は拙《つたな》いが呪物が本物で強い念がこもっているので、効果があったりなかったり実に半端なことになっている。うっかりここばかり有名になってしまっただけで、実際にはこの五芒星内部に入った者は多かれ少なかれ似たような霊障に遭っているはずだ。在日米軍や自衛隊員も含めてな」

二人の話を聞いて、大雅は渋い顔で口を押さえている。

「……不発弾みたいだね。今でもちょくちょく見つかって避難勧告が出たり電車が止まったりしてる」

「大雅さんのたとえの通りです。これは、不発の呪詛爆弾なのです」

「――戦時中には自決用の青酸毒物なんてものも配

られて、戦後十年くらいはそれを使って自殺したり誰かを毒殺する事件もあった。今そんなものが見つかったとしても青酸成分はとっくに気化して無毒になっているけど、呪いはあるんだよ。それは本当に人を殺すんだ。ぼくは見たことがある」

つぶやいて、大雅は市子を見た。

「かなり撤去したって、誰が？」

「無論私と、私と同じ生まれの者たちです。国土から穢れを祓い清めるのもお勤めのうちです。目標を見失った呪詛などは真っ先に撤去します。大戦末期はとても多いですが、私はもっと古いものも見たことがあります」

市子が淡々と喋っている間、史郎坊はまたＰＣの表示を切り替える。〝Welcome to Fleet Activities Yokosuka〟というホームページ。全部英語だ。

「横須賀鎮守府、略してヨコチン。――下ネタではなく本当にそう呼ぶんじゃぞ。つまりこの呪詛は海軍基地の中枢を守るためのものじゃ」

「……ええと、本土決戦って？」

私はこれまで全く話に入れず、今更聞いたら怒られるかと思ったが、そうでもなかった。

「第二次世界大戦で日本の負けが込んで、硫黄島《いおうじま》や沖縄のように米英の兵士が直接本土に上陸して、大砲や銃剣で街に攻め込んでくると思うたんじゃ。野蛮な異国の兵士は降伏など聞き入れず、男は殺され女子供は犯され奴隷《どれい》にされる、とな。――じゃから奴らの呪詛は横須賀に入るよそ者観光客だけを狙って、地元民にはさほどの被害を与えんのじゃ」

「だ、第二次世界大戦ってすごい昔だよね？」

史郎坊は半笑いで頭を掻いた。

「――上総、今の千葉県から神の蛇が東京湾を泳いで横須賀まで渡ってきた時代から見れば〝最近〟じゃが、当時将来を嘱望《しょくぼう》された青年下士官じゃった儂が芹香嬢の曾祖父《そうそふ》より年上で、芹香嬢の人生の五倍ほどの年月が過ぎ去っておるのじゃから〝すごい昔〟と言うても仕方ないのやもしれんなあ」

「溝越さんが九十三なんだから、戦争行ったことある人は大体寿命でお亡くなりだよ。七十歳くらいで軍隊で若者を鍛《きた》えろとか言ってる人は戦争行ってない。……ぼくのお祖父《じい》さんは行ったのかなあ、父親があれだったんだから怪しい拝《おが》み屋なのは間違いないんだけど怪しい拝み屋でも戦争行くのかな……」

「大雅の祖父が京極堂《きょうごくどう》じゃったとしても徴兵されたはずじゃぞ。——話を戻すぞ、米英の兵士は結局本土には上陸攻撃してこなんだ。日本はポツダム宣言を受諾《じゅだく》。国民たちは玉音《ぎょくおん》放送に涙し、堪《た》えがたきを堪え忍びがたきを忍んで、天孫の末裔《まつえい》にして万《ばん》世一系《せいいっけい》の現人神《あらひとがみ》は神でも只人《ただびと》でもない新たな存在〝象徴〟となった。全土は無条件降伏してヨコチンも無血開城、軍事施設は残らずGHQに明け渡してしもうた。ここまでが日本史のテスト範囲じゃ、勉強しておるか中学生よ」

——今、私たちが社会の授業でやっている歴史は縄文時代だ。狩猟と採集の生活、横穴式住居、竪穴式住居。

「今や、奴らの守るべきヨコチンは奴らの憎む米帝の巣窟《そうくつ》じゃ。よりにもよって第七艦隊ニミッツ級航空母艦ジョージ・ワシントンの事実上の母港、ゼロ年代になって日米安保の最前線じゃ。沖縄で騒いどるのはあれは空軍で海軍の本拠地は横須賀よ。何と米帝が世界に誇る原子力空母が横須賀ベースに入港しておる様は、Google Earthからも見えるんじゃぞ。公開レイプじゃ。非核三原則とは何だったのか。戦に負けるとはつらいのう。東京から鈍行列車で一時間の首都圏に原子力空母が居座っとるのに、たかが輸送ヘリが何だと言うんじゃ。そんな羽虫のごときもの、いくらでも飛ばしておけ」

と史郎坊は本当にGoogle Earthを開いて原子力空母とやらを見せてくれたが、真上から見ても黒に近い灰色のアンテナがたくさんあってバスケットコートみたいな白い線が引いてあるなあ、くらいしか。どれほど大きいのかもよく。

市子が首を傾げた。原子力空母のことを詳しく知りたい、わけではないらしい。

「――溝越は妙に勘がいいな。〝大尉〟が軍人であること、呪詛の中心が横須賀鎮守府であることなど。お前の霊感が私ほど優れているとも思えないが、何か心当たりでもあるのか？」

「呪物は欠けた地蔵の首とおっしゃいましたな。焼け焦げた跡があったのでは？　骨片や十字架はいかに？」

「いかにも、全て焼けた跡があった。先ほどの禊ぎの際にも炎のイメージが見えた、火事どころの規模ではなかった。石油のような匂いも」

「――空襲じゃ」

その言葉で、すとん、と腑に落ちた。

――夢で見た、様々な赤に彩られた美しい空。

あのとき史郎坊が私の耳を塞いだ。史郎坊が真ん前にいたので、空以外の景色が見えなかった。

聞こえなかった、見えなかったものが本当は何だったのか。

「芹香嬢の見た夢、テレビに映った映像、それらはシーライオン火事ではなかったのです。五歳のタナカユリコもシーライオンの犠牲者名簿に名はなかった。――呪物の中身は空襲の被害者でできておる」

「横須賀が空襲受けたとかぼく聞いたことなかった」

なぜか大雅が大人のくせにそんなことを言う。

――いや私も知らなかったが。八月や九月になると、体育館に集まって『火垂《ほた》るの墓』を見るくらいで。

「じゃからおぬしは知識はあっても教養がないと言うんじゃ。日本に焼夷弾《しょういだん》をバラ撒かれとらん地域などほぼない。しかも横須賀には軍の施設があるんじゃぞ」

「……え？　ちょっと待って？」

ますます大雅が首を傾げた。

「横須賀には軍の基地があるから空襲受けたのに、何で肝心のヨコチンが残ってるの？　建て直した？」

「いや、当時の建物を使い回しておる。築年数は古いが景気のよいときに金をかけて造ったものじゃから、なかなか居心地がよいようじゃぞ」

「意味がわからない」

「いいや大人ならばわかる。わざと的を外して横浜を焼いたんじゃ」

史郎坊の手のひらが畳を叩いた。眉間《みけん》に皺《しわ》が寄っている。

「——港は占領後、何かと役に立つ。現に今、原子力空母を養っておる！　敵国を占領支配して何が得かというと、敵の作った施設をそのまんま奪って丸《まる》儲《もう》けできる。城でも砦でも港でも道でも橋でも、作り直すのには金がかかるが、もうできとるものの家紋を替えて旗を掲《かか》げ直すだけなら安上がりじゃ。戦争とはそういうもんじゃ、人間だけ殺してハコは壊さぬのが最良の作戦よ。人間を殺さずにできればもっとよいがそううまくはいかん。ベストよりベターじゃ」

「それってつまり……」

「軍施設の周りを焼いて脅しをかけたんじゃ。次は本丸に当てる、と。外堀を埋めたと言った方がよいか？」

「それじゃ、軍人より民間人の方がたくさん死ぬ」

「大戦末期の空襲とはそうしたものよ、何だと思っとったんじゃ。戦時下を描いたドラマで、防空頭巾をかぶって逃げ惑っておるのは市井の女子供ではないか。別に誇張表現ではないぞ。我が敬愛する僚友ども、連合艦隊がまとめて海の藻屑《もくず》になって陸軍は大陸でソ連兵に追い立てられ、本土のどこに手練《てだ》れの兵がおったと？　男は少年でも残らず学徒動員され、軍需工場におったのは前線に送れん女学生ぞ？　京の都など神社仏閣があまり焼かれずに残っとったのは日本の稀《まれ》なる建築文化を焼失させぬための米軍の良心——などという能天気なお題目を本当に信じておるのか？　爆撃機にはいちいち護衛機がついとったが制空権が有り余って空中戦なんぞなかったから、弾丸を持て余してついでに農村で機銃掃射しとったのに？　はは、うぶな中学生ならともかく大雅殿は国立大出のお医者様ではないか、必死に歴史のお勉強もなさったのではないか」

史郎坊が笑いながら大雅のこめかみを弾いた。怪我をしていない方の。

「奴らは穀物を必要とはしとらんかったし日本は石油も出んから、適当にどうでもよいものを見せしめに焼いて殺して、本丸に残った陸軍幹部と帝《みかど》の心胆を寒からしめるのが目的よ。脅されて追い詰められた連中が錯乱して城の中で同士討ちを始め、誰かが帝か東條英機《とうじょうひでき》の首を掻き切って持って来れば万々歳と思うておったんじゃ。それなら港も皇居も国会議事堂もまんま使い回せる！　まっこと米帝様は効率のよいことで！　そりゃ補給が間に合わんから根性でどうにかせいなどと言うとったのでは負けるわなあ！」

大雅のこめかみにデコピン（つまり正確にはデコピンではない）が二発、三発入ってやっと、もしかして史郎坊が怒っているのではないかと思い始めた。

「奴らは儂らが思うておったような、敵国人を奴隷化し街や村を略奪する古代の蛮族《ばんぞく》ではなかった。ああそうじゃ。奴隷も物資も必要なかっただけじゃ、そもそも本土に物資なんぞどこにもなかったわ。我らが国民は何と自意識過剰であったことか！」

デコピンラッシュが止まったのは、市子が史郎坊の袖を引っ張ったからだ。

「溝越。呪詛の目標を米軍基地に移したいのか？」

史郎坊は力の抜けたような笑みを浮かべ、頭を掻いた。

「――オタクはノンポリと相場が決まっとるのに、これは格好が悪うございましたな。今更右や左という歳ではないし、何でも戦術核で解決しようとするボンクラハリウッド映画は嫌いではないんですぞ」

「戦中を知っているのは溝越だけだからな。みずちとみずははまだ十六だし、雀は三十だったか四十だったか……」

「享年二十九歳の三十四歳だよ」

「サブレは?」

市子が尋ねると、サブレは歯切れ悪く口ごもった。

「……それがし、齢二百年ほどなれど徳川の世が終わった後のことはあまり……廃仏毀釈《はいぶつきしゃく》くらいしか」

「八幡宮の外のことは全然知らない、と。助六は?」

「私もサブレと似たようなもので」

「本当かな」

話題が逸れて、少しは空気が軽くなった。意外に市子はコミュニケーションを重んじているようだ。

——その気遣いがクラスメイトにもできれば。

史郎坊はしばらく黙っていたが、

「——〝大尉殿〟は横須賀鎮守府から炎を上げる横浜を見て何と思ったじゃろうなあ。それとも横浜から横須賀鎮守府を見たんじゃろうか」

ぽつりとつぶやいた。

——私には一つ疑問がある。市子の〝チェリー・ブロッサム〟という言葉を聞いたときから。

「……ねえ。アメリカ軍を攻撃するための呪いなんでしょ? どうして日本人のいっちゃんやリコさんたちが襲われるの? 確か具合の悪いおばさんやおばあさんもいたけど、皆どこからどう見てもメチャメチャ日本人だったよ?」

「そんなことがわかるものか」

市子の答えは少し小馬鹿にしたようだった。

「半世紀以上経って欧米人のような服を着て、髪も目も黒くない。むしろ欧米文化に身も心も侵略されたおぞましいものに見えるだろう」

「栄養がようなって平均身長も伸びに伸びた。奴らの定義する〝日本人〟像は明治維新以降富国強兵策によって作られた期間限定のレアモノじゃ、当てはまる方が少ないのじゃから気を悪くすることはない。戦中のそれと、平成生まれが違うのは当たり前じゃ。嘆くな嘆くな」

史郎坊も口調だけは冗談めかしている。

「戦後日本人は全知全能の唯一神を失い、マッカーサー元帥《げんすい》に洗脳されて〝無宗教〟のお題目を掲げるようになってしもうたから、一億全て背教の徒よ。――何より時間が経ちすぎた。儂が九十三なんじゃぞ。恨みも憎悪もいつかは消える、生きておれば。じゃが死んでしまえば変わることもできぬ。あれは今や目的も守るべきものも失い、生きとし生けるもの全てを呪う怨霊兵器じゃ」

「呪詛に捕らえられ、五歳の子供の霊があれほどの憎悪を抱くようになった。あの年頃はどんなになってもまず母を呼ぶものなのに」

市子の苦々しい言葉でやっと思い至った。大雅に憑いた〝タナカユリコ〟のおぞましい気配の正体に。

声が怖かったのではない。子供っぽいのは言葉尻だけで、全然子供の言動ではなかった。

「とはいえ、私が襲われたのはそれとは違う理由だな。――あれらは私のミツエシロの力を嗅ぎ取って、国家神道を掲げる大和撫子《やまとなでしこ》なら米軍と戦うのを手伝えとそう言っていたのだ。ここに来てものすごい味方が現れたとな。馬鹿を言うな。外務省と防衛省を無視して好き勝手する権限は私にはないぞ」

市子は不穏な笑い声を上げた。

「だから神々は毎年出雲《いずも》に集い、神使を召し上げて俗世の情報を得るのだ。あちらの方々は都が奈良から京都、京都から東京に移り、元号が平成になったのをちゃんとご存知だ。十干十二支《じっかんじゅうにし》が一回り以上しているのにまだ戦中のつもりでいるだと！」

「無理もございません、まさか昭和帝が天寿を全うし皇太子が高御座《たかみくら》に即《つ》き平成の世が始まるなど、あの頃の誰も思うておりませんでした」

「時代遅れの呪詛はこれだから。――あの花はかつては桜や夾竹桃だったのかもしれないが今は違う。どんどん時代に取り残され、いびつになって。天使の喇叭だと。この世全てに幕を引く神の代行者のつもりか。笑わせる。終末の獣など八島《やしま》には相応しくない。慮《おもんぱか》ってやるだけ損というものだ。成仏させてやるのが慈悲、とも思わない。邪魔だから片づける。五十回忌を過ぎたら嫌でもどうにかなってもらうのが八島での掟。過去のものには消えてもらわなければ呪詛と怨念でこの国の全てが滞《とどこお》ってしまう」

神使たちは皆、笑顔で彼女の言葉にうなずくが――渋面を作っているのが一人だけいた。

「……どうしても君がやるの？」

大雅だ。ガーゼの下の傷が引きつれてそんな表情に、なったのではないのは声音でわかる。

市子に怯む様子はなかった。

「勿論です。これは私のお勤めの一つです。それに、昨日より随分呪詛全体の力が強くなっています。私を捕らえて引き込むためです。市井の被害も増えているでしょう」

――消防車や救急車のことだ。

「君は引退したんだよ。新しい人に任せたら？」

「これまでの話を他の者に最初から繰り返し語るのですか？」

「日本はそういうところだ」

「私で不都合なことなど特にないので事後報告で大丈夫です」

「君には学習能力がないのか？　一回負けたのに」

「あります。二回は負けません。だからこうして策を練っているのです」

「やられてやり返したいだけなんじゃないの？」

「そうです。やり返せばきっとすっきりします」

そこで助六がぶほっと吹き出した。その笑いは他の神使たちにも伝染した。特に畳を叩いて笑い転げていたのはみずちだ。

「そうだよ、すっきりする！　それが一番！」

「確かに。その場でやり返さんからこじらせて遺恨や怨念が残るんじゃ。幸いこたびの相手はとうに死んでおり、神社仏閣の庇護があるわけでもなく、消滅せしめてもどこからも文句は出ず、復讐の連鎖《れんさ》にはならん。宮がすっきりなさったらそれで終《しま》いじゃ」

史郎坊もからからと笑っていた。大雅だけが苦々しい表情のまま。

「……そんなこと言って誰も責任取る気ないくせに」

「責任、取ればよいではないか。皆で鰍腹を切るかくびれて死ぬか。神使は死ににくいだけで死なんわけではない、なあ」

「大雅は負けたときのことばかり考えて男らしくないと妾は思いますわ！」

みずはが大雅に扇の先を突きつけるのを、史郎坊が脇に押しやる。

「まあ負けぬようにしようではないか、儂も来月の新刊を読まずして死ぬるわけにはいかん。ここまで調べておいて負けたら恥じゃ。——宮にせよ芹香嬢にせよ、儂らは年頃の娘御を父より預かることについて少々軽率であったぞ。反省して、慎重かつ勝率を上げるよう留意しよう」

「そうだ、失敗しなければいい！」

ついに市子は自らその結論に達してしまった。

「完璧な作戦を立てればよいのです！」

「あ、あのね、市子さん……」


「術式は拙いがこれを見る限り、呪物として使えるものは何でも入っているようだ。切断した己の指と、空襲で命を落とし葬られぬままの無辜《むこ》の民の遺骨を中心として、焼けた神社仏閣の品や毒虫など。この分では仏像や宝鏡も出てくるのではないか。籠目紋でないのが不思議だな」

市子は堂々と大雅を無視して作戦会議に戻り、史郎坊のタブレットPCを覗き込む。

「雑なわりにしぶとい。呪物を抜いただけではあの花は枯れなかった。一ヵ所をどうにかしても、他の四ヵ所から充塡《じゅうてん》されて復活するのかもしれない」

「全て同時に潰すしかありませんな」

「五ヵ所目って海の中なんだけどどうするの？」

とみずちも身を乗り出す。——海の中の五つ目は、ユリコが嘘をついたというよりは元々地名がついていないから答えようがなかったとも解釈できる。

「呪物って全部こういうの？　海の中にはどうやって沈めたの？　海の中にも流れはあるでしょ？　流

れちゃわない？　ぼくとみずはは、池や川や湖ならそこそこ平気だけど海は塩気があるから大変だよ。海の神の力が強いし。三輪は山だもん」

「〝大尉殿〟が小舟で沖まで漕ぎ出したのやもな。この五角形、一辺が直線で二キロほどじゃ。ボート程度でも行ける。呪物に石などの重りをつけて沈め――」

「ついでに〝大尉〟自身も身体に重りをつけて飛び込んだのではないか？　本土爆撃で負け戦に絶望したのだろう？　急に思いつきで呪術や魔法を修しようというのは大抵が追い詰められた末の自暴自棄だ。見るべきものは全て見た、とでも言って――」

つぶやいた後、急に市子は笑い出した。自分の言葉にそれほどウケるところがあったらしい。彼女の笑いのツボはかなり人とずれているから。

「――よし。このホテル、ユリコの言っていた陸軍病院、海軍下士官兵集会所、それに猿と蛇の島。この四ヵ所を同時に潰したら最後の海中地点に力が集中するだろう。他を復活させるのに力を使おうとして、防御も攻撃もおざなりになる。そこを私が叩こう。少々無理矢理にでも一点に絞った方がとどめを刺しやすい」

「どのように」

「愉快なことを思いついた。――サブレ、お前、この島のを叩け。建御雷神と言えば天津の筆頭で国譲りの立役者だ。国津のみずちとみずははをやるわけにはいかない。無関係の土着の蛇神が混ざっていたなら、蛇同士で尚更もめそうだ。八幡《はちまん》神の方がまだましだし、地元なのだから話しやすいだろう」

サブレはうなずいたが、この後のが問題だった。

「後の三ヵ所をみずちとみずははと助六で何とかしろ」

「お待ちください」

と助六。

「残る三ヵ所は全て陸上とはいえ、五角形の各辺は二キロメートルほど離れていると今、溝越が。みずちとみずははは同じ胴体を共有する二つの頭、二人で一人、それほど離れることはできません」

……普通に考えて、当然だ。こうして人間に化けているときは二人に見えるだけで、実体は双頭の蛇。女湯と男湯にばらばらに入れた方が不思議だった。

みずちはあごに指を当てて考え込んだ後、あっけらかんと言った。

「ものすんごく急いでブッ潰して隣に移動すれば？」

「みずちよ、おぬしの脳味噌に誰も期待しとらんとはいえたった今〝慎重かつ勝率の高い完璧な作戦〟を求めたばかりなのにそれなのか」

「大丈夫だよ五分以内、いや一分以内に済ませれば」

「妾と兄様ならばやってできないことはありません」

史郎坊の言う通り、蛇の脳味噌には期待できそうになかった。自信満々そうなのが一層救いがない。

「それがし、強弓《ごうきゅう》を得意としてござるが流石に半里先を射抜くのは骨です。精々四半里。……二点の中間に立ってそれぞれ射れば四半里になりましょうか？」

「仕方あるまい。片方、儂が参りましょう」

サブレの立案も似たようなものだったので、本当に仕方なさそうに史郎坊が手を上げた。サブレは引き下がったがみずはとみずちは不満そうに口を尖らせた。

「溝越風情が何を言っているのです、大した神通力もないくせに」

「ぼくらから見れば所詮人間のおまじないだけど溝越や雀はその辺、人間並みじゃん。勝てるの？」

「妾と兄様は三輪明神様の御使い、三輪は神代の時代より由緒ある大和一の宮ですのよ。こんな最近の呪詛はひとひねりですわ」

「言っとくけど俺は協力しねえぞ、俺は生きてる人間とバトるのが専門で呪いだか幽霊だか化け物だかと戦うのは仕事じゃねえ」

雀は腕を組んでそっくり返っている。……自分もオバケなのに化け物と戦えないって何。史郎坊も弱いらしいし、天狗って弱いの？

市子は特に問題とも思わなかったようだ。

「では私が溝越に魔除けの符を書いて授けよう、私自身は少々裏技を使うので力を割《さ》いて持たせても大丈夫だ。――それより雀。呪いや幽霊や化け物と戦えとは言わないが、お前はお前でやることがあるぞ」

市子は中腰で雀に歩み寄ると、耳許に口を寄せてぼそぼそ何かささやいた。雀が目を見開き、ぎょっとした顔で市子を見る。

「……マジで？」

「マジで。無理なことは何も言っていない」

「いや、無理じゃねえけど無体だ」

「知らなかったのか、私は無体だ。私の安全を確保し確実に敵を仕留めるのに必要なことだ。お前にしかできないのだから嫌でもやってもらう。溝越では駄目だ」

「貧乏くじだ」

「悪いとは思うが適材適所だ。お前の俸給《ほうきゅう》は歩合《ぶあい》だ。――焼肉をおごってやる、好きなのだろう？」

雀の肩を叩く。雀は口を歪めていたが諦めたようにため息をつき、大雅の方をあごでしゃくる。

「――宮の小遣いで？　親父におごらせろよ、二千円の食べ放題なんかで動くと思うなよ」

それで雀はすぐに姿を消し、神使たちは地図と呪いの菓子缶を代わる代わるためつすがめつ眺めながら、ああだこうだと消滅させる具体的な方法を検討し始めた。

市子は座卓につき、みずはに硯箱を用意させて和紙にさらさらとお経らしきものを書きつけた。かなり長いものを、何も見ないで。

「こんなものでいいだろう」

少し乾かしてから畳むと、和紙は彼女の手の上で十五センチほどの法具の形になった。金色で握りの両端から両刃のナイフみたいなものが飛び出している。〝独鈷杵《とっこしょ》〟と言うらしい。

市子がそれを差し出すと史郎坊が恭《うやうや》しく受け取り、胸ポケットにしまう。

「普通こういうの、妖怪が用意していっちゃんが使うものじゃないの」

「儂は妖怪バトルスキルに経験点を振っていないないので仕方ない」

「何だかなあ」

賑《にぎ》やかにしている中、ただ一人、大雅だけが壁際で膝を抱いてぼんやりしている。……ものすごく、すねている。何だか怖くてあんまりそっちを見たくないほど。

書道を終えた市子が彼に歩み寄って、少々ぎこちなく声をかけた。

「今度は負けようのない作戦です、ご安心ください。誰も傷つきません。……サブレ以外は」

語尾が少し気になったが、サブレ本人は缶を眺めるのに一生懸命で聞こえていないようだった。

「君はすっきりする。それだけでいいの？」

「大事なことですよ」

「……君が負けて傷ついても誰も悲しんではくれない。君が勝ってここが平和になってもきっと誰も気づかない、喜んではくれない。それでもやるの？　自分がすっきりするためだけに？」

「違います」

おかっぱの黒髪の隙間《すきま》から白いうなじが覗いた。

「――私も知らない〝誰か〟などいりません。私が傷ついたとき貴方が悲しんでくれれば、私が成し遂げたことを貴方が知って、喜んでくれればそれでいいのです。私の健康のことや生活態度も、貴方だけが心配してくれればいいのです。二人も三人も同じことを言っても仕方がありません。貴方一人で何が足りないのですか」

大雅が顔を上げた。その顔にすねた様子はなく、何か言いたげに唇を開いたが、言葉は出なかった。

「貴方は私では駄目なのですか」

7

スーパー防犯灯を覆うように咲く花。すっかり街灯部分を飲み込み、長く伸びた枝がすぐそばのビルの壁を這い、大木の趣《おもむき》すらある。

だが誰も気づいてはいないようだった。ライブハウスの近くだけあって昼でもそこそこに人通りがある。ガイドブックを手にはしゃいだ観光客もジャージ姿の中高生も、地元の軍人らしいいかつい男たちも。

誰も目を留めない。見えていないのか、他の街路樹と同じように思っているのか。花見のときに咲いているものだけが花なのか。花壇の中にあるものだけがそうなのか。

たくさんの白い花からこんなにも甘い毒の香りが。

「〝大尉〟殿よ。おぬしも阿呆じゃなあ。本当に」

史郎坊の姿も誰にも見られてはいない。誰か気づいていたら速攻写真を撮られるはずだ。警察に捕まる可能性もある。いつもの色あせたシャツではなく、一生懸命思い出した海軍の第二種軍装を着ているのだから。

軍帽をかぶるのはどれくらいぶりだ。思えば靴も最近履《は》いていなかった、下駄《げた》でないと歩きづらい。

――本物の自衛隊基地や軍施設の近くで、普通の人間がここまで本格的なコスプレをすると事件になってしまう。

だがTPOに適した服装は大事だ。犬の散歩もいる高尾山のハイキングルートならいつもの格好で十分だが、天狗や神と話すなら修験者《しゅげんじゃ》の装束《しょうぞく》が必要だ。兵士と話すなら軍服が。

金ボタンに白い詰め襟は詳細を忘れていると思ったのに、意外に覚えていたのは若かった頃の記憶力の賜物《たまもの》か。もう忘れることなどできないのか。

これもある意味、呪いと言えなくもない。

「もう陛下はおらぬ。二十年以上前に崩御《ほうぎょ》された。

元号も変わった、今は平成じゃ。随分長いときが経った。まことに長い時間が経ってしもうたんじゃ。誰もわかってはくれんぞ。誰もな。皆死んでしもうた」

市子から授かった独鈷杵はポケットの中にある。いつでも取り出すことはできるが、物も言わず殴りつけるような真似はしたくなかった。

それは、彼の同胞《はらから》なのだから。

彼が選ばなかった道の果てなのだから。

「靖国《やすくに》に行こう、な。あそこにおれば皆が敬い拝んでくれるぞ。憎んで恨んでもつらいばかりじゃ。もうええじゃろう。消えてなくなるのが一番じゃ。ここにおってもいいことなぞ何もないぞ」

——天使の喇叭が、鳴った。

それは物理で来た。史郎坊は炎と花を気にかけていたのだが、枝がねじれてスーパー防犯灯の蛍光灯を切り落としたのは予想外だった。

金属音が響き、蛍光灯が根元から落ちる。

——その下には、白い船のおもちゃを振り回す幼児——

「貴様！」

史郎坊はその力の全てをこめて蛍光灯に体当たりし、ガラス片と笠をはね飛ばした。——子供がびくっと震え、近くにいた母親が抱えて庇う。異様な音に、通りの他の者たちも足を止めた。

「大丈夫ですか⁉」

近くの店から店員が飛び出した。一応は大丈夫だったようだが。

今の一撃で神通力のほとんどを使い果たしてしまった。物理的に現実に干渉する能力は、雀はかなり持っているが史郎坊には全然ない。無論、普通の人間が道具もなくこんな攻撃を受けたら最悪死ぬ。

「阿呆、子供を巻き込む奴があるか！」

それだけしか叫べなかった。

——どんどん言葉が消えていく。心に思い描いたものが消え、身体が動かなくなっていく。

手からラッパ形の花が咲いた。ねじのような蕾がいくつも生えて、次々ほころんでいく。足が木に絡《から》め取られ、幹にめり込んでいく。

このままではいけないと思うが、記憶も感情もアクセスしようとすると視界に赤い炎が燃え上がる。

——何かしようとしていたはずだ。何かしなければならなかったはずだ。

独鈷杵、独鈷杵を使わなければ——どうやって？トッコショ、とは？

宮、宮の力、を。

——ミヤとは——

「大丈夫ですか、坊や怪我してない？」

「だいちゃん、痛いところない？」

すぐそばで、店員が親子連れを気遣って声を掛けていた。そのうち親子が歩き去り、店員がどこかに電話をかける。店に引っ込んで、ほうきとちりとりを持ってきてガラスの破片を掃き集め始
《その他のブックマーク》

《その他のブックマーク》高射砲の音などはもう間が抜けて《その他のブックマーク》跫音《あしおと》の流れの中に奇妙な命がこもっていた。高低と休止のない奇怪な音の《その他のブックマーク》《その他のブックマーク》の流れを世の何人が《その他のブックマーク》天地はただ無数の音響でいっぱいだった。米機の爆《その他のブックマーク》《その他のブックマーク》《その他のブックマーク》＊おおっと＊《その他のブックマーク》14へ行け《その他のブックマーク》デバイスを検出できません《その他のブックマーク》帰ってきたら続きをしましょう《その他のブックマーク》8月32日《その他のブックマーク》すぐにけせすぐにけせすぐにけせすぐにけせすぐにけせすぐにけせす
平素は格別のお引き立てにあずかり【良く犬】お使いのWindowsは偽造品の可能性《その他のブックマーク》ライザは依然として虚無。たかし君が秒速五十キロメートルでこの募金活動は自戒をこめて。

是諸法空相《ぜしょほうくうそう》。不生不滅《ふしょうふめつ》。不垢不浄《ふくふじょう》。不増不減《ふぞうふげん》。
#榛名《はるな》はどこまで大丈夫か　録画開始：〆切まで残り二日十六時間十五分〇五秒一〇四、八〇〇、七四四、私よりもっともっとなんでもできる人が、私よりもっと立派にもっと美しく、計画を行うと一ヵ月が経過して一族が年を取って悲しき哉《かな》、無常の春の風、忽《たちま》ちに花の御すがたをちらし《その他のブックマーク》《その他のブックマーク》ほむらちゃんはもっとつらかっ《その他のブックマーク》《その他のブックマーク》

　彼を構成する膨大な情報は人格によってとりまとめられている。

　そのたが一つ一つ外れて花を咲かせ、枝を伸ばし、幹の中を毒で満たし、根を張り、花を咲かせ、枝を伸ばし、花を咲かせ、

——"Freude! Freude! Freude!"

蛍光灯が笠から壊れたということは、ただ交換するだけでなく電気系統の整備になる——怪我人がいないからよかったようなものの。警察は何だか乗り気ではなかったようだが。何が防犯灯だ。トラブルを増やしている。

　破片をちりとりに収めて、古着屋のバイト店員がため息をついて腰を伸ばしたとき。

　少女の歌う声が聞こえた。

"Freude, schöner Götterfunken,
Tochter aus Elysium"

ベートーベン『交響曲第九番　歓喜の歌』。初夏に聞く曲ではない。

　親子が去って、路上にいたのは彼だけだった。あんなにいた通行人は割れたガラスが不気味なのか皆、脇道に逸れたらしい。そんな歌を歌う少女などいな

い――が、別におぞましいことは何もなかった。

飾りタイルの上に白いiPhoneが落ちていて、液晶画面を点灯させていた。

アカペラで第九を歌っているのは、オペラ歌手などではなさそうだが家族の声を録音して自作したものだろうか？　最近の着メロはすごい、というか大袈裟というか。

iPhoneを拾い上げる。落とし物なら警察に届けなければ。何なら着信に出て、事情を説明するべきかもしれない――

彼はiPhoneの液晶をなぞって通話した。歌声が止まった。

「もしもし？」

しかし返事はない。

顔を離してもう一度見ると、それはiPhoneなどではなく灰色のコンクリートのかけらでしかなかった。

"Freude, schöner Götterfunken,
Tochter aus Elysium"

それは少女の声で歌いながら幹を裂いて現れ、独鈷杵を掲げた。

「ナウボウ・バギャバテイ・バンセイジャ・グロ・バイチョリヤ・ハラバア・ランジャヤ・タタギャタヤ・アラカテイ・サンミャク・サンボダヤ・カニャタ・オン・バイセイゼイ・バイセイゼイ・バイセイジャ・サンボドギャテイ・ソワカ」

陀羅尼《だらに》を誦《ず》するのはまだほんの幼女だ。長い紫の髪を頭の横で結い、巫女服のようなものを着ているが下は袴ではなく赤いミニスカート、細い脚にはニーソックスとブーツというアニメのキャラのような出で立ち。顔は幼い頃の市子によく似ているが、目も髪も金属味を帯びた紫だ。

陀羅尼によって独鈷杵が変形し、片方の刃が長く伸びて黄金の光の剣になる。

幼女は剣を一振りし、ばさばさと白い花の木を一気に薙《な》ぎ払った。枝葉も根も失ってバランスを崩し、無様に床に尻餅《しりもち》をつく。

「田原坂《たわらざか》史郎！」

幼女が振り返り、幼い声で彼を呼んだ。

名前を呼ばれ、雑多に散らばっていた情報が急激にまとまり、男の姿を形成した。〝高尾山史郎坊〟〝齢九十三歳〟〝鼻高天狗〟〝だが鼻は高くない、普通に人間と同じような顔〟〝色あせたシャツとくたびれたスラックス、裸足に下駄〟〝飯縄権現《いづなごんげん》由来の煙管〟〝通称溝越〟——

自分を見失ったと同じくらい唐突に取り戻して、史郎坊はきまりが悪くて鼻をこすった。気合いを入れた軍服がリセットされていつもの服になっているのも恥ずかしい。

「ああ、ええと、面目ない」

幼女は彼の気まずさなどおかまいなしに淡々と述べる。

「お前がやると言ったから任せたのに何だ。戻ったら説教だぞ」

「まこと、みっともないところをお見せしまして。……宮のお姿もなかなかですぞ」

「機械を通せばそれは違うだろうが、お前からどう見えているかなど知らん」

減らず口をたたいている間も、幼女は独鈷杵から伸びた刃で幹を縦に、横に断ち割っていた。すぐに、白い花が茶色く枯れて落ちていく。植物質が朽《く》ちて蛍光灯部分を失った茶色いスーパー防犯灯だけが残される。瘴気で濁った空気がどんどん澄み渡っていく中、古着屋の店員がコンクリートのかけらを眺めて首を傾げていた。

「ひとまずこれで。余計なことはするなよ」

少女は目礼し、本来の姿に戻ったが、その後もしばらく小さく『これはどうやって通話を切るのか』などという声が聞こえていた。

市子の声を使い、意志を伝える道具。特別だが当たり前。彼女に強力に紐つけられた。

市子のiPhone。

液晶画面に「通話時間　2分08秒」の表示が出る。それは独鈷杵と同じくポケットに入れていたものだ。——何かあったときは連絡するという話だったが、まさかこちらに何かあるとは思わなかった。うぬぼれていた。

——彼は英霊でも幽霊でもフリーランスの妖怪でもない。高尾山は飯縄三郎《いづなさぶろう》こと飯縄権現の近侍《きんじ》の一人で鼻高天狗。

今は高貴の姫に仕える身の上。

もうこの身は彼だけのものではないのだ。

「……悪かったな、死んでやれんで」

史郎坊は独りごち、もう何の花も咲いていないビルの角を振り返った。

＊＊＊

絶対にここは黙って入ってはいけないところだと思う。

私たちはホテルをチェックアウトして、少し歩いたところで市子に目をつむれと言われて。

目をつむって開けたら、目の前に海があった。潮の匂い。水平線。東京湾に青い海なんか期待していなかったが黒みがかった緑色の海水は、空が曇っているせいなのか。小さく黒い船の影が行き交う。だだっ広いコンクリートの岸壁。振り返るとアイボリーにグレーのシャッターの倉庫。見渡す限り同じようなものが並んでいる。

看板には数字と英語が書いてあるのだが。……さっき、波の向こうに見えた黒っぽい影は戦艦なのでは。原子力空母かどうかまではともかく。大雅の声も呆れている。

「……市子さん、ここさあ」

「陸上において海中の呪詛に一番近い場所なのです。ここからなら一キロです」

「いや、これ、今までの話の流れからして明らかにぼくらがいていい場所じゃないんだけど。海水浴場じゃ駄目だったの？」

「護岸されているところでなければ危険です。人がいるのも危険です。ここは何せ観光客がいませんから人の流れがわかりやすく人払いの結界が効きやすい。後から何とでも言えばいいのです」

「外務省と防衛省をどうにかする権限はないって話は……日米安保の最前線じゃなかったのか……」

ここに来てようやく気づいたのだが、大雅の言うことは腑に落ちなくても大体正しく、市子の言うことは筋が通っていても大体無茶苦茶だ。私は史郎坊がまともな方だと思っていたがそんなことは全然なかった。助六も薄気味悪い。しかも、どちらも今いないので何も言ってはくれない。

いつの間にか巫女服に着替えた市子は、なぜだか私に私の携帯電話から市子のiPhoneに電話をかけさせ、電話口でお経を唱えていた。その挙げ句、

「芹香、これはどうやって通話を切るのか」

――本当に知らないんだ。おばあちゃんでも知ってる。仕方がないので私が受け取って切った。何が何だか。

市子にかしずいているのはいつものメンバーではなく毛野――白拍子《しらびょうし》装束で長い髪を後ろでまとめた美女、のように見えるが男だそうだ。まろ眉《まゆ》で垂れ目で甘ったるい口調で扇を振り回して喋る様は本当にそんな風には見えないのだが。

「この毛野にお任せあればぁ万事解決ですぅ。宮がぜひ毛野にとおっしゃられるのであればぁこの毛野はたとえ火の中水の中、海の中にも参りますぅ」

「厳島の主神は宗像《むなかた》三女神だろうが、海の中はむしろ得意だろう」

この独特のブリッ子口調でくねくねした仕草は女

子でもかなりきついものがある。オネエじゃなくて男の娘って言うの？　見た目がかわいいからまだいいものの。

せつないのが、彼の後ろにひざまずいているもう一人。雀、なのだが。

「……雀さんのそれ、ちょっとどういう事情か聞いていい？」

「芹香ちゃんに優しさがあるなら聞かねえでほしかった。気づかないふりをしてほしかった」

げっそりした雀は――真っ赤な振り袖を着て銀の帯を締めて、長い髪をお団子に結ってかんざしも突き刺していた。雀は男子と言っても華奢なのでそれだけならアリなのだが、問題は顔も首も真っ白に塗って、両のほおに大きく赤い丸が描いてあること。

これがなければ「そういうものか」と思わなくもないのに。女装で魔除けをするって聞いたことあるようなないような。しかもよく見たらその晴れ着、市子のものだ。牡丹の振り袖、部屋に飾っているのを見たことがある。

「私もその事情は聞きたいな。毛野が源平の頃の遺恨でことあるごとに雀をいびっているのはいつものこととはいえ……確かに雀には何としてでも拝み倒して頼み込めと命じたが、お前の理不尽ないじめに耐えろとは言っていないぞ」

市子まで渋い顔をしているものだから。しかし毛野はにこにこ笑顔のまま。

「心外ですぅ。その鞍馬の小雀がぁ、ご一門の皆様のお心をお慰めするため一つ芸をしてみせると申しますからぁ。自分からやったんですぅ。毛野は少々着替えなど手伝ってやったんですよぉ。それでも皆様なかなか御納得いただけませんでぇ、毛野も随分口添えしたんですよぉ？」

「しかしこれも私の護法、ここまで辱めるような真似をしていいとは誰も」

ここで毛野は露骨に鼻で笑った。

「辱めるなんてそんなぁ。毛野だっていつも女装で踊ってますけど全然恥ずかしくないですぅ」

「……踊らせもしたのか」

——そう言われると。いやそれは詭弁《きべん》なのでは。

毛野は化粧も衣装もバリバリに盛ってやっしている。ばっちり美人だし、女子トイレにだって入れるだろう。対して雀のこの罰ゲーム感。絶対もっとかわいくできる。

「義経《よしつね》なんか一瞬しか口利いたことねえのに……ステーキ食ってやる、上サーロインにしてやるからな……」

雀はぶつぶつぼやきながら、手の中に大きな銃を出現させた。いつぞやのショットガンより更に大きく、ごてごてと黒い部品やスコープらしきものがついている。

「何かすごいの持ってるけど」

「ヘッケラー&《ウント》コッホ、PSG‐1。セミオート式スナイパーライフルの定番」

「すないぱーらいふる……」

「狙撃銃だ。——つっても宮、一キロは飛びませんぜ。天狗視力で狙うだけなら狙えっけどPSG‐1は当てやすい分、有効射程が短くて六百メートルそこそこ、頑張っても八百メートルってとこだ。銃によっちゃ二千五百メートル飛んだって話もあるけどこれじゃ無理だぜ。撃つのは得意だけど銃のスペック上げるような能力持ってねえし」

……す、すごい話してる。二・五キロメートルってうちから学校より遠い。サブレの弓が二キロ届かないって話してなかったっけ？　それを聞いても市子の表情は動かない。

「いつものように人間を狙うのではない。道を開くだけだ、案ずるな。それを当ててどうこうしようと言うわけではない」

……〝いつものように〟〝人間〟ってどういうこと。

「てかこれ、かまえるのに邪魔だから脱いでいいよな。もういいよな」

ふと思い出したように雀が片手で帯を解き始めた。

飾り帯を端からコンクリートに落とす。――それ、市子の晴れ着なのでは。着物って絶対洗濯するの大変だよね。本体も高いけど帯は帯で高いよね。市子も咎《とが》めたが、私の想像したのと内容が違った。

「それはまだ脱がない方がいいと思うぞ」

「いや宮が何て言ったって脱ぐね。趣味だなんて思われたら困る」

と雀は女物の草履《ぞうり》を勢いよく脱ぎ、振り袖を脱いで白い小袖姿に――ああ、下にも着物、着てるんだ。ちょっとほっとしたのも束の間。

「な、何だよ」

足許がふらついた。緑の蔓が彼の足首に絡みつき、白い花が咲いていた。蔓は海から伸びている。岸壁の下から、次々枝が這い上がるように伸びてきた。

「陸上の拠点を攻撃されて、切羽詰まってるんでしょうねぇ。ここ、近いですからぁ。流石に溝越と違ってみずちと助六とサブレちゃんはうまくやってるようですぅ」

毛野は何でもないように言って扇で顔を煽いでいる。雀は蔓を振り払おうと片脚ずつ上げて踊るような格好に。砂漠にこういうトカゲ、いるよね。

蔓は途中から膨れ上がって人間の指のようになり、そのうち手首の形になって雀の足首を摑んだ。オバケもオバケが怖いのか、雀は顔を引きつらせ、脚にくっついた手首をもう片脚で必死に蹴る。

「何で俺だけ！」

「見たこともない大きな銃を持っているからだ、あれはアメリカやロシアの兵士と戦う気でいるのだから敵だと思われるのは当たり前だろう」

「俺は軍人じゃなくて民警だっつの！　ジャパニーズポリス！」

「口で言ってわかるか、振り袖を着ていろ。赤い振り袖では流石に米兵には見えまい」

「狙撃銃がいるっつったの宮だろ！」

ぴーぴー喚きながら雀は振り袖を頭からかぶった。と、どこで見ているのか手首も蔓も脚から離れてばらりと地面に落ちた。枯れはせず、緑の茎そのままで地面を這っている。手首が地面を這い回るのは悪趣味なジョークのようだ。

「大雅さんにはこれを。私の匂いがついています」

市子は巫女服の一番上に着ている薄物を脱いで大雅の肩に掛けた。千早《ちはや》というそうだ。白地に緑で鶴《つる》と松の模様があって下が透けるほど薄い。前で赤い紐で結わえて留めるようになっている。和服って何枚重ね着してるの。

「わ、私には何かないの！」

「芹香にはいらない、そのままでどこからどう見ても女だ。女性兵士などという概念がなかった時代の連中だ」

そんな冷たい。そりゃあ私はミニスカート＋スパッツだけどさ。

「でも今朝女風呂に来たよ!?」

「そうだな、恐らく溝越とやり合ったときにあれから記憶を吸収して、少しは己のなすべきことを思い出したのだろうな」

「ジジイロクなことしねえなクソジジイサンドバッグになりに行っただけかよジジイ！」

「溝越は毛野がわざわざ欠点を探さなくても本当に溝越ですねぇ」

「iPhone運んで殴られただけじゃねえか、アレならみずちがブッ潰して次行った方がマシだったんじゃねえか！　てめえが殴られるのは勝手だけど俺らの足引っ張るなよ！」

「しかし方向性が定まって攻撃パターンがわかりやすくなった。無差別ではなく女子供を見逃すだけの分別がついたのはこちらに有利だ。言うほど迷惑ではない。今から執り行う祭式は女装の方が効く」

確かに、ムカデのように地面を這い回る蔓は私を避けてはいるようだった。近づいてはくるが触れはしない。市子には勿論近づかないとして。見ると、毛野は広がった緋袴の裾を踏んでいて足許の接地面積が広いが、やはり避けられているようだ。

「……毛野さん、何もしなくても避けられてるけど」

「それは毛野が真のジェンダーフリーだからでぇす☆性別の垣根を越えているからでぇす☆」

……じゃあそういうことにしておこうか。

「ってこれ普通に米軍の人は捕まるんだよね？」

「恐らく自衛隊員もな」

などと言っていると、ほおにびりっと刺すような感触。

倉庫の遥か向こうの空に、地上から空へとまっすぐに白い光の柱が。同じような感覚が続き、全然違う方向にもう二本の柱が立った。

「――溝越以外はちゃんと働いたようだな」

「むしろ溝越はどうやったら失敗できるんですかぁ？」

途端、地面を這う蔓の量があからさまに増え、足の踏み場もないほどに。ぎりぎり私の足許を避けるが、見た目がぞわぞわして鳥肌が立つ。「たすけて」「おひめさま」というか細い声も。

「まだですか！」

雀が悲鳴を上げる。

「あれが邪魔だ。通り道を遮っている。少し待て」

市子が海の向こうを見る――そこには、黒々しい艦艇が。軍艦だか戦艦だか護衛艦だか何なんだか。

「他は結界で弾いたがあれだけ中にいる。巻き込まない距離まで離れてもらわないと。もう少しだ。二十秒ほど」

その間、市子は平然と草履で蔓を踏みつぶし、手を踏みにじっていた。草履の下でそれらは白い煙になって消えた。

「助けて、だと。図々しい。そういうことは生きているうちに言え」

「……実際、助けてあげることってできないの？」

つい私がつぶやいたら、冷ややかににらまれた。

「いや、庇ってるわけじゃなくて、わけのわからない悪い奴じゃないんだから説得するとか成仏させるとか」

「お前が一番わけのわからない悪い奴だと思っているのではないか、戦争などよく知らんわからんと」

「うん、そうなんだけど」

「大体お前、簡単に言うが成仏という概念を理解しているのか。あれは単純な亡霊ではなく呪詛によってまとめられた雑霊の複合体だから、南無阿弥陀仏と唱えるだけでは六道輪廻《ろくどうりんね》に入ってくれないぞ」

「アッハイもういいですごめんなさい」

ものすごく余計なことを言ってしまった。耳を塞いで縮こまる。

──実のところ、私はこの場にいる必要がない。

さっさと帰ってもよかったのだ。この呪いがどのように解かれるかを見届ける必要は特にない。後で「頑張って何とかした」と言ってくれればいいだけで。

私を引き留めたのは、何と大雅だった。

「悪いけど君には立ち会ってもらうよ。君がそばにいたら、市子さんは豪快に物を壊すような危ない術は使わないだろうからね」

──私が怪我をしなくてよかった、という話は何だったのか。一番常識的な大雅の言動がこれ、というのも絶望的だった。常識などこの世のどこにもないのかもしれない。こういうときに史郎坊がいてくれたら丁度バランスが取れるのに。

……そうか、市子に必要なのはバランスだ。バランス。極端に振り切れた彼女を現実に留めておくにはそれしか。

いや待て。

そのバランスを取るのは市子ではなく、私なのでは?

「ん、そろそろいいな。やるか」

市子は係船柱《けいせんちゅう》の上に立った。袂《たもと》から金色の小さなものを取り出す。──これまでの話の流れからして、ライフル弾。尖った弾頭部分にびっしりと呪文らしきものが書き込まれている。

「神の御息《みいき》は我が息、我が息は神の御息なり。御息を以て吹けば穢れは在《あ》らじ。阿那清々《あなすがすが》し、阿那清々し」

　唱えて、弾丸に息を吹きかける。

　それを雀に差し出す。雀は恭しく両手で受け取り、スナイパーライフルとやらに装填《そうてん》した。がしゃんと音を立ててレバーを引き、地面を手で払って蔓を追いやった後、うつ伏せに寝そべる。赤い振り袖で頭まで隠れたが、脚を曲げて着物の裾がはだけて中が丸見えになったのは気づかなかったことにした。

　ライフルには二本の脚があり、銃口が地面より少し上に固定される。雀はスコープを覗き、市子が彼を一瞥した。

「見えるか」

「おしべまで見えますぜ」

　私の目では海の上に白い綿みたいなものがちょっと見えるかどうか。一キロも先なのだ。

「見えるならできる」

「この距離だと重力の影響もあるんすけど」

「ぐだぐだ言うな。やるぞ」


　その言葉で、毛野が市子に大麻を差し出す。市子はそれを受け取ると左、右、左と振った。

「掛けまくも畏《かしこ》き走水《はしりみづの》神社《みやしろ》の大前に、恐《かしこ》み恐《かしこ》みも白《まを》さく」

　市子が独特の調子で祝詞《のりと》を詠み上げ始めた。お経を書いたときもそうだが何も見ない。

「斎主《さいしゅ》・出屋敷市子い幣帛《みてぐら》捧げ奉《まつ》り称辞竟《たたへごとを》へ奉《まつ》る。日本武尊《やまとたけるのみこと》の相模国《さがみのくに》の走水《はしりみづ》の海を渡る時、海いみじう荒ぶりて、嫡妻《むかひめ》、名は弟橘毘売《おとたちばなびめ》、皇子《みこ》に代はり海に入り給ふ。暴《あば》れ浪速《なみすみ》やかに伏し、船の舳《へ》の至り留まる極《きはみ》悪しき風荒き波に遭《あ》はせ給《たま》はず。故《かれ》今の世の人其《そ》の御徳《みのり》を偲《しの》び奉《まつ》り、海神《わだつみ》と崇《あが》め奉《まつ》る随《まにま》に、千尋《ちひろ》の海の八重潮路《やへしほぢ》渡らふ使《つか》ひの長手《ながて》の道のり、躓《つまづ》く事無く溺《おぼ》るる事無く見守り導き給ひ、平らけく安《やす》けく聞こし食《め》し給へと恐《かしこ》み恐《かしこ》みも申す」

　結構長いのだが、まさか考えながら喋っているのだろうか？

　やがて祝詞を終えると市子は一礼した。同時に、雀の姿がぼやける。

――赤い晴れ着が膨れ上がり、ヘルメットにコンバットスーツの男に変わる。蔓に襲われるより前に伸びた腕でスナイパーライフルをかまえ、彼は引き金を引いた。

爆竹のような音がして海面にまっすぐ、白い波の線が走った。

途端、耳に激痛が。鼓膜が破れたかと思った。それは音として感知できなかった。銃声とは別だ。少しばかり顔に水が跳ねた。

岸壁の下の黒い海面が、弾丸の軌跡の通りに真っ二つに割れていた。羊羹《ようかん》を切ったよう、ではない。横の断面には波が立ち、うねっている。

切り口のところだけ少しだけ水面が上がっていて、確かにこれは砂浜では危ないし軍艦も遠ざけた方がいい。――とか言っている場合か。

黒緑色の海水がうずたかくそびえ立って流れ落ちる滝のような壁を作り、そこからぼとぼととイワシかアジか、銀色の魚が落ちた。白い砂の上には他にも運の悪い魚やヒラメやカレイがぴちぴち跳ねて、カニやエビなど脚のあるものは急いで真横の水面に駆け込んでいる。ただならぬ気配を感じ取ったか、海鳥たちも海面から飛び立ち、ひとかたまりの群れになって離れていく。……一キロ?

「毛野、行け」

「御意《ぎょい》に!」

市子の命令で毛野はためらわずに海中にできた一本道に飛び込んだ。そのまま道を走り始める。彼は長い袴の裾を踏んでいて足袋くらいしか履いていないだろうに、時速どれくらいなのかみるみる背中が小さくなる。

――その先には。

一キロ先なんか見えるはずがない。なのにはっきりと。

白い砂からその木は直立し、海中にはありえない白い花を咲かせていた。

エンジェルトランペット。

その根元に、軍服を着た人間のようなものが――

ぞっとした。人の骸に、ではなく。

木の、海面より下にあった部分は枝にも幹にも、貝がびっしりくっついて真っ黒になっていた。一見しただけでは木なのか岩なのか。ラッパ形の花だけが白く。

ただただ悪意を吐き出す、煙突のような。

助六が「何でもないもの」と言った意味が今わかった。

毛野は袴を引きずり、大股で走る。結わえた長い黒髪が宙に浮くほど。憐れなカレイを踏みつけ――いや踏んではいない。毛野が上を通りすぎた後も魚たちはぴちぴち跳ね続け、白い砂に彼の足跡は残っていない。勢いで烏帽子《えぼし》が取れてしまいそうなものだが絶妙のバランスで落ちない。

ものの数十秒で、ついに彼は〝大尉〟の前に立った。腰の剣に手をかける。

白拍子は腰に太刀を佩《は》いているものだそうだが、今日彼がそこに帯びていたのは直刀《ちょくとう》だった。

彼はそれを鞘《さや》ごと腰から引き抜き、両手で掲げ持った。

「我は勅使である！　ここに神器の剣を示す！　天子の命に従うか滅びるかいかに！」

海が割れたときは轟音《ごうおん》がしたが、そのとき全ての音が止んだ。濁った海は白い波で泡立っていた、その波が崩れて水面が凪《な》いでいく。

波が消えると同時に海の色がみるみる青く深い瑠《る》璃《り》色《いろ》に染まっていく――それは、灰色の雲が一瞬で吹き払われ、太陽の光がまっすぐに海面に射すようになったせいだった。

飛び立った海鳥がいつの間にかどこにもいない。それどころか、黒い戦艦の影が一つもない。海底を跳ねる魚たちすらも。

代わりに、海面に白木の舟がぽつんぽつんと浮かんでいる。ボートみたいだがオールがなく、後部の櫓《ろ》で漕《こ》ぐもの。だが人は乗っていない。漕ぎ手はいない。よく見ると舟自体は白木で新しいのに、黒く焦げた跡があったり矢が刺さっていたりする。

一隻だけ、舳先《へさき》に棒が立ててあって先に半分に千切れた扇子がくっついていた。真っ赤な紙に金の半円が描いてあって、派手と悪趣味の境界という感じだった。

旗がたなびいた。鯉のぼりほども長い真っ赤な旗が、風もないのに舟の一つ一つの上にひらめいて。そんな中に。

一際大きな船が姿を現した——宝船、と思ったがあれは七福神が乗っているものだ。誰も乗っていない。だがそれは間違いなく神の船だった。

帆はなく、屋形船みたいに船の上にやぐらがしつらえてあって。小屋なんて安っぽいものではなく黒と赤で豪奢《ごうしゃ》に塗られて金の飾りがあり、四方に簾《みす》が降りて——

その船は海の割れ目の上を悠然と、堂々と進んで白い花の木に向かっていた。

ごうっといっぺんに風が戻った。私はよろめき、髪とスカートを押さえる。

海へと向かって吹く風に、白く薄物が広がった。市子の千早だ。それに大麻も。

吹き飛ばされるそれらに、市子は手を伸ばしもせず係船柱の上で黒い髪をなびかせていた。飛んでいく千早は白い鳥のようだった——

「ぎゃっ」と雀が小さく声を上げて、隣の係船柱に抱きついた。赤の振り袖姿に戻っていて、小さな身体が吹き飛ばされないように黄色い柱にしがみついて必死で足を踏ん張っている。結った髪はほどけて風に吹き乱されている。かんざしはとっくに吹っ飛んだらしい。

飛んでいくのは着物だけではなかった。

べったりと地表を覆っていた蔓がみるみる黒ずん

で音もなく剝《は》がれ、残らず海原へと。——そこまでは想定の範囲内だったが。

何か真っ黒な、四つ足の動物が視界をよぎった。……犬猫どころではなく牛や馬の大きさだ。それが四頭も五頭も六頭も、それ以上、もっと何だかよくわからない角や翼の生えたものも。大きすぎる子供や小さすぎる人間も、骸骨も。防空頭巾や軍服のようなものは視認できなかった。どれもこれも真っ黒という以外に共通点がない。

それらは沖合まで吹き飛ぶと、くるりと着物を着た女の人に姿を変え、空《から》の舟の上に降り立った。普通の着物ではなく、お雛様のようなきらびやかな十二単《ひとえ》。長い髪。男の人の姿を取るものもあり、烏帽子をかぶった役人に。何人かはサブレのように鎧兜を着込んでいた。

無人の舟にどんどん人が増えていく。一際大きな屋形船にも何人かが舞い降りた。

すぐ近くからうめくような声が聞こえた。振り返ると——頭を抱えた大雅の姿が、テレビにノイズが走るように灰色にぶれた。ついで真っ黒になり、その影が台紙からシールをめくるように剝がれた。

それは真っ黒な狐の形になって、他の獣たち同様沖合へと飛んでいき——小さなおかっぱ頭の子供に変じてちょこんと舟に乗り込んだ。髪が長いせいか幼すぎるのか男とも女ともつかない。市子の小さい頃はこんなだっただろうか。なぜか頭に狐のような黄色い耳が生えていて、にこにこ笑って人形とどこかで見たような携帯電話を抱いている。

本人はといえば、コンクリートに手をついてぜえぜえと肩を揺らしていた。生きてはいるようだ。

屋形船の上に淡い雲が浮かんだ。灰色ではなく、薄い金色を帯びた虹色で。日光を遮らず、きらきらと光の粒を振りまく。

屋形船は海中の大木と接触し、一気に薙ぎ倒した。めりめり、ばきばきという感じだが音はなかった。

枝も幹もなすすべもなくへし折られ、白い花がぼとぼとと海底に落ちていく。ついに真っ二つになって倒れ、海底の白い砂に沈んだ。

海中にあった下半分、貝に包まれた真っ黒な部分までもがばらばらになって崩れ落ちた。何の音も立てず。粉のようになって。

〝大尉〟の骨も頭蓋骨が落ち、残りも崩れてしまった。

小山のようになったそれらの隙間から黒い靄《もや》が吹き出して——それは鎧兜の武者の姿になって、屋形船の上にふわりと舞い降り、やぐらに向かって膝をつき、頭を垂れた。

お終《しま》いに毛野がとんぼを切って船まで飛び上がり、海の割れ目が閉じる。割れたときに比べるとほとんど音を立てず、少しだけ白い波しぶきが上がった。

舳先の上で毛野がくるくる回るのは踊っているのだろうか。

「皆様ぁ！　ここから安芸《あき》は遠いですよぉ。頑張《がんば》れ♥頑張れ♥」

毛野の扇が沖を指す。

それを合図に、大きな船も小さな舟も一斉に舳先を沖に向けた。いつの間にかたくさんの漕ぎ手がいて、たくさんの人を乗せて港を離れていく。

どこからか笛の音がした。柔らかな木管の、それでいて高音の涼しげな音色が。

＊　＊　＊

——長く、炎の夢を見ていた。街を焼きつくす炎。鼻を刺すガソリンの匂い。黒い煙。空襲警報。女子供の悲鳴。泣き声。

それは、ここにいてもずっと。

左手が痛い。指を四本、切って落とした痕がいつまでも塞がらず、血が滲んで。膿を流して。

脈打つ左手を抱えて。この暗い場所でずっと、炎の夢を見ていた——

「兵隊さぁん」

それが今突然、古めかしい直刀を抱いた髪の長い巫女のような女が目の前に飛び出してきた。

――確かに赤い袴だが、祭りで見るような巫女装束とは違う気がする。巫女は烏帽子をかぶるものか？　白粉《おしろい》や紅をべったりと塗って。戦時下だぞ？　頭がおかしいのか？　媚《こ》びたような笑みさえ浮かべて。

「兵隊さんはお強いのですかぁ？　何と戦っておいでですかぁ？」

声も娼婦《しょうふ》のように甘ったたるい。

「……小官は鬼畜米英を倒し……」

咄嗟《とっさ》に答えたものの、〝キチクベイエイ〟とは何だったか。

〝ショウカン〟とは何だったたか。

左の手が痛い。

彼の困惑などかまいもせず、女は手を握ってきた。包帯が巻いてあることなど気にも留めず。暑苦しいほど暖かかった。

「それは頼もしい！　ぜひ、我らが主上《しゅじょう》の内裏《だいり》においでくださいまし！　敵と戦い主上をお守りするのに、武士《もののふ》は何人いても足りませぬ！」

その言葉に、心のどこかが疼《うず》いた。忘れていたものを急に取り戻したような。

「主上……陛下がいらっしゃるのか？」

「ええ、おわしますとも」

女は満面の笑みを浮かべた後、急に歯切れよく語り出した。

「天孫降臨以来の万世一系の皇祚《こうそ》、三種の神器をもってご即位あそばされた最後の天皇《すめらみこと》、第八十一代安徳帝にあらせられます」

――ああ、まさか、その剣は。

視界から炎が消え、悲鳴が消える。

辺りが急に真っ青になり、銀色の鰯《いわし》の群れがすぐそばを通った。鮫《さめ》がそれを追いかける。蟹や蝦蛄《しゃこ》がのそのそと歩き、烏賊《いか》が意外な速さで横切る――

もう七十年近くもここにいたのに、今初めて気づいた。

ここは、海の中なのだ。

「お喜びなさい、そなたは主上の近衛《このえ》になれるのです」

女の笑いは、能天気な阿呆のようなものから濡れた唇をわずかに開いた妖艶なそれに変わっていた。

「俺でもなれるのか」

「兵《つわもの》はいくらいてもよいものです。おいでなさい。もう皆、待っています。そなたが最後です」

女に手を摑まれ、身体がふわりと海中に浮いた。

左手から痛みが消えていた。包帯が解け、切ったはずの指が戻っている。

白銀の太刀魚《たちうお》が視界を横切り、海亀が案内するようにそばをついて泳ぐ。

青い水のその向こう。

「——我らの主上の大内裏は、海の中にございます」

砂の上、魚たちが舞い踊る中に、寝殿造りの風雅な建物がいくつも並んでいた。


「……まるで竜宮城だな」

——爺《じじ》いになった後でたどり着いたんじゃ逆だ。

8

——オチを知ったときのサブレの動揺っぷりったらなかった。「宮が、宮が、宮を」とうわごとのように繰り返し、がしゃがしゃ甲冑の音を立て、毛野に摑みかかろうとするものの背が低いので額を押さえられると届かない。

「うっふう、清盛《きよもり》入道から、もとい主上から天叢雲剣《あめのむらくものつるぎ》をお借りしてきて正解でしたぁ。宮の御前には神通力に優れた神使が数多おりますがぁ、これほどの御物《ぎょぶつ》に触れることあたうのはこの毛野だけですぅ」

「そ、それは形代《かたしろ》の剣に過ぎぬ！」

「源氏はそう言うしかないですよねぇ。頑張って拾ったとか言った奴もいましたっけぇ？　あーあ、これがあれば源氏の御代《みよ》ももっと続いたでしょうにぃ。と言ってもぉ？　源氏は勝手に大銀杏《おおいちょう》の前で内輪もめして自滅したんでしたっけぇ？　鶴岡は源氏の氏神って言うけど、実質墓所ですよねぇ？　大銀杏折れちゃったって聞きましたけどぉ、身内の恥が一つ減ってよかったですねぇ？」

「おのれ、これというのも九郎《くろう》殿が壇ノ浦で失態を演じなければ！　兄に対する敬いが欠けておるのだ！」

なぜか雀にまで飛び火し、雀は私の背後に隠れる始末。

「鶴岡八幡宮は義経サンと和解したからもうわだかまりはないってこないだ言ってたじゃん！」

「白旗《しらはた》神社に祀ることを許してやっただけだ！」

「てか俺は遮那《しゃな》王尊《おうそん》とか三分くらいしか会ったことねんだって！　昭和生まれなんだよ八百年も前のこと知らねえよ！」

しばらくトムとジェリーみたいに追いかけ合っていたが、やがてサブレは諦めたのか地面に膝をついた。肩がぷるぷる震えていて、そのまま切腹でもするのではないかという風情だった。市子がかなり申しわけなさそうに
「その……退出していいぞ、お前とは後で話し合わなければならないと思っている」

と告げたので、サブレは姿を消したがあれは〝息も絶え絶え〟とか〝這々《ほうほう》の体〟とか言うのではないだろうか。——市子がことさら遠い島にサブレを派遣したのは、どうやらわざと遠ざけていたらしい。

「え、何なのあの人たち」

「——太平洋戦争もよう知らん嬢ちゃんに、一一九《イイク》二《ニ》作ろう鎌倉幕府、祇園精舎《ぎおんしょうじゃ》の鐘の声、から教えるのも何じゃなあ」

史郎坊が気まずげにほおを掻く。

「毛野のおつむの中は源平の戦の時代で止まっておって……平家筆頭・厳島は、源氏筆頭・鶴岡とついでに鞍馬の天狗どもとことあるごとに……もうよい、

詳しくは大河ドラマ『義経』か『平清盛』を見よ。タッキーより地味じゃが松山ケンイチはようやっておるぞ」

「タッキーって誰」

「ああ、時間の流れは残酷じゃ……」

彼もあまりかかわりたくないように距離を置いていた。

毛野は船と一緒に漕ぎ出したかと思いきや、わざわざ戻ってきて得意げに胸に抱いた剣を見せびらかし、集合した常勤組の神使たちもドン引きの顔でそれを見ていた。どれくらいドン引きって誰も雀の美しくない女装に言及しないくらい。

「子供の喧嘩に親が出てくるようなものだ」

と助六が小声でつぶやいた。彼だけ古いテレビみたいに黒いノイズが走って揺らいでいた。

「まあこれほどの神器は分霊・勧請されて複数存在しますからぁ、これのみが本物とは言いませんけどぉ。須佐之男命《すさのおのみこと》が八岐大蛇《やまたのおろち》の体内から取り出した剣、天照大御神《あまてらすおおみかみ》に献上された剣、伊勢神宮に祀られた剣、日本武尊が草を薙いだ剣、そしてこの壇ノ浦の剣、熱田大神《あつたおおかみ》、それぞれ存在しますぅ」

「……頼朝《よりとも》十四歳の髑髏《しゃれこうべ》のようじゃな」

「そもそも、平安時代までにも打ち直してますよね」

「だから今の神器が偽物だなんて誰も言いませんからぁ、鳩サブレちゃんもあそこまでヘコまなくってよかったのにぃ」

……これで謎が一つ解けた。つまり鎌倉の鳩に〝サブレ〟という子供っぽい名前、これは自分で名乗ったのでもなければ市子が命名したのでもなく、この毛野が恐らく悪口として考案したのだろうと。その後も毛野は甘ったるい口調でつらつらと自慢話らしきものを並べ立てている。

「実体があり天照大御神の依《よ》り代《しろ》となるのは熱田神宮の剣だけですがぁ、逆にあれを起動させるには神社本庁だの宮内庁だの現世での手続きが必要でしてぇ。その点！　この壇ノ浦の剣は清盛入道始め平家ご一門の御方々のご裁可があれば使えますからぁ。宮はこの毛野がお仕えするからには壇ノ浦の剣をお使いになるのに何ら差し障りのないお方ですしぃ、鎌倉の目と鼻の先でやりたい放題できるとあっては皆様二つ返事でありましたぁ。毛野としてもぉ鞍馬の小雀が頭を下げてどうしてもと懇願するのではぁ、便宜を図らないわけにはいきませんしぃ。毛野にも情けはありますぅ。まあそもそも壇ノ浦の剣がこれほどの力を持つに至ったのはぁ？　清盛入道のご恩も忘れて鞍馬で魔王尊《まおうそん》の使いっぱをしているどこかの八男だか九男だかのおかげというかせいというかぁ？　更にその下っ端がそれを貸してくれって笑っちゃいますよねぇヘソで茶が沸きますよねぇ？」

——これを借りるために雀がわざわざ横須賀から厳島神社まで行って頼み込んだ結果、なぜか女装に面白メイクで一人隠し芸大会をする羽目になったという話を聞くと、みずはやみずちまでもが彼に同情の念を抱いたようだった。

「た、大変でしたわね……」

「雀、ぼくのとっておきの猫缶食べる？」

「食わねえ！」

「生きて帰れただけマシというレベルではないか……まあ、その、実質おぬしの手柄じゃ」

「うるせえよ！　てめえこそ喰われて死んでりゃよかったんだクソジジイ！」

雀はそれきり狙撃銃を抱えたまま背を向けて座り込んでしまった。よく考えたら彼の貧乏くじっぷったら。史郎坊も額を押さえている

「実際こたびの祭祀、ほとんど壇ノ浦の剣の御稜威《みいつ》であって宮は何もなさっていないのに等しい」

「何もしてないって……史郎坊さん見てないから知らないかもしれないけど、海、割れたよ？」

「見とらんが知っとる、今、港湾沿いの通信が凄《すさ》まじいことになっておるから。むしろ聞かせてやりたいわ。まあ海が割れるなどありえぬし痕跡も残っておらぬから、計器の故障と集団ヒステリーか何かに

落ち着くじゃろう。――宮は毛野の通り道をお作りになっただけで大したことはなさっていない。毛野は海神の使わしめじゃから海の中でも動けるが、むしろ神器の剣に道が必要だったんじゃな。あれを持って歩くと古来より必ず海難に出会うと言われておる」

「てか、何の剣って？」

私が尋ねると、市子が眉をひそめた。

「三種の神器を知らないのか？」

「まあ、歴史の教科書に載っておったかおらなんだか、政教分離の進んだ結果でありましょう。中学生じゃし」

「万世一系の天孫の末裔たる天子の証だぞ」

市子の説明が一言で終わった上に何も言っていなかったので、史郎坊が続けた。

「――簡単に言うて水戸黄門《みとこうもん》の印籠《いんろう》の、桁《けた》違いに強力なものじゃ。天津が勝ち得た国津の剣。高位の神じゃからそれだけで大概の妖《あやかし》はひれ伏すよりないが、中でも壇ノ浦の剣は現世から消え失せて八百年。実体を失って天照大御神の依り代としての機能がない代わりに合体制限やレベルキャップが解放され、日本史上最も高貴にして最強の七歳児の荒魂《あらみたま》と融合し、怨霊の類を引き寄せ、従属させ下僕《げぼく》とする力を得た。日本中のおよそあらゆる怪異の肩書きを〝平家の怨霊〟に書き換えて使役することができる。――実のところ儂もひれ伏すべきかどうかさっきからずっと迷っておる。飯縄権現様の加護がなければとっくに書き換えられておる」

――なるほど、印籠で味方にした、と。毛野が赤ん坊のように両手で抱えて「ひれ伏してもいいんですよぉ？」とにこにこしているのはそういう。

「てことはあれ、成仏したわけじゃないんだ？」

「成仏という概念は難しいものじゃが、厳島の手下その一になった。神やその眷族《けんぞく》にはコミュ力も品格も時流に合わせることも必要じゃから気分で人を害することは最早《もはや》ない。ぶっちゃけ怨霊上がりの神使は儂も含めて結構おるから。靖国の英霊になるのとどっちがよかったかは本人にしかわからん」

「めでたしめでたし？」

「めでたくない、儂の僚友を勝手に平家の怨霊にしてしもうて。ついでに特に関係のないこの辺の野生の妖物どもも残らず持っていかれたぞ、元々三下しかおらんかったとはいえ」

「風通しがよくなりましたねぇ☆　溝越だって靖国ブッチして勝手に天狗になってるじゃないですかぁ。今からでも平家にひれ伏して眷族にしてほしいなら口添えしてもいいですけどぉ？」

「いらん！　天狗から怨霊では格落ちじゃろうが！」

それ、そんなに違うものなの？

「だから剣なのに抜いて斬らなかったんだ」

見たときからずっと疑問に思っていたことを口にした途端、市子も神使たちも残らず顔面を引きつらせた。

「あ、何で見せただけなのかってぼくも思った」

大雅も軽く手を挙げたのに、市子は更に青ざめました。

「た、大雅さんも知らない？」

「だって名前知ってても見たことないし」

「普通、天皇でも見ることはありません！」

ついに市子は地べたにへたり込んでしまった。神使たちも額を寄せ合い、ひそひそささやき合っている。

「国譲りのときですら使われんかった神器の剣じゃぞ。敵を斬ったりしてよいのか？」

「いいわけないですぅ。毛野もこちらにお持ちするお許しはいただきましたけどぉ、鞘から抜いていいなんて言われてませんー」

「確か日本武尊が焼津《やいづ》で草を薙いだついでに駿河のまつろわぬ民どもを斬ったかどうか……熊襲《クマソ》、出雲討伐のときはまだ伊勢神宮にありましたよね」

「ここ相模だよね？」

「草を薙いだのは古事記だけで日本書紀では持って

歩いただけじゃぞ。ついでに言えば日本書紀では日本武尊は出雲に行っておらん」

「これを鞘から抜いて国津の妾たちは無事で済むのですか？」

「そうだよ、ケチな呪いはともかくぼくらどうなるの。天叢雲剣って三輪明神様が生まれる前にもうあったよね？」

「無事で済まないと思います、絶対私たちも巻き込まれます」

「毛野も消滅して、悪くすれば再度の国譲りで全土が真っ平らになって讃岐《さぬき》の院しか残らぬということもありえるのでは。早良親王《さわらしんのう》は高御座に即いておらぬし三大怨霊の後二人は所詮臣下じゃ、話にならん。安徳帝は元服前で帝位にあるまま崩御して、八岐大蛇の化身説もあるんじゃぞ。生きとるうちから呪詛しとった大魔縁《だいまえん》しか対抗できん」

「溝越風情が我らの主上を愚弄《ぐろう》するとブチのめしますよぉ？　御物でなく毛野の爪と牙でぇ」

天狗だの狛犬だの狐だの蛇だのが陰気な顔で反省会をしている様はちょっと面白かった。

「もしかして〝大尉殿〟、神器の剣が効く最後の世代だったのでは……こんな図体がでかいだけのケチな呪いに、わざわざ御物を駆り出すとは大袈裟じゃと思うておったが……」

「そのケチな呪いにボコスカ負けてた人に言われたくはないと思いますが、生きている人間とは恐ろしいですね……」

「てかもしかして、溝越の影響でひれ伏しただけなんじゃないの？」

米軍基地のド真ん中で古代の剣を話の種にオバケの人たちが遠い目をする。5W1Hゲームみたいだ。

「確かに負けはしませんがちとやりすぎたのでは？　儂やてっきり〝大尉殿〟にきちんとした名を授けて御霊として祀るものだと」

史郎坊の言葉に市子が眉の端を上げる。

「溝越、私が負けたら自分も腹を切ると言ったのは嘘か」

「いえ嘘ではありませんが、三種の神器を持ち出すなどかえって危険じゃったのでは……一つ間違えれば日本全土が真っ平らになっとったのでは……」

「この辺、わりと真っ平になっちゃってるよ。ここまでしなくてもぼくらで何とかなったよ？」

「みずちが海はやりにくいと言うから毛野を呼んだんだろうが！」

「そうだっけ？」

みずちがぬけぬけとほざいて頭を掻いた。

「……ていうかさっきのあれ、おじさんからも何か抜けていったけど……大丈夫なんですか？」

私は怖々大雅の様子を窺ったのだが、

「そんなことあったっけ？　別にぼくは何ともないけど」

本人はあっけらかんとしている。いつの間にか顔からガーゼが剝がれていたが、矢傷は影も形も残っていなかった。

「いやあ、すごいねえ市子さん、見直したよ！」

更に耳を疑うような台詞が飛び出した。

大雅は取って付けたような明るい笑顔で市子に歩み寄り、手を差し伸べて立たせると、肩を抱いて頭を撫で回し始めた。

「頑張ったね！」

市子の表情は見えなかったが、周囲の神使たちが昔のアニメのように拍手を始めた。毛野とみずちは心底嬉しそうに、残りのひとたちはつまらなそうに。

感動の親子和解……って、え？

このおじさん、どう考えてもこんな人じゃなかったよ？

むしろ市子が失敗すればいいのにみたいな感じだったよ？　生きているんだか死霊に取り憑かれているんだかわからない、死んだ魚みたいな目をしていたよ？　焦って史郎坊の袖を引っ張った。

「ねえ、おじさん明らかにキャラ変わっちゃってるんだけど……」

「うむ、何やらオーラがやけにすっきりしておる。今朝はコンプレックスやらトラウマやら怨念やらで血液ドロドロじゃったというのに、今は見違えるほどサラッサラに」

史郎坊の表情も渋い。嫌々形ばかり手を打つふりをしている。

「間違いなくあれも壇ノ浦の剣にどこかしら何かしら持っていかれたな。……いくら霊能があるとはいえ、生きて実体のある人間なのに影響を受けるとはどういうわけじゃ。流石は日本最強の御物と言うべきなのか」

「それっていいの!?」

「見たところ三魂七魄《さんこんしちはく》のいずこかが欠けておるわけではなさそうじゃから、健康被害はあるまいて。

——多分、返せと言うても毛野は返さんしな。根性の悪いのが直ったのであって逆ではない。大半の人間は、抜いた虫歯や切った盲腸を返してもろうても困る」

「でも洗脳じゃん！」

「否定はせん。……たまたまこのようになっただけで、宮も最初からそういう狙いがあっておやらかしあそばしたわけではないと思いたいが……」

——マジか、市子。いくらギスギスしていたからって親の性格を魔法で書き換えちゃうなんて。それは、人間としてやっていいことなの？

……ああ、そうか、市子って事故物件の家に突然やってきて、特に何もしていないのに元々いたオバケを全部追い出しちゃったんだっけ……一緒に住んでるおじさんも、何かの拍子でいい人になっちゃうんだ……

私はドン引きだったが、大雅から離れた市子がかすかに顔を赤らめ、はにかんだような表情をしているのを見ると何も言えなかった。ハ、ハッピーエンド……めでたしめでたし……

「……あのう。私も本当にきついので帰ってよいとおっしゃってくださいお願いします」

と助六が一匹だけ、ほとんど真っ黒になりながら苦しそうにうめいた。

9

「……芹香、重たいから寄りかかるな」

「寝かせてあげなよ。彼女、ゆうべあんまり寝てないから。……いろいろ悪いことしたね。市子さんもライブで寝ちゃ駄目だよ」

「な、なぜ知っているんですか」

「いや帰りにみずちにおんぶされてたのに、知ってるも知らないも。ライブ、面白くなかったの？」

「いえ、その、実は舞台がまぶしくて目を細めていたらいつの間にか眠ってしまって……」

「……そういうの苦手なのかな、君。映画も駄目？一回試してみようか。映画館、行ったことある？」

「ないです」

「実はぼくもない」

「ないんですか」

「一人だとレンタルでいいかなって。うーん、最近の映画ってアメコミとかのがいいのかな。わかりやすそうだし。ゾンビ出てくるようなのはぼくらにはちょっとねえ。親子で恋愛物見るのも何だし……アニメの方がいいのかな。そういえば君っていつも何の本読んでるの？」

「ええと、最近のは堀辰雄の……感想をノートにつけています」

「む、難しそう」

「そうでもないです」

「どういう話？」

＊　＊　＊

こうして私たちの一泊二日の旅は終わった。レトルトの横須賀海軍カレーを手土産に私は家に帰り、晩ご飯は家族揃ってそれを食べた。

「横須賀楽しかった？」

「……ああ、うん、まあ」

歯切れが悪くなったのは勿論「第二次大戦末期に横須賀に仕掛けられた呪いと戦っていた」という部分を伏せた結果だ。本当は軍港巡りとか、観光するはずだったのがそれもおじゃんになった。——ライブは楽しかった。市子は眠っていたが、ライブは楽しかったのだ。父も母も釣果のことなど全然知らないが、そっちを詳しく話すしかない。父は一応興味を持ったふりをしてくれた。

「歌番組に出てたりしないのかそのバンド、何か今日あるだろう」

「新曲リリースしたときしか出ないよ。先週出たからしばらくない」

「今は……『犯罪捜査二十四時』やってるわよ、お父さん好きでしょ」

母がリモコンでテレビの番組表を表示し、特番にザッピングする。どうして大人はサスペンスとか犯罪の話が好きなのだろう。画面では何とかコメンテイターとかいうよくわからない肩書きの男性がいかめしい顔で話をしている。

『殿山《とのやま》……容疑者は依然消息不明……見つけても声をかけたりせず……』

「まだ捕まってないのかこいつ。長いな。時効になっちまわないか」

「殺人の時効はなくなったんだって」

父も母もカレーを口に運びながら、世間話をしている。

——来月は林間学校。きっと私はまた市子の班になって、何か怪しげな幽霊を見つけてしまうのだろう。来年は修学旅行。

私が無事この先生きのこるには。考えるとため息が漏れた。

この作品はフィクションです。登場する人物、団体は、
実在するいかなる個人、団体とも関係ありません。

参考文献

『白痴』坂口安吾／著　新潮社
『グスコーブドリの伝記』宮沢賢治／著　新潮社
『図説 日本呪術全書』豊島泰国／著　原書房
『新版 祝詞新講』次田潤／著　戎光祥出版
『祝詞作文事典 縮刷版』金子善光／編・著　戎光祥出版
『日本のカエル＋サンショウウオ類(山溪ハンディ図鑑９)』松橋利光／写真　奥山風太郎／解説　山と溪谷社
『図説 雅楽入門事典』芝祐靖／監修　遠藤徹・笹本武志・宮丸直子／著　柏書房

環境省　自然環境局　野生生物課　外来生物対策室　外来生物法ホームページ
https://www.env.go.jp/nature/intro/index.html
「アライグマ防除の手引き(計画的な防除の進め方)」ＰＤＦ
https://www.env.go.jp/nature/intro/4control/files/manual_racoon.pdf
Commander Fleet Activities Yokosuka
http://www.cnic.navy.mil/regions/cnrj/installations/cfa_yokosuka.html

日本投扇興保存振興会
http://101000.com/

■本書は、書下ろしです。

レベル98少女《しょうじょ》の傾向《けいこう》と対策《たいさく》

二〇一四年十月六日　第一刷発行

定価はカバーに表示してあります

KODANSHA NOVELS

著者—汀《みぎわ》 こるもの

発行者—鈴木　哲

発行所—株式会社講談社

東京都文京区音羽二-一二-二一

郵便番号一一二-八〇〇一

編集部〇三-五三九五-三五〇六

販売部〇三-五三九五-五八一七

業務部〇三-五三九五-三六一五

本文データ制作—凸版印刷株式会社

印刷所—凸版印刷株式会社　製本所—株式会社若林製本工場

N.D.C.913　252p　18cm

ISBN978-4-06-299031-8

KODANSHA NOVELS 講談社ノベルス

第37回メフィスト賞受賞作
パラダイス・クローズド THANATOS《タナトス》 汀《みぎわ》こるもの

美少年双子ミステリ
まごころを、君に THANATOS《タナトス》 汀こるもの

恋愛ホラー
フォークの先、希望の後 THANATOS《タナトス》 汀こるもの

美少年双子ミステリ
リッターあたりの致死率は THANATOS《タナトス》 汀こるもの

美少年双子ミステリ
赤の女王の名の下に THANATOS《タナトス》 汀こるもの

美少年双子ミステリ
空を飛ぶための三つの動機 THANATOS《タナトス》 汀こるもの

美少年双子ミステリ
立花美樹の反逆 THANATOS《タナトス》 汀こるもの

美少年双子ミステリ
溺れる犬は棒で叩け THANATOS《タナトス》 汀こるもの

青春クライム・ノベル
完全犯罪研究部 汀こるもの

青春クライム・ノベル
動機未ダ不明 完全犯罪研究部 汀こるもの

青春クライム・ノベル
少女残酷論 完全犯罪研究部 汀こるもの

純和風魔法少女降臨
ただし少女はレベル99 汀こるもの

純和風魔法美少女の日常
レベル98少女の傾向と対策 汀こるもの

学園クライム・サスペンス
幻獣坐 The Scarlet Sinner 三雲岳斗《みくもがくと》

復讐の炎VS.テロルの氷!
幻獣坐2 The Ice Edge 三雲岳斗

本格ミステリの巨大伽藍
作者不詳 ミステリ作家の読む本 三津田信三

衝撃の遺体消失ホラー
蛇棺葬 三津田信三

身体が凍るほどの怪異!
百蛇堂 怪談作家の語る話 三津田信三

本格ミステリーと民俗ホラーの奇跡的融合
凶鳥の如き忌むもの 三津田信三

刀城言耶シリーズ!
密室《ひめむろ》の如き籠るもの 三津田信三

刀城言耶シリーズ最新作!
生霊《いきだま》の如き重《だぶ》るもの 三津田信三

怪奇にして完全なるミステリー
スラッシャー 廃園の殺人 三津田信三

酸鼻を極める恐怖の連続
ついてくるもの 三津田信三

講談社ノベルス25周年記念復刊!
聖女の島 皆川博子

大人気作家×大人気ゲーム 奇跡のノベライズ
ICO《イコ》 —霧の城— 宮部みゆき

ミステリ界に新たな合作ユニット誕生!
ルームシェア 私立探偵・桐山真紀子 宗形キメラ

ばらのまち福山ミステリー文学新人賞優秀作
旧校舎は茜色の迷宮 明利《めいり》英司

学園ミステリ・アンソロジー
学び舎は血を招く メフィスト学園1 メフィスト編集部・編

新感覚ミステリ・アンソロジー誕生!!
忍び寄る闇の奇譚 メフィスト道場1 メフィスト編集部・編

学園ミステリ傑作集!
ミステリ魂。校歌斉唱! メフィスト学園 メフィスト編集部・編

講談社ノベルス KODANSHA NOVELS

最強ミステリ競作集！
ミステリ愛。免許皆伝！ メフィスト道場　メフィスト編集部・編

超豪華アンソロジー
QED 鏡家の薬屋探偵 メフィスト賞トリビュート　メフィスト編集部・編

本格民俗学ミステリ
吸血鬼の壜詰【第四赤口の会】　物集高音《もずめたかね》

第40回メフィスト賞受賞作！
無貌伝～双児の子ら～　望月守宮《もちづきやもり》

これが新世代の探偵小説だ!!
無貌伝～夢境ホテルの午睡～　望月守宮

「無貌伝」シリーズ第三弾！
無貌伝～人形姫《ガラテア》の産声～　望月守宮

謎を積み込んだ豪華列車の向かう先は……!?
無貌伝～綺譚会《きたんかい》の惨劇《さんげき》～　望月守宮

最凶の名探偵VS.孤高の探偵助手！
無貌伝～探偵の証～　望月守宮

無貌伝シリーズ、クライマックス
無貌伝～奪われた顔～　望月守宮

本格の精髄
すべてがFになる　森 博嗣

硬質かつ純粋なる本格ミステリ
冷たい密室と博士たち　森 博嗣

純白な論理ミステリ
笑わない数学者　森 博嗣

清冽な論理ミステリ
詩的私的ジャック　森 博嗣

論理の美しさ
封印再度　森 博嗣

ミステリィ珠玉集
まどろみ消去　森 博嗣

森ミステリィのイリュージョン
幻惑の死と使途　森 博嗣

繊細なる森ミステリィの冴え
夏のレプリカ　森 博嗣

清冽なる衝撃、これぞ森ミステリィ
今はもうない　森 博嗣

多彩にして純粋な森ミステリィの冴え
数奇にして模型　森 博嗣

最高潮！　森ミステリィ
有限と微小のパン　森 博嗣

森ミステリィの現在、そして未来
地球儀のスライス　森 博嗣

森ミステリィの華麗なる新展開
黒猫の三角　森 博嗣

冷たく優しい森マジック
人形式モナリザ　森 博嗣

森ミステリィの華麗なる展開
月は幽咽《ゆうえつ》のデバイス　森 博嗣

森ミステリィ、七色の魔球
夢・出逢い・魔性　森 博嗣

驚愕の空中密室
魔剣天翔　森 博嗣

森ミステリィの煌き
今夜はパラシュート博物館へ　森 博嗣

豪華絢爛　森ミステリィ
恋恋蓮歩の演習　森 博嗣

森ミステリィ、凜然たる論理
六人の超音波科学者　森 博嗣

摂理の深遠、森ミステリィ
そして二人だけになった　森 博嗣